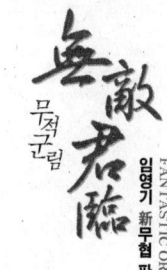

무적군림

FANTASTIC ORIENTAL HEROES

임영기 新무협 판타지 소설

무적군림 6

임영기 新무협 판타지 소설

초판 1쇄 찍은 날 § 2011년 9월 29일
초판 1쇄 펴낸 날 § 2011년 10월 5일

지은이 § 임영기
펴낸이 § 서경석

편집부장 § 권태완
편집 § 주소영

펴낸곳 § 도서출판 청어람
등록번호 § 제1081-1-89호
등록일자 § 1999. 5. 31
어람번호 § 제2-2159호

주소 § 경기도 부천시 원미구 심곡2동 163-2 서경B/D 3F (우) 420-822
전화 § 032-656-4452 팩스 § 032-656-4453
http://www.chungeoram.com
E-mail § chungeoram@chungeoram.com

ⓒ 임영기, 2011

ISBN 978-89-251-2645-6 04810
ISBN 978-89-251-2556-5 (세트)

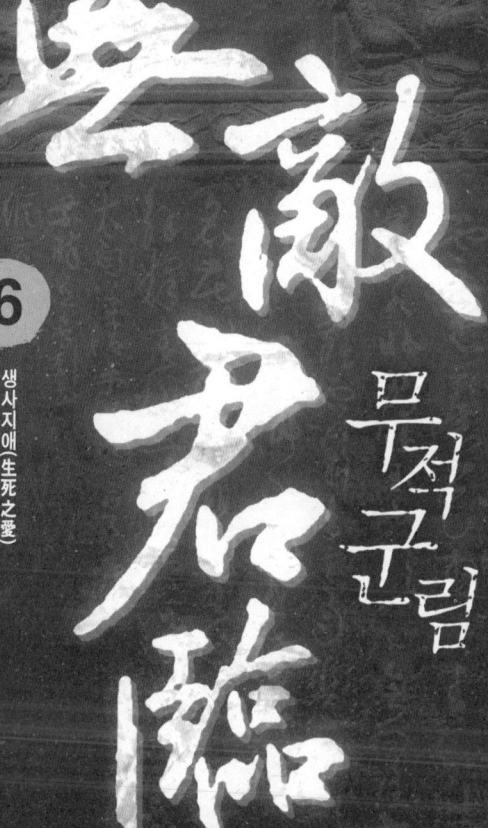

임영기 新무협 판타지 소설

FANTASTIC ORIENTAL HEROES

6

생사지애(生死之愛)

무적군림

청어람
5 서울판

目次

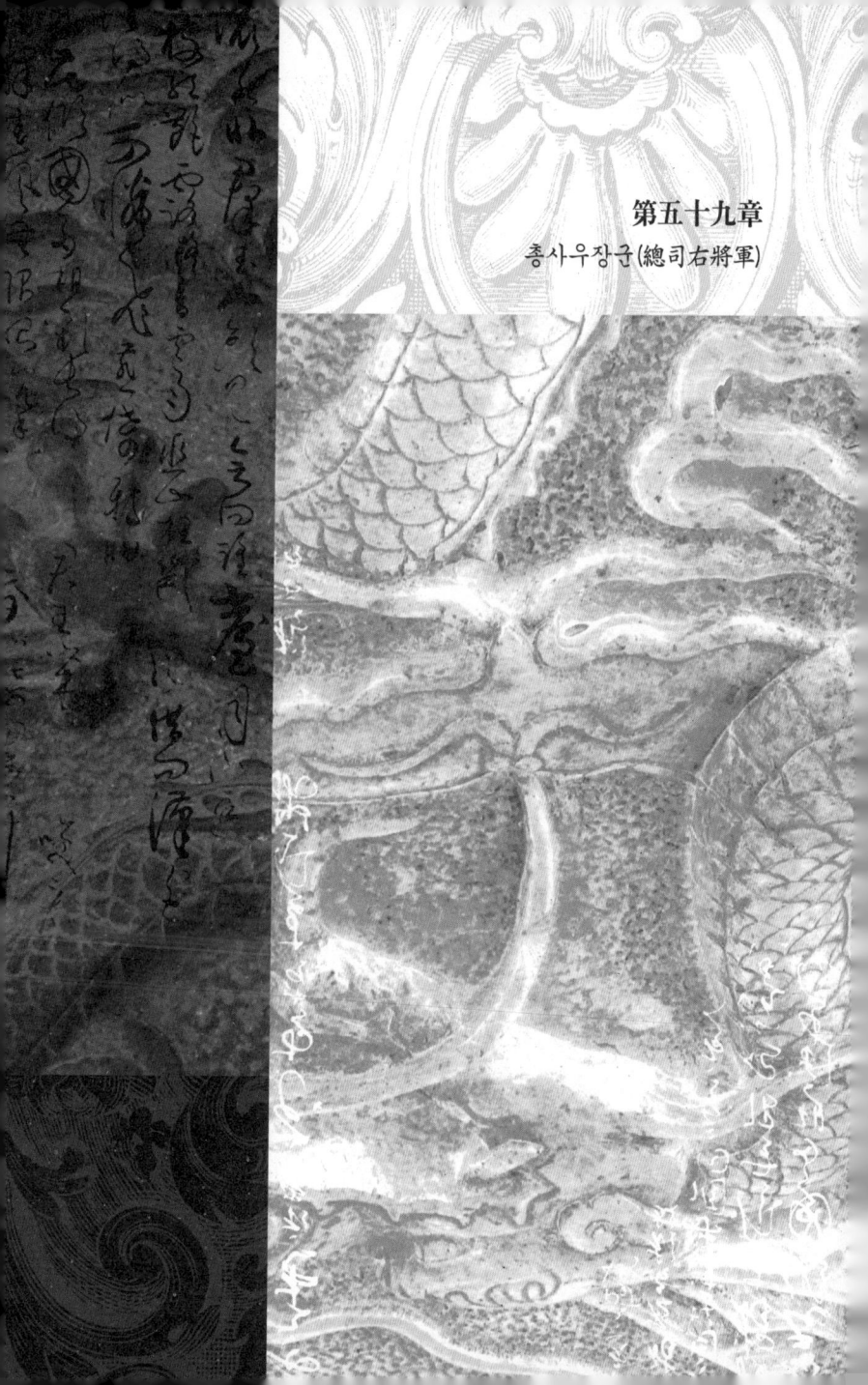

第五十九章
총사우장군(總司右將軍)

경뢰궁주가 자신있게 약속한 열흘이 지났으나 태화연은
태무랑 곁으로 돌아오지 않았다.

태무랑은 제일 먼저 그것부터 해결하기로 마음먹었다.

철화빙선이 태무랑을 이용해서 옥령을 납치하고 또 무극
백절들을 죽이려는 속셈이었다면, 태화연을 열흘 안에 데려
다주겠다는 약속을 지킬 가능성이 희박하다. 태무랑을 이용
하려고 태화연을 미끼로 사용했을 것이다.

하지만 경뢰궁주가 속였을 리 없다. 그녀는 자인원에서 철
화빙선의 계책을 태무랑에게 몰래 알려주기까지 했다. 그것

은 철화빙선에 대한 엄연한 배신 행위다.

그러므로 경뢰궁주는 태무랑에게 도움을 주었을지언정 해를 끼칠 사람은 아니다.

태무랑은 무령왕이 지니고 있는 모든 정보망을 동원해서 태화연의 행방을 찾아내는 한편, 남경성 내에 들어와 있는 무극신련 세력에 대해서도 조사하도록 지시했다.

그러나 태무랑은 태화연에 대한 정보를 전혀 예상하지 못했던 곳에서 알아내게 되었다.

경뢰궁주를 찾아가서 태화연에 대해서 알아보려고 외출을 하려던 태무랑은 비한의 부름으로 좌장거 내의 뇌옥으로 안내되었다.

겉에서 보면 보통의 이층 전각인데 그 아래쪽에는 지하 삼층까지 수십 개의 튼튼한 석실들이 갖추어져 있었다. 비한의 말에 의하면 우장거에도 그런 시설이 있다고 했다.

전각 맨 아래 지하 삼층은 뇌옥으로 사용되고 있었다. 태무랑이 안내된 곳은 바로 그곳이다.

봉화십선의 사선과 팔선은 눈 뜨고 쳐다보기 어려울 정도로 만신창이 몰골이었다.

두 여자는 비한 휘하에서 고문만을 전담하는 군사들이 맡아서 문초했으며, 그 결과 지금의 처참한 몰골이 되었다.

봉화사선과 봉화팔선은 열흘 전에 자인원에서 차례로 비한을 추격하여 자루를 탈취하려다가 오히려 그에게 제압되고 마는 불운을 당했었다.

비한이 그녀들을 문초하라고 지시한 것은 뭔가를 알아내기 위해서가 아니다.

사실 비한은 무엇을 알아내야 하는지, 그리고 그녀들이 무엇을 알고 있는지 모르고 있다.

그래서 혹시 태무랑에게 도움이 될 만한 무엇인가를 건질 수 있지 않을까 해서 문초를 지시했다.

즉, 일단 무조건 털어보는 것이다. 누구든지 털면 먼지가 나오기 때문이다.

두 여자는 혈도가 제압된 상태에서 알몸으로 팔다리가 쇠사슬에 묶여 있었다.

벽에 붙어 서서 팔목과 발목에 구멍을 뚫어 그곳으로 쇠사슬을 통과시켜 석벽에 고정된 고리에 묶었으며 팔다리를 한껏 벌린 자세였다.

바닥과 벽에는 그녀들이 흘린 피가 흥건했고, 석실 내에는 역한 피 냄새와 살이 타는 냄새가 진동했다.

그녀들은 온몸이 피투성이였다. 머리에서 발끝까지 성한 곳이라곤 찾아볼 수가 없다.

가슴에 붙어 있는 젖가슴과 사타구니에 음경이 없는 것으로 미루어 여자라는 사실을 짐작할 수 있을 뿐이다.

힘줄이란 힘줄은 거의 다 잘라지고, 시뻘겋게 달군 인두로 민감한 여러 부위가 지져졌으며, 채찍질과 매질이 가해져서 맨살은 바늘만 한 틈조차 찾아볼 수가 없었다.

원래 군사들이 하는 고문이란 심지를 제압하거나 회유를 한다거나 약물 따위는 일체 사용하지 않는다.

처음부터 육체에 고통을 가하는 것으로 시작한다. 그렇다고 가벼운 것부터 하지 않는다.

고문 하나하나가 당장 온몸을 부수고 갈가리 찢을 것 같은 고통을 퍼붓는다.

태무랑과 비한이 석실로 들어서자 고문을 담당했던 다섯 명의 군사가 양쪽으로 도열해서 공손히 예를 취했다.

"여기 있습니다, 좌장군."

그중 조장이 하나의 기록철을 비한에게 공손히 내밀었다.

비한은 읽어보지도 않고 그것을 태무랑에게 건네주었다.

"자네가 필요한 정보가 있는지 훑어보게."

기록철에는 봉화사선과 팔선에게서 얻어낸 수백 개에 달하는 정보가 빼곡하게 적혀 있었다.

그녀들은 고통에서 해방되려고 자신들이 알고 있는 모든 것을 털어놓았다.

철화빙선에 대한 충성심이 부족하기 때문이 아니다. 차라리 죽는다면 끝까지 버틸 수 있으나 고문하는 데 도가 튼 고문 전담 군사들 앞에서는 맥을 출 수가 없었다.

찬찬히 기록철을 훑어보던 태무랑의 시선이 문득 한 대목에서 멈췄다.

철화태상위 백구십오영(百九十五英) 태화연을 교육에서 제외시켜 기녀로 조치함. 항주 완월루(玩月樓)에 두고 요주의 대상으로 감시할 것.

'연아……'

그곳에는 '태화연'이라는 이름이 분명히 기록되어 있었다. 또한 그녀에 대한 사항이 비교적 자세히 적혀 있었다.

그것은 태화연의 흔적을 따라서 추적해 오는 동안 가장 뚜렷한 족적(足跡)이었다.

태무랑으로서는 철화태상위가 무엇인지는 모르지만, '철화'라는 것으로 미루어 철화빙선이나 철화천궁과 관계가 깊을 듯했다.

'백구십오영 태화연'이라는 것은 철화태상위에서의 그녀의 호칭일 것이다.

그로 미루어 태화연은 기녀로 팔려가지 않고 철화태상위라는 곳에 발탁된 듯하다.

'태화연을 교육에서 제외시킴' 이라는 글은 그녀가 태무랑의 누이동생이라는 사실이 알려졌거나 그와 비슷한 이유 때문일 것이다.

어쩌면 철화빙선이 자인원에서 태무랑을 죽이지도, 옥령을 납치하지도 못한 것에 따른 보복 차원이거나 태화연에 대한 흔적을 없애려는 것일지도 모른다.

태무랑은 누이동생의 정확한 소식을 알게 되어 적잖이 흥분했으나 마음을 가라앉히고 계속 기록철을 읽었다.

무적신룡을 감시할 것. 무령왕가 내에서는 세작(細作:첩자)을 이용하고 밖으로 나오면 남경지부가 담당한다.

무령왕가에 세작이 있다는 대목이 눈에 띈다. 태무랑을 감시하려고 새로 투입하진 않았을 것이다.

그렇다면 원래부터 무령왕가에 세작을 붙박아두었다는 뜻이고, 무령왕가 내의 일들이 철화빙선에게 낱낱이 보고되고 있었다는 뜻이다.

태무랑은 표면적으로는 무령왕의 손님으로 이곳에 머물고 있는 상황이다.

그가 총사우장군이 됐다는 사실은 무령왕가 내에서도 소수만이 알고 있고, 또한 머지않아서 수월공주와 혼인할 것이라는 사실은 태무랑과 비한, 수월화, 무령왕 내외만이 알고 있을 뿐이다.

그러므로 세작이 누구냐에 따라서 그가 총사우장군이 됐다는 사실이 철화빙선에게 알려졌을 수도 있다. 하지만 부마가 될 것이라는 사실은 전해지지 않았을 것이다.

기록철에는 그 밖에 철화빙선과 철화천궁, 심지어 제일대와 제이대 철화빙선에 대해서도 자세하게 기록되어 있었다.

앞으로 태무랑이 철화빙선을 상대하게 된다면 이것은 좋은 정보가 되어줄 것이 분명하다.

하지만 그것은 나중 문제다. 누이동생을 찾을 수만 있으면 철화빙선하고는 더 이상 대립할 생각이 없다.

그녀가 태무랑을 이용하려고 했던 일 정도는 묻어버릴 수도 있다는 것이다.

"세작입니까?"

검호(黔虎)가 공손히 물었다.

총사우장군 직속에는 두 명의 장군이 있으며 그들의 지위는 부총사령(副總司令)으로 좌사령(左司令) 혹은 우사령(右司令)이라고 부른다.

지금 태무랑 앞에는 좌사령과 우사령이 나란히 서 있는데, 검호는 우사령이다.

이름만 들으면 검호의 모습이 매우 검으며 호랑이처럼 용맹스럽게 생겼을 것 같지만 실물은 전혀 그렇지 않았다.

이십칠 세의 그는 얼굴은 희고 곱상해서 여자라고 해도 믿을 만큼 예뻤다.

뿐만 아니라 체구도 호리호리하고 가냘프며 손은 여자보다 더 희고 섬세했다. 그 손으로 무기를 잡는다는 것이 믿어지지 않을 정도다.

"음."

태무랑이 고개를 끄덕이자 검호는 길게 생각할 것도 없다는 듯 고개를 숙였다.

"우장거 내에 세작이 있다는 사실은 금시초문이지만 맡겨주시면 반드시 모조리 잡아내겠습니다."

"누군지 밝혀내기만 하고 잡아들이진 말게."

총사우장군은 오랫동안 공석이었기 때문에 두 명의 부총사령과 수하들은 새로운 총사우장군인 태무랑을 진심으로 환영하는 분위기다.

태무랑은 무령왕에 의해서 총사우장군에 전격적으로 임명된 다음날 아침에 왕가 내 무령총전(武嶺總殿)에서 장군들만 모아놓고 조촐한 취임식을 가졌었다.

이어서 그는 우장거에서 휘하의 장군과 장수들의 인사를 받았다. 총사우장군 휘하에는 장군이 여덟 명이고 장수는 무려 백여 명에 달했다.

총사우장군, 즉 태무랑이 움직일 수 있는 군사의 수는 자그마치 육십만 명이고, 그중에서 남경에 주둔하고 있는 군사만 삼만, 그리고 무령왕의 사병 오만 중에서 이만오천이 총사우장군 휘하에 있다.

여기에 있는 두 명의 부총사령은 태무랑의 오른팔과 왼팔이다. 아직은 초기라서 남의 팔 같지만 언젠가는 자신의 팔처럼 한 몸이 될 것이다. 지금은 서로 알아가는 과정이다.

"명을 받듭니다."

우사령 검호가 허리를 굽히자 태무랑은 고개를 끄덕였다.

"낚시로 잔챙이를 잡아봐야 소용이 없네. 그 잔챙이를 미끼로 삼아서 대어를 잡아야지."

목표가 있으면 방법이 도출되는 법이다. 태무랑에겐 태화연을 찾아서 데려와야 하는 목표가 있기 때문에 어떤 상황이든 그것에 맞춘다.

하지만 명령 받은 대로 행동하는 검호는 거기까지는 생각하지 못했다.

"그런 방법이 있었군요."

검호는 적이 감탄하는 표정을 지었다.

태무랑은 검호 옆에 서 있는 좌사령 남악(南岳)을 쳐다보았다.

"자네는 나와 함께 간다."

태무랑이 입구로 향하자 남악이 뒤따랐다.

남악은 삼십이 세의 나이며, 기골이 장대한 체구에 딱 벌어진 어깨와 근육질의 단단한 몸을 지녔다.

짙은 구레나룻과 툭 불거진 광대뼈에 강인한 턱, 꾹 다문 두툼한 입술과 부리부리한 눈, 큰 편에 속하는 태무랑의 손보다 절반이나 더 큰 손을 지녔다. 손(手)이 솥뚜껑 같다는 표현은 그를 두고 하는 말인 듯했다. 한마디로 말하면 다시 찾아보기 어려운 맹장(猛將)의 모습이다.

그때 실내에 있던 또 한 사람이 조용히 입을 열었다.

"이곳에 세작이 있다면 철화빙선은 우장군의 일을 이미 어느 정도는 알고 있다는 뜻입니다."

그는 깨끗한 청의 단삼을 입고 산뜻하게 상투를 틀었으며 손에는 부채를 쥐고 있는 삼십오륙 세 정도의 문사(文士)였다.

마치 한 마리 백학처럼 고고한 기품을 풍기고 단아한 용모에 맑은 눈빛을 지니고 있어서 한눈에도 수양이 깊고 지혜로운 사람이라는 것을 알 수 있었다.

그는 총사우장군의 군사(軍師)인 명운(明運)이다. 두 명의 부총사령과 군사가 태무랑의 최측근 심복이다.

태무랑이 이들과 처음으로 만났던 날에 군사 명운이 단도

직입적으로 말했었다.

자신들은 주군을 제대로 모시고 싶으니까 주군에 대해서 자세히 설명해 달라고 말이다.

태무랑은 자신의 새로운 운명인 총사우장군과 무령왕의 부마도위(駙馬都尉)라는 신분에 충실할 생각이므로 최측근 세 명에게 자신에 대해서 기꺼이 설명해 주었다.

군사 명운과 부총사령 검호, 남악은 추호의 사심을 품지 않고 태무랑의 설명을 들으며 슬퍼하고 또 분개했었다.

방금 명운의 말인즉, 태무랑이 항주 완월루로 가는 이번 길에 조심하라는 뜻이다. 철화빙선이 무령왕가에 세작까지 심어둘 정도라면 태화연을 찾아오는 일이 결코 쉽지 않을 것이라고 예상하기 때문이다.

태무랑은 남악이 열어주는 문으로 나가며 말했다.

"명운, 자네도 가자."

*   *   *

남경 포구에 배 한 척이 도착하여 사람들을 한꺼번에 와르르 쏟아냈다.

많은 사람들 속에 남경이 초행인 일남 일녀가 섞여 있었다.

그들은 낙양을 출발하여 무려 한 달여 만에 이곳에 도착한 은지화와 형구였다.

옥령에게 납치됐다가 풀려난 은지화는 날마다 태무랑 걱정으로 조바심을 치다가 신풍개로부터 태무랑이 남경으로 향하고 있다는 연락을 받고는 그 길로 낙양을 출발했다.

은지화는 낙양에 있는 동안 태무랑의 장원인 태가장에 자주 출입을 했다.

태무랑은 없으나 혹여 그의 소식이나 알 수 있지 않을까 하는 마음과 태무랑이 없는 동안 태가장에 있는 사람들을 자신이 돌봐야 한다는 생각 때문이었다.

그러는 동안에 태무랑의 군사 시절 옛 동료였던 형구와 태무랑이 홍작루에서 구해내어 가족과 함께 태가장에서 살도록 배려해 준 아소, 연효 등과 매우 친해졌다.

은지화는 태무랑을 만나러 낙양을 떠나기 전날에 태가장에 들렀는데, 그 말을 들은 형구가 자신도 따라가겠다고 부득부득 우겨서 같이 오게 되었다.

그 바람에 은지화 혼자라면 이십여 일쯤 걸릴 길을 한 달이나 걸려서 왔다.

무림고수인 은지화와 보조를 맞추어 달리는 일은 형구에겐 아직 벅찬 일이었다.

배에서 내린 은지화는 포구의 광장 쪽으로 가다가 걸음을 멈추고 누굴 찾는 듯 주위를 두리번거렸다.

형구는 한 자루 검을 어깨에 메고 황의 경장을 입은 모습인데 제법 한가락 하는 무림고수처럼 보였다.

그는 태무랑이 떠나기 전에 가르쳐 주었던 십자섬광검을 날마다 눈만 뜨면 죽어라고 수련했다.

하지만 그는 아직도 십자섬광검 삼 초식 중에 일초식 비섬쾌의 수련을 끝내지 못했다.

그는 범강장달이처럼 우락부락하게 생긴 외모하고는 달리 자신에게는 꽤나 엄격한 성격이라서, 일초식을 완전히 터득하지 않고는 절대로 이초식으로 넘어가지 않았다.

그래서 결국 그는 너무 오랫동안 수련을 하지 않은 탓에 현재는 이초식과 삼초식을 아예 잊어버리고 말았다. 그것을 익히려면 태무랑에게 다시 배우는 수밖에 없다.

"은 소저!"

그때 저만치에서 신풍개가 은지화를 향해 달려오면서 환하게 웃으며 손을 흔들었다.

은지화와 형구는 어젯밤에 장강 건너편에서 십여 리 북쪽에 있는 강포(江浦)라는 곳에서 묵었다.

남경까지는 불과 십여 리 거리밖에 되지 않아서 한달음에 달려오고 싶었으나 밤중에는 도강(渡江)하는 배가 없어서 어쩔 수 없이 객잔에서 하룻밤 묵고 오늘 아침 일찍 객잔에서 나오자마자 개방 강포분타로 찾아가서 신풍개에게 전서구를 띄우도록 했던 것이다.

"풍개!"

은지화는 너무 반가운 나머지 태무랑이 부르는 호칭을 그대로 외치면서 마주 달려갔다.

그녀는 여전히 꾀죄죄한 모습의 신풍개 손을 덥석 잡고 반가워 어쩔 줄 몰라 했다.

"너무 반가워요! 풍개!"

신풍개를 다시 만나서 반가운 것이 아니라 이제야 태무랑이 있는 곳에 도착했다는 안도감과 신풍개가 태무랑에게 안내해 줄 것이라는 기대감 때문에 마음이 설렌 것이다.

포구는 늘 많은 사람들로 붐비는 편인데, 그 한복판에서 서로 손을 잡고 발을 동동 구르는 두 사람을 보고 사람들은 놀라고 어이없는 듯 걸음을 멈추고 지켜보았다.

그도 그럴 것이, 여자는 날아갈 듯이 산뜻한 녹의 경장을 입은 선녀 같은 용모인데 반해서 남자는 보는 순간 눈살이 찌푸려질 정도로 지저분한 몰골의 거지였기 때문이다.

기쁜 재회의 시간이 지나고 은지화가 신풍개의 손을 놓으려고 하자 그는 그녀의 손을 놓아주지 않으면서 싱글벙글 웃으며 너스레를 떨었다.

"헤헤! 이런 기회가 아니면 언제 또다시 은 소저 같은 미녀의 손을 잡아보겠소? 그러니 조금만 더 잡고 있읍시다."

뜨악!

"아욱!"

은지화의 주먹이 신풍개의 머리통에 작렬했다.

그러자 구경하던 사람들이 그럴 줄 알았다는 듯 와르르 웃음을 터뜨렸다.

그 모습을 지켜보던 형구가 빙그레 미소를 지으며 신풍개에게 포권을 했다.

"처음 뵙겠소. 형구외다."

그는 은지화에게 무림에 대해서 꽤 많은 상식을 배웠고 신풍개에 대해서도 자주 들어서 그가 그다지 낯설지 않았다. 게다가 그가 태무랑하고 절친한 사이라니까 저절로 친구 같은 기분이 들었다.

"아아, 신풍개요. 형장에 대해서는 태 형에게 들었소."

신풍개는 아파서 죽겠다는 듯 눈물을 찔끔거리면서도 반갑게 마주 포권을 했다.

형구는 자신에 대해서 태무랑이 신풍개에게 말을 했다니까 기분이 좋아졌다. 또한 은지화나 신풍개 같은 강호의 알아주는 인물들하고 함께 있으니까 자신도 무림고수가 된 듯한 착각마저 들었다.

"풍개, 무랑가는 어디에 계시죠? 어서 안내해 줘요."

은지화는 잠시도 더 기다릴 수 없다는 듯 조바심을 쳤다.

그러나 신풍개는 고개를 가로저었다.

"태 형은 지금 여기에 없소. 오늘 아침에 떠났소."

날벼락 같은 소리에 은지화의 안색이 해쓱하게 변했다. 마치 부모가 초상이라도 당한 듯한 표정이다. 형구 역시 낙담한 표정이 역력했다.

"무랑가는 어디로 갔나요? 우리가 지금 전력으로 뒤쫓으면 늦지 않을까요?"

은지화는 금방이라도 울 것 같은 표정이다. 태무랑을 만난다는 일념으로 한 달이나 걸려서 남경에 왔는데 그가 오늘 아침에 떠났다니 하늘이 무너지는 듯한 기분이다.

"늦고말고. 태 형 경공을 은 소저가 따라잡을 수 있겠소?"

"아아, 그럼 어떻게 하죠? 남경에 오면 무랑가를 당연히 만날 수 있을 것이라고 생각했는데……."

신풍개는 팔짱을 끼고 심각한 표정을 지으면서 입을 굳게 다물었다.

그의 표정을 보면 '일이 이렇게 됐으니까 어쩔 수가 없다. 포기해라' 는 것 같았다.

그는 태무랑이 곧 남경으로 돌아올 것이라는 말을 일부러 하지 않았다.

조금 전에 은지화의 손을 좀 더 오래 잡고 있으려다가 머리통을 한 대 된통 얻어맞은 것에 대한 작은 복수로써 좀 놀려주려는 생각에서다.

그런데 은지화는 눈물을 글썽이면서 금방이라도 통곡할 듯 벌써부터 절망에 빠진 모습이다.

단지 잠시 놀려주려던 신풍개의 예상보다 상황이 훨씬 빠르게, 그리고 이상하게 진행되고 있어서 그는 적잖이 당황했다.

"은 소저······."

신풍개가 부르는데도 은지화는 망연히 거리 쪽을 바라보면서 참담한 표정을 지었다.

그런데 그때 그녀는 깨달았다, 자신이 태무랑을 너무나도 사랑하고 있다는 사실을.

방금 전까지만 해도 그녀는 자신이 태무랑을 막연하게 좋아하는 것이라고만 생각했다.

그래서 그가 누이동생을 찾고 또 복수를 무사히 마칠 수 있기를 간절하게 기원하는 것이라고 여겼다.

또한 그녀가 태무랑을 찾아 이곳에 온 것도 그런 이유의 연장이라고 생각했다.

그런데 그게 아니었다. 태무랑이 남경을 떠났다는 것을 알게 된 순간 받은 엄청난 충격과 절망감 때문에 그녀는 새로운 사실, 즉 자신이 태무랑을 좋아하는 정도가 아니라 미치도록 열렬하게 사랑하고 있다는 사실을 깨달은 것이다. 그렇지 않다면 이렇게 당장 죽을 것처럼 충격을 받을 리가 없다.

태무랑하고 함께 강호를 주유하면서 숙식을 하며 몸을 부대끼고 또 많은 경험을 나눌 때에는 몰랐다.

그에게 자신의 나신과 소중한 부위를 보이고 또 그만 보면 오줌을 싸고, 그래서 그가 보는 앞에서 창피를 당하며 속곳을 갈아입을 때에도 그를 사랑한다고는 생각하지 못했다.

단지 친구이며 그에게 호감을 느끼고 있고, 정의감에서 그를 돕는 것이려니 여겼다.

하지만 태무랑하고 헤어져 있는 동안에 그녀는 불볕 같은 사막을 건너는 사람이 언제나 갈증에 허덕이듯이, 태무랑에 대한 갈증으로 숨이 끊어질 듯이 목말라 했다.

하지만 그때는 왜 그러는지에 대해서 생각해 본 적이 없었다. 그저 막연하게 그것 역시 태무랑에 대한 궁금증과 그의 안위에 대한 걱정이려니 여겼을 뿐이다.

그런데 이제는 확연히 알게 되었다. 아침이 되면 언제나 태양이 떠올라 만물을 비출 때는 몰랐으나 태양이 사라지고 나면 태양이 얼마나 소중한 존재였는지를 깨닫게 되는 것처럼, 태무랑이 사라졌다고 하자 그 순간 그가 자신에게 얼마나 소중한 사람이었는지를 절실하게 깨달은 것이다. 그는 은지화에게 태양 같은 존재였다.

"흑흑… 어쩌면 좋아……."

대낙성검문의 소문주가 두 손으로 얼굴을 가리고 그 자리에 쪼그리고 앉아서 울음을 터뜨리자 신풍개는 당황해서 어쩔 줄을 몰랐다.

"으, 은 소저, 그게 아니라……."

신풍개는 그녀를 만지지도 못하고 똥 마려운 개처럼 그녀 주위를 맴돌면서 전전긍긍했다.

더구나 아리따운 미인이 포구 광장 한복판에 웅크리고 앉아 서럽게 울고 있으니까 사람들이 자꾸만 모여들며 수군거리기 시작했다.

은지화에게 작은 복수를 꾀했던 신풍개는 외려 제 꾀에 제가 넘어간 자승자박 신세가 되어 어쩔 수 없이 실토를 할 수밖에 없었다.

"은 소저, 태 형은 다시 남경으로 돌아올 것이오. 그는 단지 볼일을 보러 간 것뿐이니까 낙담하지 마시오."

은지화는 얼굴에서 두 손을 떼고 두 눈에 눈물이 가득 고인채 기쁜 표정을 지으며 신풍개를 올려다보았다.

"그게 정말인가요?"

신풍개는 주먹으로 제 가슴을 쳤다.

"정말이오. 내가 언제 거짓말하는 것 봤소?"

은지화는 언제 울었느냐는 듯 방그레 환하게 미소 지으며 일어섰다.

"풍개는 거짓말 같은 것은 하지 않아요. 다만 가끔 맞을 짓을 해서 그렇죠."

"마, 맞을 짓?"

그날 신풍개는 포구에서 수많은 사람들이 지켜보는 가운데 대가리가 터지도록 은지화에게 두들겨 맞았다.

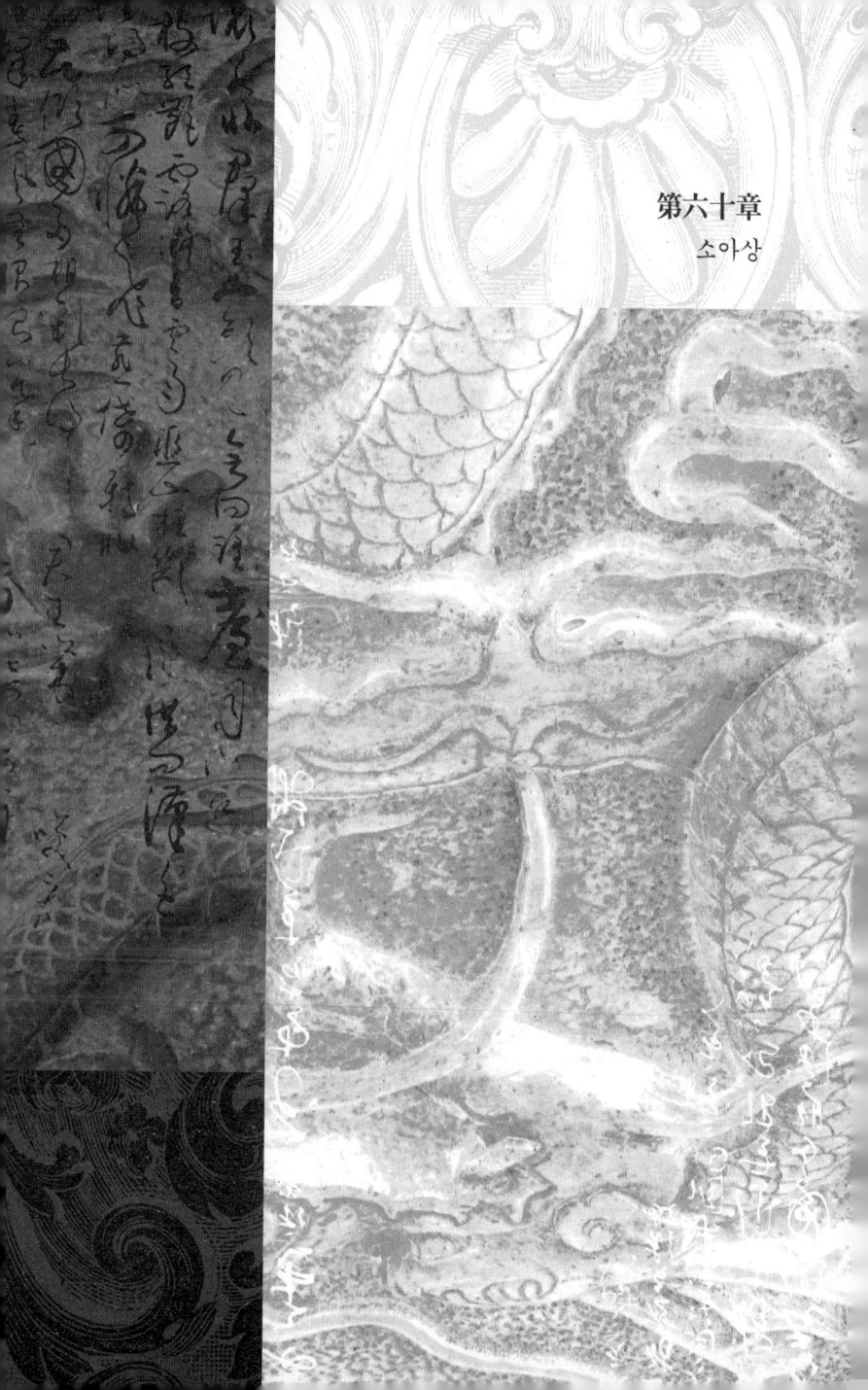

第六十章

소아상

우두두두—!

세 필의 준마가 관도를 내달리며 지축을 울리고 있다.

한 필의 칠흑처럼 검은 흑마가 저만치 선두에서 달리고, 두 필의 준마가 뒤따르고 있는 상황이다.

흑마인 구준마에는 검호가 타고 있으며, 두 필의 말에는 각기 남악과 명운이 타고 있다.

세 사람은 평범한 경장 차림이다. 무령왕가 내에서도 특별한 일이 없을 경우에는 경장이 그들의 평상복이다.

세 필의 말은 끝이 보이지 않는 망망대해 옆으로 곧게 뻗은

관도를 달리고 있다.

하지만 그것은 망망대해가 아니다. 중원에서 세 번째로 큰 태호(太湖)라는 호수다.

강소성 남부와 절강성 북부에 걸쳐 있는 거대한 태호에는 사십팔 개의 섬과 칠십이 개의 산봉우리가 있으며, 호수와 섬, 그리고 산의 경치가 어우러져서 절경을 이루어 천하제일 의 명승지로 손꼽힌다.

이십여 장 이상 멀찍이 앞서 달리고 있는 구준마를 탄 검호 가 힐끗 뒤를 돌아보더니 속도를 늦추고는 이윽고 말을 멈추 고 땅에 내려섰다.

남경을 출발하여 이곳까지 삼백여 리를 달려오는 동안 두 차례 쉬었을 뿐이다. 남악과 명운이 탄 말이 지쳐서 말을 교 체하기 위해서였다.

"이곳에서 잠시 쉬도록 하자."

검호는 뒤늦게 도착한 남악과 명운이 기진맥진한 말에서 말만큼 지친 모습으로 내리는 것을 보면서 말했다.

검호가 호숫가의 어느 낭떠러지 끝으로 걸어가자 남악과 명운은 늠름하게 우뚝 서 있는 구준마를 보면서 혀를 내두르 며 뒤를 따랐다.

"주군, 속하는 이렇게 잘 달리는 말은 난생처음 봅니다!"

"저 녀석은 전설의 팔준마 중 하나가 환생한 것이 틀림없을 것입니다."

검호는 낭떠러지 끝에 서서 세찬 바람에 옷자락을 날리며 빙그레 미소 지었다.

"그래서 저 녀석 이름이 구준마일세."

"아, 그렇습니까?"

사실 검호는 태무랑이 변신을 한 모습이다. 본거지라고 할 수 있는 남경을 떠나 철화천궁이 장악하고 있는 항주까지 다녀와야 하는 터라서 진면목으로 행동하는 것은 곤란하기 때문이다.

태무랑은 섬과 호수가 절경을 이루고 있는 광경을 바라보고 있는데, 남악과 명운은 양쪽에서 그의 얼굴을 조심스럽게 살피면서 감탄을 금치 못했다.

두 사람이 아무리 자세히 뜯어봐도 태무랑의 얼굴은 영락없이 검호하고 똑같았다.

검호와 오랫동안 한솥밥을 먹으면서 지낸 두 사람이지만 지금 이 얼굴이 태무랑의 변신이라는 사실을 알면서도 가짜라는 생각이 들지 않았다.

더구나 변장할 때 흔히 사용하는 인피면구나 역용액을 전혀 사용하지 않고 순전히 공력으로만 근육과 뼈를 움직여서 변신했다는 사실이 더욱 놀라웠다. 아니, 경이로웠다.

남악과 명운은 자신들의 새로운 직속상전이 무림에서도

명성이 쟁쟁한 무적신룡 혹은 적안혈귀라고 불린다는 사실을 알고 있다.

태무랑이 말해주지 않았어도 그런 정도의 정보는 총사우 장군 휘하의 정보 전담 조직이 이미 확보해 놓고 있었다.

문득 명운이 뭔가 생각난 듯 드넓게 펼쳐진 태호를 가리키면서 말했다.

"주군, 이 태호가 누구 것인지 아십니까?"

중원 천하는 대명제국의 것인데 명운이 그렇게 묻는 데에는 이유가 있을 것이라는 생각이 들었다.

"무령왕 소유인가?"

"현재는 그렇지만 조만간 주군의 소유가 될 것입니다."

태무랑은 명운이 농담을 하는 것이라고 여겼는데, 그의 다음 말을 듣고 적잖이 놀랐다.

"이곳은 무령왕 전하의 부마도위 영지(領地)입니다."

"영지?"

명운은 빙그레 미소 지었다.

"그렇습니다. 무령왕 전하의 영지는 남경이 있는 강소성 남부 지역과 항주를 포함한 절강성 북부 지역에 걸쳐 있습니다. 그중에서 이 할이 수월 공주님의 영지고, 또 다른 이 할이 부마도위의 영지로 이미 오래전부터 정해져 있습니다."

태무랑은 처음 듣는 말이라서 적잖이 놀랐다.

명운은 나뭇가지로 바닥에 지도를 그리면서 설명을 계속했다.

"부마도위, 즉 주군의 영지로는 이곳 태호가 최북단에 위치해 있으며 동쪽으로는 동해의 숭명도(崇明島)까지, 서쪽으로는 장강까지, 남쪽으로는 항주 남쪽의 전당강(錢塘江)까지입니다. 사방 이백여 리의 비옥한 영토지요."

부마도위의 영지라니, 그런 것은 꿈에서조차 상상해 본 적도 없는 태무랑이다.

더구나 동서남북 이백여 리의 거대한 지역이다. 그 안에는 강과 호수, 산, 전답이 있으며 수많은 사람들이 거주하고 있다. 그것이 얼마 후에는 태무랑의 영지가 된다는 것이니 어찌 놀라지 않겠는가.

그저 누이동생을 찾고 복수를 끝내고 나서는 수월화와 함께 무령왕 부부를 부모님으로 모시고 열심히 살겠다는 생각만 하고 있었을 뿐이다.

이런 행운, 아니, 커다란 홍복(洪福)을 자신이 받아도 되는 것인지 혹시 이런 것들이 모두 꿈을 꾸고 있는 중에 일어나는 것은 아닐까 하는 생각마저 들었다.

"주군께선 수월 공주님과 혼인을 하시는 순간부터 영주(領主)가 되시는 겁니다."

명운의 말이 태무랑의 귀에 아련하게 들렸다. 영주라니, 너무도 거창한 신분이다.

일개 군사에서 흑풍창기병이 된 것만으로도 세상을 다 가진 것처럼 기뻤는데, 이것은 그것과는 비교할 수 없을 정도의 엄청난 신분 상승이다.

그때 그는 한 가지 사실을 깨달았다. 자신이 수월화, 즉 공주와 혼인을 하게 되면 왕족이 된다는 사실이다. 정말 이래도 되는 것인지 은근히 겁이 나기도 했다.

문득 태무랑은 이 모든 행운과 홍복이 무령왕이 자신을 잘 봐주었기 때문이라는 생각이 들었다.

즉, 태무랑 자신은 무령왕을 위해서 아무런 공을 세운 적이 없는데 그의 총애 하나만으로 이 조심스러운 행운이 진행되고 또 이루어지고 있다는 것이다.

그는 지그시 주먹을 움켜쥐었다.

'하루빨리 연아를 찾고 복수를 끝내야 한다. 그래야지만 무령왕께 헌신할 수가 있다.'

태무랑 일행은 신시(申時:오후 4시) 무렵에 항주에 도착했다.

남경은 문물이 번성해서 성 전체가 웅장한 데 반해서 항주는 모든 것이 화려하고 오밀조밀, 아기자기했다.

명운은 그 이유가 항주는 색향(色鄕)이라서 미인이 많으며,

그런 이유로 기루가 많고 또 그쪽 방면으로 발달해서 그렇다고 귀뜸을 해주었다.

"그래서 항주에는 강남삼미 중에 두 명이나 있습니다. 무비신녀(無比神女)와 빙옥설화(氷玉雪花)가 그녀들입니다."

태무랑과 명운, 남악은 번화한 거리를 나란히 걸어가고 있다.

그들이 타고 온 구준마와 두 필의 말은 항주에 들어오기 전에 성 밖 마방에 맡겨두었다.

세 사람의 비범한 모습에 행인들이 길을 비켜주면서 쳐다봤지만 태무랑을 알아보는 사람은 아무도 없었다. 또한 명운과 남악은 얼굴이 거의 알려져 있지 않으므로 그들을 알아보는 사람도 없었다.

명운이 넌지시 말을 이었다.

"수월 공주님께서 강남삼미 중 한 분이시라는 사실은 알고 계시겠지요?"

태무랑이 묵묵히 고개를 끄덕이는 것을 보고 명운은 조심스럽게 물었다.

"완월루로 곧장 가시겠습니까?"

비한이 고문한 봉화사선과 팔선은 완월루에 태화연이 있다고 실토했었다.

"밤이 되기를 기다렸다가 손님으로 가장하고 들어가자."

생각 같아서는 지금 당장 완월루로 쳐들어가서 태화연을 찾아내고 싶지만, 항주는 철화천궁과 철화궁의 본거지가 있는 세력권 한복판이다. 선불리 행동하다가는 타초경사, 즉 풀을 건드려서 뱀을 놀라게 하는 우를 범할 수가 있으니 조심해야만 한다.

더구나 철화빙선의 명령으로 태화연이 감시를 당하고 있을 것이기 때문에 자칫 무력을 사용했다가는 일이 꼬이게 될 공산이 크다.

태무랑 일행은 간단한 요기를 하러 항주 남쪽 전당강 강가의 어느 주루로 들어갔다.

항주에는 각기 두 군데에 기루들이 밀집해 있는데 서호와 전당강이다.

두 곳 다 경치가 아름답고 이름난 기루들이 터를 잡고 있어서 항주이색서호전당(杭州二色西湖錢塘)이라는 말이 생겨났을 정도이다.

완월루는 전당강 가에 있는 수백 개의 기루 중 하나이며, 전당십루(錢塘十樓)에 속할 정도로 유명하고 규모가 크며 오랜 역사를 자랑하고 있다.

아까 명운이 혼자 가서 완월루의 위치를 확인했기 때문에 태무랑 일행은 완월루에서 멀지 않은 주루에 들어온 것이다.

창가 자리에 앉은 세 사람은 술 한 병과 세 가지 요리를 시켜서 느긋하게 먹고 마시기 시작했다.

태무랑은 술잔을 손에 들고 창밖으로 전당강을 바라보면서 이것저것 생각하다가 문득 어떤 기억 하나가 떠올랐다.

얼마 전 남경성 밖 숲에서 다섯 명의 무극백절하고 치열하게 싸웠을 때의 일이다.

그 당시에 태무랑은 무극백절 삼십사 위인 잠사무와의 싸움, 아니, 고전했던 일을 지금도 어제 일인 것처럼 생생하게 기억하고 있다.

무극백절 다섯 명하고의 싸움 하나하나가 모두 힘겨웠고 또한 극적으로 이겼지만, 특히 잠사무와의 싸움이 더욱 기억에 남는 이유가 따로 있다.

태무랑은 무극백절 오십팔 위 통천을 죽이는 동작을 취하고 있었기 때문에 뒤쪽에서 잠사무가 검으로 목을 베어오는 것을 도저히 피할 수가 없는 상황이었다.

그래서 전방으로 단 두 뼘만 이동하면 살 수 있다고 너무도 간절하게 마음속으로 빌었다.

그런데 그 기적 같은 일이 실제로 일어났다. 그는 실제 앞으로 두 뼘 정도 이동했고, 잠사무의 검을 아슬아슬하게 피할 수 있었다.

그때 그는 싸우는 도중이라서 길게 생각할 겨를이 없었다.

단지 강렬한 의지와 공력이 일치하는 단계, 즉 순간적으로 의기합일(意氣合一)이 일어나서 그런 기적 같은 일이 가능했을 것이라고만 생각했다.

'위급한 상황이 아니더라도 내 의지에 따라서 그런 일을 실행할 수만 있다면……'

만약 위급한 상황에만 그런 일이 일어날 가능성이 있다면 목숨을 여벌로 몇 개쯤 더 갖고 다녀야만 할 것이다. 또한 그것을 확인하기 위해서 일부러 위급한 상황을 만들어낼 수도 없는 일이다.

지금 태무량이 생각하고 있는 것은 사실 불가의 부동명왕보(不動明王步)라는 것이다.

그것은 이정제동(以靜制動)의 묘다. 즉, 움직이지 않는 고요함이 능히 움직이는 것을 제압할 수 있다는 뜻이다. 그것은 또한 노자(老子)가 설파한 처세의 지혜이기도 하다.

그것을 불가인 아미파(峨嵋派)에서 받아들여 보법으로 실용화시킨 것이다.

그러나 실제 싸움에서는 움직이지 않고서 상대를 제압할 수는 없다. 말하자면 움직이지 않는 것 같은 놀라운 움직임을 발휘한다는 뜻이다.

아미파에서 부동명왕보를 창시하였으나 너무도 고매한 보법이라 여태껏 다섯 손가락에 꼽을 정도밖에는 터득하지 못했다고 전해진다.

부동명왕처럼 그 자리에 태산처럼 우뚝 선 채로 의기 합일하여 순간적으로 공간을 이동하는 최상승의 보법이므로 그럴 만도 하다.

그런데 지금 태무랑이 그것에 착안하여 부동명왕보라는 이름도 모른 채 심취해 있는 것이다.

그는 지그시 눈을 감았다. 완월루에 가기로 한 술시(戌時:밤 8시)까지는 아직 한 시진 반이나 남았으므로 그동안 부동명왕보, 아니, 의기합일에 대해서 궁리해 볼 생각이다.

그 당시 잠사무의 공격을 받았을 때 태무랑이 순간적으로 이동한 거리는 불과 두 뼘 정도다.

그는 그것이 절대 우연이라고 생각하지 않았다. 그 두 뼘에 생사가 교차했었다.

단지 두 뼘이었으나 그 순간이동이 이루어지지 않았으면 그는 이 자리에 있지도 못했다.

두 발로도, 몸으로도 움직이지 못하는 절체절명의 순간에 불의의 공격을 당하면 죽을 수밖에 없다.

하지만 부동명왕보, 즉 의기합일을 자발적으로 실행할 수 있다면 위기에 처했을 때 피하는 것은 물론이고 그것으로 적을 공격할 수도 있을 터이다. 죽을 목숨을 살릴 정도의 수법이므로 그것으로 적을 공격한다면 반대로 살 목숨을 죽일 수 있을 것이다.

태무랑 맞은편에 나란히 앉아 있는 명운과 남악은 적잖이 긴장한 모습이다.

태무랑이 주루에 들어온 이후 한마디도 하지 않고 있더니 급기야는 눈을 감아버렸기 때문이다.

두 사람은 태무랑이 의기합일의 묘리를 깊이 궁구하고 있다는 사실은 추호도 모르고 있다.

단지 그의 생각을 방해하지 않으려고 술이나 요리에는 손도 대지 않고 꼿꼿하게 앉아 있을 뿐이다.

그렇게 반 시진쯤 지났을 때다. 태무랑을 뚫어지게 주시하고 있던 명운과 남악은 한순간 움찔 놀랐다.

스으으…….

눈앞에 앉아 있는 태무랑의 모습이 잔잔한 수면에 비춘 영상이 스러지듯이 갑자기 사라지고 있었기 때문이다.

그것은 찰나를 백으로 쪼갠 극히 짧은 순간에 일어난 일이다. 그의 모습은 스러지는가 싶더니 완전히 눈앞에서 사라져버렸다. 마치 처음부터 그 자리에 태무랑이 앉아 있지 않았던 것 같다.

픽!

우당탕!

"와앗!"

그런데 다음 순간 명운과 남악의 뒤쪽에서 요란한 소리가 터져 나왔다.

두 사람이 움찔 놀라서 급히 돌아보니 그곳에 태무랑이 등을 보인 채 우뚝 서 있고 그 앞에는 점소이가 요리 그릇들과 함께 엎어지고 있었다.

그 상황으로 봐서는 태무랑이 걸어가고 있는데 마주 오던 점소이가 그와 부딪친 것 같았다.

그런데 앞에 앉아 있던 태무랑이 안개처럼 사라지더니 도대체 언제, 어떻게 두 사람 뒤에 등진 자세로 나타났는지 귀신이 곡할 노릇이다.

사실 태무랑은 의기합일을 실행하기 위해서 반 시진 동안 궁구하다가 어느 순간 희한하고도 놀라운 현상을 실제로 경험하게 되었다.

궁구의 막바지에 이르자 마치 머릿속이 텅 빈 것처럼 무념무상(無念無想)의 상태가 돼버렸다.

그때 그는 명운과 남악이 앉아 있는 뒤쪽의 빈자리로 이동하겠다고 마음을 먹었다.

그랬더니 괴이한 상황이 벌어졌다. 그를 중심으로 주위 일장 이내의 모든 움직임이 정지해 버린 것이다.

살펴보니 일 장 밖의 사람들은 계속 움직이고 있었고, 오직 일 장 이내 사람들의 움직임만 얼어버린 듯이 정지했다는 사실을 깨달았다.

그래서 그는 이것이 바로 의기합일이 아닌가 해서 즉시 일어나 명운과 남악의 뒷자리로 가기 위해서 달려갔다.

그런데 때마침 정지 상태 밖에서 점소이가 요리가 담긴 쟁반을 들고 정지 상태 안으로 들어오고 있다가 그것을 미처 발견하지 못한, 아니, 그가 정지해 있는 것이라고 착각한 태무랑하고 충돌을 했던 것이다.

"아니, 주군, 무얼 하시는 겁니까?"

두 사람은 놀라서 자리를 박차고 일어섰고, 명운이 눈을 휘둥그렇게 뜨며 나직이 외쳤다.

태무랑은 대답하지 않고 자리로 돌아와서 앉았다. 하지만 그는 두 가지 매우 중요한 사실을 깨달았다.

의기합일을 이루려면 머릿속을 텅 비워야 한다는 것, 즉 무념무상의 상태가 돼야 한다는 것과 그것이 이루어지면 자신이 순간적으로 이동하는 것이 아니라 주위의 사물이 정지해 버린다는 사실이다.

그것은 물론 시간이 정지한 것이다. 그 상황에서 자신이 마음먹은 곳으로 이동을 하면 되는 것이다.

태무랑은 아무 일도 없었다는 듯 술 한 잔을 비우고는 다시 눈을 감고 의기합일, 아니, 무념무상의 지경에 돌입하기 시작했다.

이번에는 일각 만에 무념무상과 의기합일이 이루어졌다. 하지만 생각하지도 못했던 일이 벌어졌다.

"어엇? 뭐요, 당신?"

"이 사람 미친 거야, 뭐야?"

눈을 감고 의기합일을 이루려고 애쓰고 있는 동안에 그가 목적했던 명운과 남악의 뒷자리에 어느새 손님들이 앉아 있었던 것이다.

그래서 태무랑은 이미 앉아 있는 사람의 무릎에 주저앉아 버리는 웃지 못할 일을 저지르고 말았다.

"미안하오."

그는 정중하게 사과하고 자리로 돌아와서 또다시 의기합일에 들어갔다.

하지만 이번에는 눈을 감지 않았다. 눈을 감고 의기합일에 이르는 동안에 주변의 상황이 변하기 때문에 그것을 놓치지 않으려는 것이다.

그런데 눈을 뜨니까 일각이 아니라 이각이 지나도록 의기합일이 이루어지지 않았다.

눈으로 보는 것들이 있어서 주위가 산만해져 집중할 수가 없기 때문이다.

눈을 뜰 수도 감을 수도 없게 되자 그는 고민에 빠졌다. 어떻게 하면 눈을 뜨고도 눈을 감은 것 같은 효과를 얻을 수가 있느냐는 것이다.

명운과 남악은 눈앞에 앉아 있던 태무랑이 어째서 두 번씩이나 감쪽같이 사라진 것인지, 그리고는 점소이와 부딪치고 또 남의 자리에 가서 낯선 사내의 무릎에 앉아버리는 것인지 이해할 수가 없었다.

그러나 한 가지 놀라운 사실은, 태무랑이 두 번씩이나 눈앞에서 흔적도 없이 사라져 버렸다는 것이다. 그리고 나서는 꼭 사고를 쳤다.

이후로도 태무랑은 두 번 더 사고를 쳤다. 한 번은 방향을 잘못 잡아서 벽을 뚫어버렸고, 또 한 번은 빈자리를 찾아서 두리번거리는 여자를 정면에서 들이받았다.

결국 태무랑은 그만 나가달라는 주인의 요구로 뚫어놓은 벽을 변상하고 총총히 주루에서 나와야만 했다.

완월루가 영업을 개시하는 시각은 정확하게 유시(酉時:저녁 6시)다. 이제껏 영업 개시 시각이 지켜지지 않은 적은 한 번도 없었다고 한다.

또한 완월루의 영업 방침은 철저한 예약제다. 예약을 하지 않은 손님이 완월루에 한 자리를 차지할 수 있는 방법은 오직 한 가지뿐이다.

예약 손님이 사전에 예약을 취소하거나 예약된 시각에서

일각이 지나도록 손님이 나타나지 않을 경우에 생기는 빈자리에 들어가는 것이다.

완월루에는 도합 백오십여 개의 자리, 즉 기방(妓房)이 있으며 평균적으로 하룻밤에 열다섯 개에서 스무 개 정도의 예약 취소로 인한 결방(缺房)이 생긴다.

하지만 그나마도 완월루가 영업을 개시하는 유시에서 반 시진 이내로 다 차버린다.

그런데 태무랑 일행은 완월루 영업 개시 한 시진이 지나서야 느긋하게 나타났으니 빈 방이 있을 리가 없다.

그 바람에 손님으로 가장해서 완월루에 들어가 염탐하고 태화연을 찾아서 데리고 나온다는 태무랑의 계획이 물거품이 될 위기에 처하고 말았다.

태무랑과 남악은 조금 떨어진 곳에 우두커니 서 있고, 명운이 혼자 완월루 입구 바깥에서 누군가에게 통사정을 하는 중이다.

그러나 그가 아무리 애걸복걸해도 완월루의 대답은 변하지 않았다. '빈 방이 없다'는 것이다.

그래도 명운은 물러나지 않고 입구를 가로막다시피 한 채 통사정을 계속했다.

그는 소위 총사우장군의 군사라는 지위인데, 완월루의 영업 방침 같은 극히 기초적인 사항조차 미리 알아두지 않아서 지금 같은 난관에 봉착했으므로 자신의 책임을 통감하고 있는 것이다.

만약 자신 때문에 태무랑의 계획에 차질이라도 생긴다면 그는 누가 뭐라고 하기도 전에 스스로 군사 지위를 내놔야 할 터이다.

하지만 그의 끈질김도 완월루라는 철벽 앞에서는 일절 통하지 않았다.

남경 같으면 그의 한마디면 웬만한 일은 무사통과일 텐데, 아니, 항주라고 해도 그의 신분을 밝히기만 하면 이까짓 것은 아무 문제도 아니련만 그러지도 못하는 상황이니 입술만 바짝바짝 말랐다.

"워어~ 워!"

그때 한 대의 화려한 이두마차가 완월루 앞에 멈추더니 두 명의 유생이 내려 완월루 입구로 향했다.

그들은 남자로서는 자그마한 체구지만 눈이 번쩍 뜨일 정도로 뛰어난 용모의 소유자들이었다.

최고급 비단으로 만든 산뜻한 유생복을 입은 차림에 비단 문사건을 두른 남자들이지만, 남녀를 떠나서 너무도 아름다운 사내들이었다.

그중에서도 특히 한 사람은 잠시 바라보는 것조차도 죄를 짓는 느낌이 저절로 들게 만드는 절대준미한 청년, 아니, 소년의 모습이었다.

 십육칠 세쯤 됐음 직한 소년인데, 절대적인 아름다움은 차치하고라도 그에게서 풍겨지는 기품은 그 누구도 흉내 내지 못할 고아하고 성결한 것이었다.

 오죽하면 태무랑조차도 눈부신 은의 단삼을 입고 있는 소년을 보는 순간 잠시 동안 그에게서 눈을 떼지 못했다.

 수월화나 은지화가 여자들 중에서 가장 아름다운 소녀들이라고 한다면, 은의소년은 남자들 중에서 단연 가장 아름다운 사내일 것이다.

 은의소년의 일행인 다른 소년은 청의 단삼을 입었으며 그 역시 대단히 준수한 용모의 소유자다. 두 소년은 아마도 친구 사이인 듯했다.

 마차에서 내린 두 소년은 나직한 목소리로 대화를 나누면서 완월루 입구로 향했다.

 그러자 완월루에서 한 명의 삼십대 여인이 황급히 달려나와 환한 표정으로 두 소년을 맞이했다.

 그 여인은 완월루의 열 명 화주 중 한 명으로 명운은 여태까지 그녀에게 통사정을 하고 있었다.

 여인, 즉 화주의 행동으로 미루어 두 소년은 완월루의 단골손님인 듯했고, 또 예약을 한 것 같았다.

 그때 무슨 생각에선지 명운이 급히 두 소년에게 다가가 말을 꺼냈다.

"실례하겠소. 외람되지만 부탁 하나 해도 되겠소?"

"뭔가요?"

은의소년은 가만히 있고 청의소년이 사뭇 도도한 표정으로 물었다.

표정만으로 봤을 때는 명운이 그에게 무슨 부탁을 하더라도 씨도 먹히지 않을 듯했다.

명운은 이것이 마지막 기회라고 생각하기 때문에 표정이나 목소리가 절박했다.

"두 분은 완월루에 예약을 했소?"

"그렇소."

청의소년은 명운을 탐탁하게 여기지 않는 표정으로 약간 가느다란 목소리로 새된 소리를 냈다.

그러거나 말거나 명운은 계속 밀고 나갔다.

"공자들이 요구하는 것은 무엇이든 들어드릴 테니까 우리와 합석을 하면 안 되겠소?"

청의소년은 열흘 삶은 호박에 이빨도 들어가지 않을 소리라는 듯한 표정을 지으며 살짝 콧소리를 내면서 오만하게 턱을 치켜들었다.

"흥! 거절하겠소."

그런데 거절하겠다는 그 표정과 모습이 귀엽기 짝이 없

었다.

"제발 부탁하오."

명운은 포권을 하며 태무랑 쪽을 힐끗 쳐다보고 나서 말을 이었다.

"저기 흑의를 입고 계신 분이 불초의 주군이신데, 무림에서는 매우 유명한 분이시오. 그런데 모처럼 주군께서 불초의 집에 왕림하셔서 접대를 하려는데 완월루가 예약제라는 사실을 불초가 사전에 모르고 있었기에 주군께 큰 결례를 범하게 되었소이다. 부디 사람 하나 살리는 셈치고 합석을 허락하면 무엇이든 대가를 치르겠소."

명운의 말은 구구절절이 사람의 마음을 움직였지만 청의소년은 꿈쩍도 하지 않고 오히려 가만히 있는 은의소년의 팔을 잡고 완월루 입구로 이끌었다.

"갑시다, 소(蘇) 형."

두 소년이 완월루 입구로 향하는데 명운이 그들을 따라가며 절박하게 외쳤다.

"궁지에 처한 사람을 모른 체하다니 이건 도리가 아니오! 강호에 나오면 사해가 다 친구라고 하지 않았소?"

그러자 은의소년이 뚝 걸음을 멈추고 돌아섰다. 그는 방금 명운의 말에 무엇인가를 골똘히 생각하는 표정이더니 잠시 후 입을 열었다.

"지금 귀하들이 궁지에 처했다는 것이오?"

나직하면서도 가늘고 청아한 목소리였다.

명운은 뭔가 희망이 보일까 싶어서 즉시 은의소년 앞으로 다가가 고개를 크게 끄덕였다.

"그렇소."

"단지 기루에서 술을 마시지 못하게 된 것이 궁지에 처했다는 것은 지나친 과장이 아니오?"

"그렇지가 않소. 우리는……."

그때 태무랑이 다가오는 바람에 명운은 말을 흐렸다.

태무랑은 은의소년 앞에 우뚝 멈춰 서더니 그를 물끄러미 굽어보았다.

그의 갑작스런 등장에 명운은 입을 다물고 뒤로 물러났고, 은의소년은 말끄러미 그를 바라보았다.

그는 은의소년보다 머리 하나 반 정도는 더 크고 체격도 곱절은 더 커서 그 앞에 서 있는 은의소년은 마치 어린아이 같았다.

그런데 은의소년을 굽어보는 태무랑의 표정은 변함이 없는데 그의 눈빛이 가볍게 일렁거렸다. 그것은 마치 반가운 사람을 만났을 때의 그런 눈빛이었다.

은의소년은 그런 태무랑을 쳐다보기 위해서 고개를 한껏 들어야만 했다.

"소생에게 할 말이 있소?"

태무랑의 행동은 다소 무례하게 보일 수도 있다. 하지만 은의소년은 그의 눈빛이 흔들리는 것을 보고 자신에게 할 말이 있을지도 모른다고 생각했다.

그러나 태무랑은 대답하지 않고 빙그레 미소를 지었다.

그 미소가 너무도 친근해서 은의소년은 하마터면 자신도 모르게 마주 미소를 지을 뻔했다.

그런데 태무랑이 갑자기 은의소년의 머리로 손을 뻗었다.

하지만 은의소년은 피하지 않았다. 태무랑이 자신을 해칠 것이라고 생각하지 않았기 때문이다.

그리고는 뜻밖의 일이 벌어졌다. 태무랑이 빙그레 미소 지으면서 은의소년의 머리를 부드럽게 쓰다듬은 것이다.

그리고 그와 동시에 그의 전음이 은의소년의 고막을 가만히 흔들었다.

[상아, 살아 있었구나.]

"아……."

그러자 은의소년은 화들짝 놀라서 고개를 들어 태무랑을 올려다보았다. 그의 얼굴에는 믿어지지 않는다는 표정이 가득 떠올라 있었다.

태무랑은 은의소년의 머리에서 손을 떼고 온화하게 미소 지으며 그를 굽어보았다.

[네 목소리를 듣지 않았으면 너라는 것을 알아보지 못할 뻔했구나.]

태무랑은 조금 전에 은의소년의 목소리를 듣고서 그가 누군지 단번에 기억해 냈다.

사실 그는 은의소년의 얼굴을 본 적이 없다. 아니, 얼굴 전체를 본 적이 없다.

벽돌 하나 크기의 깊은 구멍을 통해서 그를 봤기 때문이다. 구멍이란 깊을수록 점점 작아지기 때문에 그의 얼굴을 봤더라도 부분적으로만 봤을 뿐이다.

그렇다. 은의소년은 태무랑과 함께 무극신련 총본련의 지옥 같은 곳에서 벽 하나를 사이에 두고 갇혀 있었던 소아상 바로 그녀였던 것이다.

태무랑이 그녀의 모습을 모르듯이 그녀도 태무랑의 얼굴을 모르고 있다.

그렇지만 서로 많은 이야기를 나누었으므로 목소리는 세상의 그 무엇보다도 똑똑하게 기억하고 있다.

은의소년, 아니, 소아상은 감격으로 바들바들 몸을 떨면서 태무랑을 올려다보았다.

그녀는 이것이 꿈인지 생시인지 분간하려는 듯 필사적으로 눈을 동그랗게 뜨고 태무랑을 바라보았다.

"설마 무랑 오라버니신가요?"

게다가 목소리마저도 바르르 떨려 나왔다.

태무랑이 고개를 끄덕이자 소아상은 갑자기 울음을 터뜨리면서 와락 그의 품으로 뛰어들었다.

"으아앙! 무랑 오라버니!"

그녀는 두 팔로 태무랑의 허리를 꼭 끌어안고 가슴에 얼굴을 비비면서 흐느껴 울었다.

태무랑은 그녀의 등을 안고 부드럽게 쓰다듬었다. 두 사람은 아무 말도 하지 않았으나 서로를 안은 상태에서 수많은 말을 주고받았다.

그 지옥 같은 곳에서 말로는 이루 표현할 수 없을 정도의 고통을 겪으면서 두 사람은 서로에게 실로 큰 위안이 되어주었었다.

동병상련의 아픔을 겪고 있는 그들에게 서로가 없었다면 더 힘겹고 외로웠을 것이다.

과연 이 두 사람의 지금 심정을 그 누가 일 푼이라도 헤아릴 수 있겠는가. 그래서 두 사람의 심정은 그들 자신들밖에는 모를 터이다.

봇물이 터진 듯 오열을 터뜨린 소아상은 쉽게 울음을 그치지 못했다.

그녀는 자꾸만 태무랑의 품속으로 파고들며 작게 몸부림치면서 울고 또 울었다.

태무량도 그녀를 꼭 안고 끊임없이 등을 쓰다듬었다. 이 연약한 아이가 그런 지옥 같은 곳에서 고통을 겪었다는 사실이 너무도 안쓰러웠다.

　또한 그곳에서 용케 살아나와 이렇게 기적처럼 만났다는 사실이 쉽게 믿어지지 않았다.

　그러나 명운과 남악, 그리고 청의소년은 무슨 영문인지 모르고 놀란 표정으로 두 사람을 바라보고 있을 뿐이다.

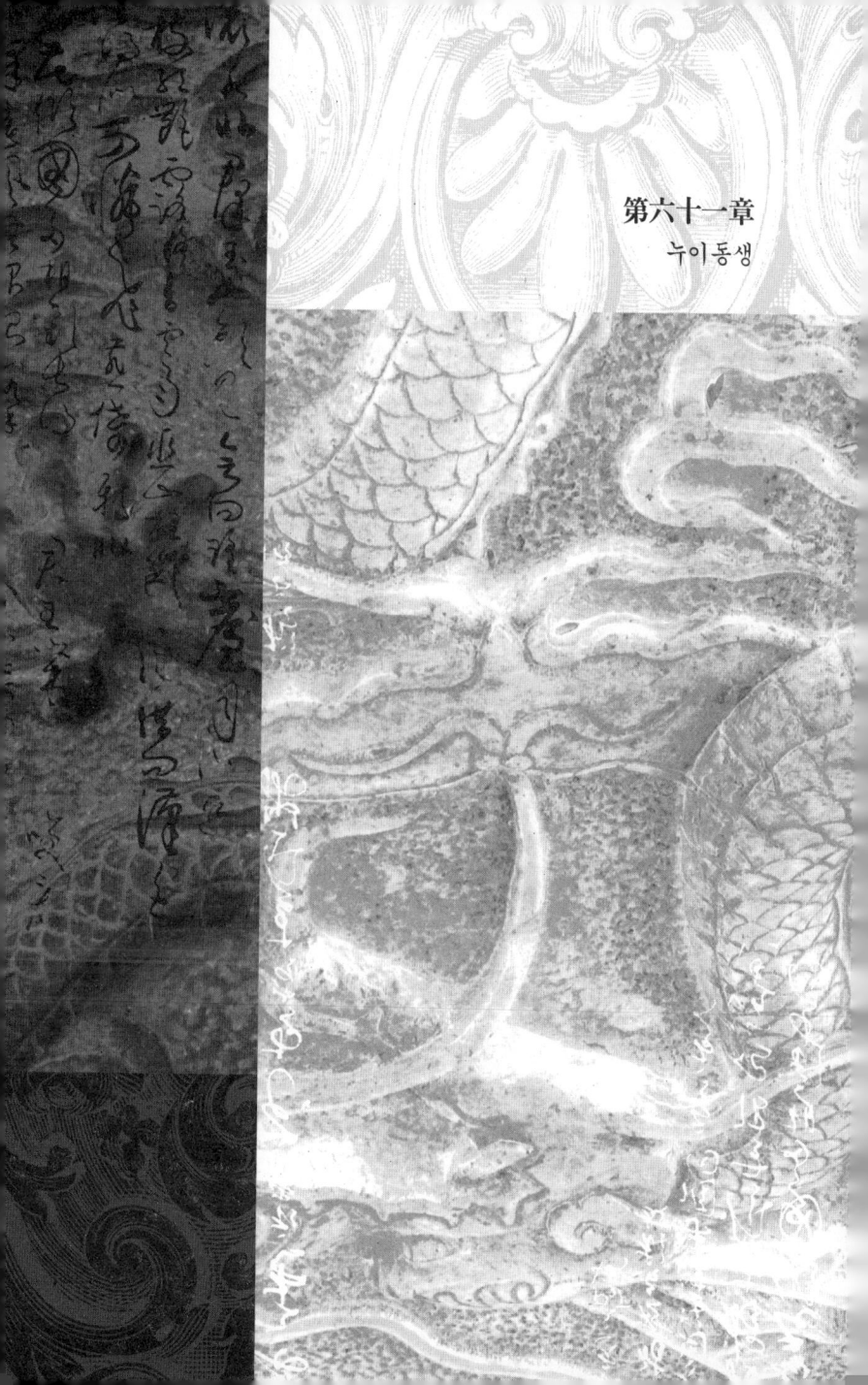

第六十一章
누이동생

완월루는 오층에 둘레가 이백여 장에 이를 정도로 엄청난 규모를 자랑하고 있다.

백오십여 개의 모든 기방에서 전당강을 구경할 수 있으며, 꼭대기인 오층이 최고급이고 아래로 내려갈수록 하급이며 이층까지 기방이 있다. 그 아래 일층은 주방과 손님들을 위한 편좌방이 마련되어 있다.

그렇지만 최하급인 이층이라고 해도 웬만한 기루의 최고급을 능가할 정도로 화려하다.

소아상은 최고급인 오층에 예약을 해두어서 태무랑 일행

과 함께 합석을 했다.

소아상은 처음에 태무랑을 만난 순간부터 오층의 기방에 들어와서 자리에 앉은 지금까지 그의 곁을 떠나지 않고 꼭 붙어 있다.

마치 그의 곁에서 멀어지는 순간 그가 사라지기라도 할 것 같은 행동이다.

"어디 봐요, 무랑 오라버니."

옆에 앉았던 그녀가 책상다리로 앉아 있는 태무랑 허벅지 위에 마주 보는 자세로 냉큼 올라앉더니 그의 얼굴로 두 손을 뻗었다.

그녀에겐 태무랑이 부모나 친 혈육보다도 더 친근하고 소중한 사람이다.

"언제나 손으로만 만져 봤던 무랑 오라버니 얼굴을 다시 만져보고 싶어요."

그 당시에 소아상은 캄캄해서 태무랑의 얼굴을 볼 수가 없어 늘 손으로 그의 얼굴을 더듬으면서 대화를 나누었었다.

"잠깐 기다려라, 상아."

검호의 얼굴로 변신한 상태인 태무랑은 이곳에서라면 진면목으로 돌아가도 괜찮을 것이라는 생각이 들었다.

스으으…….

오행지기를 운용하자 그의 얼굴이 이지러지면서 흐릿해지

는 듯하더니 잠시 후 본래의 얼굴을 되찾았다.

"아……."

소아상과 청의소년, 아니, 청의소녀는 크게 놀라서 눈을 동그랗게 떴다.

아니, 명운과 남악도 태무랑이 얼굴을 변화시키는 것은 처음 보는 터라 눈을 휘둥그렇게 뜨고 쳐다보았다.

"아, 이 얼굴이 무랑 오라버니인가요?"

소아상은 두 손으로 태무랑의 얼굴을 부드럽게 쓰다듬으면서 살며시 눈을 감았다.

그녀는 태무랑의 얼굴이 변하는 것을 보고 적잖이 놀랐으나 지금 그녀가 느끼고 있는 흥분에는 비할 바가 아니라서 그정도 놀라움은 덮어두었다.

그녀의 손이, 아니, 손가락이 태무랑의 이마와 눈, 코, 입, 뺨을 골고루 섬세하게 쓰다듬었다. 그리고는 그녀의 입에서나직한 탄성이 흘러나왔다.

"아아, 무랑 오라버니의 얼굴이 틀림없어요. 두 손에 느껴지는 감촉… 정말 오랜만이에요."

그러면서 그녀는 또다시 왈칵 울음을 터뜨리며 태무랑의 가슴에 쓰러지듯 안겼다.

생각하면 생각할수록 두 사람의 만남은 기구했고, 또한 이렇게 다시 만난 것이 기적 같았다.

소아상은 한번 올라간 태무랑의 무릎에서 내려올 생각을 하지 않았다.

그녀는 그의 책상다리 위에 앉아 얼굴을 만지고 가슴에 얼굴을 비비며 울고 웃으면서 자신과 태무랑의 만남과 그곳에서의 생활, 그리고 서로 어떻게 위로하면서 지냈는지를 이야기했다.

설명을 다 하고 난 그녀는 또다시 제 설움에 겨워서 울음을 터뜨렸다.

소아상에 대해서 잘 알고 있는 청의소녀 가빈(佳玭)은 소아상이 아까 '무랑 오라버니'라고 외치면서 그의 품에 안길 때 이미 어떻게 된 일인지 짐작했다.

그리고는 수십 번도 더 들었던 그 지옥 같은 곳의 이야기를 방금 한 번 더 듣고는 걷잡을 수 없이 눈물을 흘렸다.

마음이 여린 명운은 일전에 태무랑에게 대충 설명은 들었으나 설마 그가 그렇게까지 처참한 경험을 했을 줄은 상상조차 하지 못했다.

소아상의 말을 듣고 난 그는 눈물을 뚝뚝 흘리면서 주먹으로 탁자를 치며 울분을 터뜨렸다.

"크흑! 그 개새끼들을 한 놈도 남김없이 모조리 쳐 죽여야만 속이 풀리겠습니다!"

원래 과묵한 남악도 분노 때문에 어금니를 악물고 커다란 주먹을 움켜쥐고 숨을 몰아쉬었다.

소아상은 태무랑 오른쪽 어깨에 비스듬히 눕듯이 품에 안겨서 손으로 그의 뺨을 쓰다듬으며 눈물을 흘렸다.

"소녀는 수도 없이 무랑 오라버니가 죽었다고 생각했어요. 그리고 절망했었지요."

그 지옥보다 더한 뇌옥에서 두꺼운 벽돌 벽을 사이에 두고 서로에게 한줄기 희망이 됐었던 두 사람이다.

그 당시에 그들이 품었던 처절한 심정과 다시 만난 지금 느끼고 있는 희열을 지켜보고 있는 명운과 남악, 가빈은 두 사람의 심정을 조금이나마 느낄 수가 있을 듯했다.

그래서 소아상이 태무랑에게서 한시도 떨어지지 않으려는 것을 충분히 이해하고 있다.

"무랑 오라버니가 갇혀 있는 철문이 열리고⋯ 무랑 오라버니가 끌려 나갔다가 두어 시진 만에 돌아오면 소녀는 벽에 붙어서 무랑 오라버니가 무사하시기를 간절하게 기원하면서 울었어요. 소녀의 힘으로는 벽돌을 빼낼 수가 없어서 무랑 오라버니가 해주기만을 기다렸지만 언제나 오랜 시간이 지나서야 무랑 오라버니를 다시 만날 수 있었어요."

그 당시에 그녀가 얼마나 초조하게 그의 무사를 빌었을지 세 사람은 그 모습이 눈에 선하게 보이는 듯했다.

"그렇게 오랜 기다림 끝에 벽돌이 뽑히고 비로소 무랑 오라버니를 보게 되었을 때 소녀가 제일 먼저 느낀 것이 무엇이었는지 아세요?"

태무랑은 자신의 어깨에 기대어 눈물을 흘리면서 말끄러미 올려다보는 소아상의 뺨을 부드럽게 쓰다듬었다.

"무엇이었느냐?"

"좁은 구멍을 통해서 피 냄새가 확 끼쳐 왔어요. 무랑 오라버니가 흘린 피 냄새 말이에요. 흐흑!"

"그랬었느냐?"

"무랑 오라버니의 얼굴을 만져 보면 온통 상처투성이였어요. 그런데도 소녀가 걱정할까 봐 상처투성이의 기진맥진한 몸을 이끌고 벽돌을 뽑아주었지요. 흐흐흑!"

태무랑은 소아상이 너무 격렬하게 우는 것 같아서 화제를 바꿔야겠다고 생각했다. 계속 울게 놔두면 탈이라도 날 것 같은 염려가 들었다.

"상아, 그런데 너는 어떻게 그곳에서 탈출했느냐?"

그녀를 처음 만났을 때부터 줄곧 궁금하게 생각했던 일이다.

소아상은 촉촉하게 젖은 눈으로 태무랑을 올려다보며 손으로는 그의 뺨을 어루만지면서 대답했다.

"소녀도 모르겠어요. 어느 날 뇌옥에서 밥을 먹은 후 갑자기 졸음이 쏟아져서 쓰러졌는데 깨어나 보니까 이곳 항주의 어느 객잔 객방의 침상이었어요."

그녀는 흑백이 또렷한 크고 맑은 눈을 깜빡거리면서 알 수 없는 일이라는 듯 고개를 갸웃거렸다.

"달라진 것이 있다면, 소녀를 깨끗하게 목욕을 시킨 상태였다는 것과 좋은 비단옷으로 갈아입혔다는 것뿐이었어요."

태무랑은 그녀의 말이 선뜻 이해가 되지 않았다. 자신은 죽어서야 지옥에서 탈출할 수 있었는데, 소아상이 그토록 쉽게 빠져나왔다는, 아니, 그들이 그녀를 풀어줬다는 사실이 도저히 믿어지지가 않았다.

물론 그녀가 지옥에서 빠져나온 것은 더할 나위 없이 기쁜 일이다. 하지만 의문이 생기는 것은 어쩔 수가 없다.

무극신련 총본련은 무창에 있다. 그런데 그들은 소아상을 혼절시켜 무창에서 삼천여 리나 멀리 떨어진 항주까지 고이 모셔다 주었다는 것이다. 왜 하필이면 항주였을까 하는 의문은 곧 풀렸다.

"항주는 소녀의 고향이고 집이 있어요. 그런데 그들이 소녀를 항주까지 고스란히 데려다주었다는 것이 이상해요."

놈들이 일단 잡아온 무완룡을 시험 도구로 사용하지 않고 집 앞까지 데려다주었다는 것은 아무리 좋게 생각해도 납득이 가지 않는 일이다.

어쨌든 태무랑이 이곳 완월루에 온 목적은 누이동생을 구출하기 위해서니까 지금은 그 일에 전념하도록 하고 일단 소아상에 대한 일은 덮어두기로 했다.

그런데 기방에 남자 손님이 세 명이나 들어왔는데도 오랜 시간이 지나도록 화주가 기녀를 주문 받으러 오지 않는 것이 이상했다.

아마도 그것은 완월루에서 소아상이 여자라는 것을 알고 있고, 여태껏 그녀가 기녀를 필요로 하지 않았기 때문일 것이다. 어쨌든 이 방은 소아상이 예약을 했으니까 말이다.

"소녀는 지옥에서 풀려난 후에 술을 가까이하게 되었어요. 하루도 술을 마시지 않으면 잠을 이루지 못할 정도예요."

소아상은 술꾼이라고는 믿기지 않을 수줍고 아름다운 미소를 지으며 눈을 내리깔았다.

"어느 날 하루는 전당강에 유람선을 띄워놓고 술을 마신 적이 있는데, 경치가 너무나 아름다워서 무랑 오라버니 생각이 더욱 또렷하게 나는 거예요. 그래서 그때부터는 이따금 전당강이 가장 잘 보이는 이곳 완월루 오층에서 술을 마시게 됐던 거예요."

술을 마시지 않고 맨 정신으로는 도저히 잠을 이루지 못했기 때문일 것이다. 태무랑은 그 마음을 충분히 이해한다. 그 자신도 그랬으므로.

이윽고 태무랑이 가볍게 고개를 끄덕여 신호를 보내자 명운이 밖으로 나가 화주를 불러왔다.

"아!"

조심스럽게 실내로 들어선 화주는 소아상을 발견하고는 너무나 놀라서 나직한 탄성을 터뜨렸다.

그 이유는 아마도 소아상이 태무랑 책상다리 위에 옆으로 비스듬히 편안하게 눕듯이 앉아서 그의 품에 안겨 있는 것을 발견했기 때문일 것이다. 그로 미루어 화주는 소아상이 누군지 알고 있는 듯했다.

화주가 놀라거나 말거나 소아상은 태무랑 품에 폭 안겨서 그의 파르랗고 까끌까끌한 턱수염을 만지작거렸다.

"열여섯 살짜리 아이를 원하네."

명운의 주문에 놀라고 있던 화주는 퍼뜩 정신을 차리고는 적잖이 난감한 표정을 지었다.

그저 어린 기녀를 원하는 것도 아니고, '열여섯 살'이라고 딱 못을 박는 손님은 결코 흔하지 않다.

그렇지만 어느 기루에 가더라도 열여섯 살짜리 어린 기녀, 즉 동기(童妓)는 무척 귀하게 마련이다.

더구나 완월루 같은 최상급 기루에서 데리고 있을 정도의 동기라면 모든 면에서 완벽해야만 하기 때문에 더욱 구하기 어려울 수밖에 없다.

완월루에는 최상급의 기녀들이 즐비하지만 평균 나이가 이십 세다. 열여섯 살이면 그보다 한참 어리다.

"그런 아이를 구하는 것은 하늘의 별 따기보다 어려워서……."

화주가 허리를 굽히며 거절의 뜻을 내비쳤다.

소아상은 태무랑의 뺨을 쓰다듬으면서 곱게 흘겼다.

"무랑 오라버니 곁에는 소녀가 있는데도 어린 기녀가 필요하신가요?"

남장을 하고 있는데도 불구하고 그런 그녀의 모습은 뼈를 녹일 정도로 고혹적이었다.

그런데도 태무랑이 빙그레 미소만 짓고 있자 그녀는 상체를 조금 일으켜서 그의 귀에 입술을 붙이고 발그레 얼굴을 붉히며 속삭였다.

"소녀가 무랑 오라버니의 시중을 들겠어요. 원하시면 잠자리 시중까지도."

조용한 실내라서 그녀의 속삭임은 모두에게 똑똑히 들렸다. 그래서 명운과 남악, 청의소녀 가빈, 그리고 화주까지도 해연히 놀라는 표정을 지었다.

그렇게 말해놓고서 소아상은 너무 부끄러워 귀뿌리까지 새빨개져서 얼굴을 그의 가슴에 묻어버렸다.

태무랑은 화주가 자신과 소아상을 빤히 주시하고 있는 것을 발견하고는 계집깨나 밝히는 사내처럼 보여야 할 필요성을 느꼈다.

"하하하! 너는 특별하니까 아껴야 하지 않겠느냐? 이런 곳에서 합방하는 것은 너에 대한 결례다."

그는 호방하게 웃으면서 소아상의 둔부를 쓰다듬었다.

소아상은 깜짝 놀라더니 더욱 부끄러워하며 하얗고 앙증스러운 주먹으로 그의 넓고 탄탄한 가슴을 콩콩 두드렸다.

"몰라요."

그러고 나서 그녀는 아직도 빨개진 얼굴로 화주를 돌아보며 태무랑에게 하던 말투와는 달리 차분하게 말했다.

"그런 동기가 있나요?"

화주는 굽실거리며 공손히 대답했다.

"있기는 있습니다만 한 명뿐입니다요."

방금까지만 해도 없다고 딱 잡아떼더니 소아상이 물으니까 한 명 있다고 실토했다. 그로 미루어 소아상의 영향력이 대단하다는 것을 알 수가 있다.

어떻겠느냐는 듯 소아상이 바라보자 태무랑은 가볍게 고개를 끄덕였다.

그는 그 한 명뿐인 동기가 태화연이기를 빌었다. 그리고 그럴 것이라고 생각했다.

소아상은 다시 화주를 돌아보았다.

"동기 한 사람과 괜찮은 기녀 둘 부탁해요."

그녀는 명운과 남악이 태무랑의 동료라고 생각해서 그들까지 챙기는 것을 잊지 않았다.

화주가 물러가기를 기다렸다가 소아상은 다시 태무랑에게 찰싹 달라붙었다.

"그때 무랑 오라버니께서 마지막으로 끌려 나간 이후로 며칠이 지나도록 돌아오지 않았을 때 소녀가 얼마나 절망했었는지 짐작이나 하셨나요?"

그녀는 또 지옥에서의 일을 끄집어냈다. 그 당시의 이야기를 하지 않고는 견딜 수가 없기 때문이다. 또한 태무랑하고는 그곳의 이야기 말고는 할 얘기가 없다.

깊고도 어두운 늪 바닥에 가라앉은 상태에서의 그녀에게 단 하나뿐인 희망의 끈이었던 태무랑이 어느 날 갑자기 죽임을 당해서 푸줏간의 고기처럼 난도질당한 후에 버려졌다는 사실을 그녀가 어찌 알겠는가.

태무랑은 청력을 돋우어 주위에 아무도 없다는 사실을 확인한 후에 소아상의 머리를 부드럽게 쓰다듬었다.

"너는 그곳에서 아무 일도 당하지 않았느냐?"

소아상은 아름다운 눈망울로 태무랑을 바라보며 풀잎이 스치는 듯 사근거리는 목소리로 입을 열었다.

"소녀는 그곳에 감금되어 있었던 날들을 계산하려고 애썼는데 낮밤을 알 수가 없어서 대략 한 달 보름 정도였다고 짐작하고 있어요."

태무랑의 기억으로는 소아상과 사십여 일 정도 함께 있었으니까 그렇다면 그녀는 태무랑이 내버려진 후 오 일쯤 더 갇혀 있다가 풀려난 것이다.

그녀는 살포시 아미를 찌푸리며 말을 이었다.

"그들은 소녀에게 열흘에 한차례씩 이상한 약을 먹이고 또 악취가 풍기는 액체를 몸에 바르기도 했지만 무랑 오라버니처럼 끌려 나가서 두들겨 맞지는 않았어요. 아마 조금 더 있었으면 소녀도 그리되었을지도 모르지요."

그녀는 태무랑의 앞섶을 만지작거렸다.

"그때 도대체 무슨 일이 있었던 건가요? 무랑 오라버니는 왜 돌아오지 못했나요? 그리고 어떻게 그곳에서 빠져나온 건가요?"

이번에는 태무랑이 그녀의 뺨을 부드럽게 쓰다듬었다.

"그때 나는 죽었었단다."

그 말에 소아상은 화들짝 놀라서 몸을 일으켜 곧추세우고 그를 마주 보고 앉았다.

"그게 도대체 무슨 말씀이에요? 그들이 무랑 오라버니를 죽였나요? 죽였는데 어떻게 살아 계신 거죠?"

태무랑은 고개를 끄덕이고는 그때 당시의 상황을 간략하

게 설명해 주었다.

그것은 소아상과 가빈뿐만 아니라 명운이나 남악도 처음 듣는 얘기다.

그래서 네 사람은 태무랑의 말이 끝나는 동안 눈도 깜빡이지 않고 숨소리조차 멈춘 채 극도로 긴장해서 들었다.

태무랑은 자신이 강제로 들어갔던 오색 액체가 가득한 무쇠 솥에 대해서는 자세하게 언급하지 않았다.

단지 무슨 실험을 하는 과정에서 숨이 끊어졌으며, 깨어나 보니까 온몸이 난도질당한 채 장강 어느 어부의 집에 누워 있었다는 정도로만 설명했다.

또한 어떻게 다시 소생했는지에 대해서도 구체적으로 말하지 않았다.

애써 숨기려는 것보다는 그렇게 자세하게 설명할 필요가 없기 때문이다.

소아상은 태무랑이 무쇠 솥 안에서 괴로움에 몸부림치다가 정신을 잃었다는 말을 듣고는 온몸을 떨면서 곧 죽을 것처럼 통곡을 했다.

그리고는 그가 장강에서 어부의 그물에 걸렸다가 다시 소생했다는 대목에서는 기쁨의 눈물을 펑펑 쏟으며 연신 그의 뺨을 어루만졌다.

명운과 남악도 태무랑의 한마디 한마디에 일희일비하는

것은 다르지 않았다.

하지만 그들이 더 관심을 갖는 것은 완전히 숨이 끊어지고 난도질을 당한 그가 다시 살아났다는 사실이다.

명운과 남악은 자신들이 새로 모시게 된 상전이 얼굴을 마음먹은 대로 바꾸는 것처럼 다른 특별한 능력이 있을 것이라고 상상했다.

이어서 태무랑은 소아상의 머리를 쓰다듬으며 자신이 이곳에 온 이유에 대해서 설명했다. 그러자니 자연히 고향으로 돌아갔을 때의 상황, 즉 어머니와 남동생이 굶어 죽었다는 얘기도 할 수밖에 없었다.

소아상의 놀라움은 너무 컸다. 그리고 그녀의 슬픔은 그보다 백 배는 더 컸다.

그녀는 너무 울어서 눈이 빨개졌으며 태무랑의 어머니와 남동생이 굶어 죽었다는 말에는 그의 품에 안겨서 미친 듯이 몸부림을 치며 서럽게 오열했다.

만약 그녀가 지옥에 끌려가지 않았었다면, 그래서 그곳에서 처절한 감금 생활을 경험해 보지 않았더라면 사람이 굶어서 죽을 수도 있다는 사실을 지금까지도 모르고 있을 것이다.

그녀는 천하의 만백성이 그저 풍족하게 잘사는 줄로만 알고 있었다. 그만큼 유복한 집안에서 태어나 생활했기 때문이다.

태무랑의 설명으로 실내는 더없이 숙연해졌다. 가빈도 명운도 숨을 헐떡이면서 울었고, 과묵한 남악마저도 굵은 눈물을 뚝뚝 흘리며 어금니를 악물었다.

기구함과 슬픔은 만인의 가슴을 관통한다. 그것은 누천 년 동안 변하지 않은 인간 세상의 만고의 진리다.

그리고 뭇 백성을 일으키고 살아가게 하는 원동력 또한 뿌리 깊은 슬픔이며 기구함이다.

슬픔과 기구함이 성장하면 원한이 된다. 아무리 밥을 많이 먹어도 배부르지 않는 사람은 원한이 깊기 때문이다.

아무리 배가 고파도, 그래서 굶어 죽을 지경이 되어도 견딜 수 있는 사람 또한 원한이 깊은 탓이다.

이렇듯 원한은 사람에게 최후의 힘이 되어준다. 인간의 역사는 무수한 크고 작은 원한 위에 세워졌다고 해도 지나친 말이 아니다.

태무랑은 검호의 얼굴로 바꾸었다. 만약 곧 오게 될 열여섯 살 동기가 태화연이라면, 그의 얼굴을 보는 순간 크게 놀랄 것이기 때문이다.

척!

이윽고 문이 열리고 화주가 들어서자 실내에 있던 다섯 명의 시선이 일제히 문으로 향했다. 자연스러움을 유지하려고 애썼지만 과연 태화연이 들어올까 하는 기대감이 더 크기에 어쩔 수 없는 행동이다.

화주의 뒤를 따라서 고개를 숙인 세 명의 기녀가 일렬로 차례로 들어섰다. 하나같이 화사한 옷을 입고 아름답게 단장한 모습들이었다.

그녀들 중에서도 맨 뒤에서 멀찍이 따라 들어오는 기녀가 유독 중인의 눈길을 끌었다.

이유는 여러 가지다. 맨 뒤의 기녀가 가장 어려 보였고, 또 가장 아름다웠으며, 첫눈에도 매우 두려워하는 모습이 완연했기 때문이다.

그래서 그런 여러 조건이 모두들 그녀가 동기라고 생각하게 만들었다.

소아상과 명운, 남악, 가빈의 시선이 이번에는 일제히 검호 모습을 하고 있는 태무랑에게 쏠렸다.

그의 표정을 보고 들어서고 있는 동기가 태화연인지 아닌지를 알아내려는 것이다.

그리고 다음 순간 네 사람은 동시에 가슴이 뭉클해지는 것을 느꼈다.

뚫어지게 동기에게 시선을 못 박고 있는 태무랑의 눈동자가 거세게 흔들리는 것을 발견한 것이다.

'태화연이다!'

네 사람은 그렇게 확신하면서 다시 동기를 쳐다보았다. 한 호흡 정도 차이로 다시 보는 것이지만 방금 전에 봤을 때하고는 사뭇 다른 거센 감흥이 가슴속에서 요동쳤다.

소아상은 태무랑 무릎에서 내려와 그의 왼쪽에 앉아 있었다. 누이동생이 올지도 모르기 때문이다.

화주가 세 명의 기녀를 소개했다. 그러는 중에도 동기는 숙인 고개를 들지 못하고 옷자락만 만지작거렸다.

화주는 동기를 가리키며 당부했다.

"이 아이는 오늘 처음 손님 앞에 선을 보이는 것입니다. 그러므로 이 아이가 실수를 하더라도 아무쪼록 넓은 아량으로 용서해 주십시오."

동기의 기명(妓名)은 화랑(花琅)이라고 소개되었다. 그런데 화주는 나가지 않고 이것저것 쓸데없는 말들을 늘어놓았다. 제 딴에는 친절을 베푸는 것이 이쪽에는 폐가 되고 있었다.

"됐어요. 그만 나가봐요."

급기야 소아상이 참지 못하고 화주를 축객했다.

동기에게서 시선을 떼지 못하고 있는 태무랑은 심장이 멈출 것만 같은 기분이었다.

그의 눈앞 네 걸음 앞에 서 있는 동기는 그가 그토록 찾아 헤맸던 누이동생 태화연이 분명했다.

그가 마지막으로 봤을 때 누이동생은 고작 열네 살이었다.

연일 이어지는 고된 밭일과 집안일을 하느라 검게 그을린 얼굴에 나뭇가지처럼 거친 손발을 지녔으며, 여기저기 해지고 꿰맨 남루한 베옷을 입은 촌티 나는 궁벽한 산골의 계집아이였다.

휴가를 끝낸 태무랑이 귀대를 하던 날 어머니와 누이동생, 남동생 세 사람은 황하 강변까지 따라와서 그를 태운 배가 아스라이 강 건너 포구에 도착할 때까지도 나란히 서서 손을 흔들어주었다.

그런 그녀들을 태무랑은 몇 번이나 뒤돌아보고 또 돌아보면서 산기슭 오솔길을 따라 걸어갔다.

눈물을 보이지 않으려고 애써 밝게 미소 짓던, 그러나 언제나 예외없이 눈물을 쏟아내면서 두 손을 모아 입에 대고는 '무랑가! 무사히 돌아오세요!' 라고 외쳤던, 그 사랑스러운 누이동생이 햇수로 이 년 만에 고향 홍계촌에서 일만여 리나 멀리 떨어진 이곳에서 기녀의 모습으로 오라버니 앞에 나타난 것이다.

그녀는 예전의 모습을 하고 있지 않았다. 키도 더 커졌으며 더 성숙해져서 완연한 여자의 몸을 하고 있었다. 또한 그을린 얼굴과 손은 뽀얘졌다.

그 모습으로 거리에 나가면 뭇 사내들의 시선을 한 몸에 받을 것이 분명했다.

명운은 가슴이 으깨어지는 듯한 슬픔과 감동 때문에 고개를 돌리고 소리 죽여 흐느꼈다.

화주가 나갔는데 아무도 입을 열지 않자 세 명의 기녀는 불안한 듯 안절부절못했다.

소아상은 슬쩍 고개를 돌리고 태무랑의 어깨에 눈물을 닦고는 태화연을 바라보았다.

"화랑이라고 했나요. 이리 와서 오라버니 곁에 앉으세요."

그러나 너무 겁을 먹은 태화연은 자신을 부른 줄도 모른 채 고개만 숙이고 있었다.

결국 소아상이 일어나 직접 그녀에게 다가가서 손을 잡고 태무랑 쪽으로 이끌었다.

태화연은 태무랑 오른쪽에 무릎을 꿇고 앉았으나 감히 그를 쳐다보지 못하고 내내 고개만 깊이 숙이고 있다.

가빈이 두 명의 기녀를 명운과 남악 옆에 앉으라고 한 후에 술잔을 들었다.

"자! 한 잔씩 들어요!"

경직된 분위기를 풀기 위해서다. 가빈은 소아상의 친구인데 그녀를 따라다니면서 술을 마시다가 어느덧 술꾼이 돼버렸다. 그녀는 이런 분위기를 단번에 바꾸는 데는 술이 최고라는 사실을 잘 알고 있다.

다른 두 명의 기녀는 명운과 남악에게 술을 따르는데 태화연은 고개를 숙이고 바닥만 굽어보고 있다.

불안해진 두 기녀가 힐끗거리면서 눈치를 주지만 그녀는 그것마저도 발견하지 못했다.

방 한가운데에는 둥글고 낮은 탁자가 놓여 있고 그 위에는 온갖 미주가효가 그득 차려져 있다.

그리고 태무랑 일행은 의자가 아닌 푹신하고 커다란 방석에 앉아 있는 모습이다.

태무랑 왼쪽에는 소아랑과 가빈이, 오른쪽에는 태화연이 앉아 있다.

그리고 앞쪽 좌우에는 명운과 남악이 서로 마주 보는 자세로 앉았다.

가빈이 흥을 띄우자 명운이 울음 섞인 이상한 목소리로 맞장구를 쳤고, 두 명의 기녀가 교소를 터뜨리며 실내의 분위기를 이끌기 시작했다.

태무랑은 고개를 옆으로 돌려 요동치는 마음을 간신히 억제하며 물끄러미 태화연을 굽어보았다.

단정하게 무릎을 꿇고 두 손을 무릎에 얹은 채 고개를 푹 숙이고 있는 그녀의 뒷머리가 아프게 태무랑의 동공 속으로 파고들었다.

기녀들이 있는 곳에서는 태화연에게 아는 체를 할 수가 없다. 그랬다가는 산통이 다 깨지고 만다.

분위기가 무르익었을 때 명운과 남악이 동침을 위해서 기녀들을 데리고 각자의 방으로 가고 나면 그제야 남매의 극적인 상봉이 이루어질 수 있을 것이다. 하지만 그때까지는 꽤 오랜 시간이 필요할 터이다.

그렇다고 해서 술자리가 이제 막 시작됐는데 명운과 남악을 기녀들과 함께 쫓아낼 수도 없는 노릇이다.

그러나 태무랑은 그때까지 기다릴 수가 없다. 태화연이 너무 심하게 떨고 있었다.

떤다는 것은 두렵기 때문이다. 태무랑으로서는 그 모습을 보는 것이 고문을 당하는 것보다 더 참기 힘들었다.

화주는 태화연이 오늘 처음 술자리에 나오는 것이라고 했다.

만약 그녀가 모시는 첫 손님이 태무랑이 아니었다면, 또한 태무랑이 그녀를 찾지 못한 채 몇 개월, 아니, 몇 년이 흘러버렸다면 그녀는 어쩔 수 없이 다른 기녀들과 다름없는 전철을 밟게 될 터이다.

그것은 어머니와 남동생이 굶어 죽는 순간에 태무랑이 곁에 있었느냐 아니면 없었느냐와 비슷한 경우다. 그때에도 태무랑이 곁에 있었다면 어머니와 남동생은 절대로 굶어 죽지 않았을 것이다.

슥.

태무랑은 팔을 뻗어 태화연의 반대쪽 어깨를 잡고 자신 쪽으로 가볍게 끌어당겼다.

"흑!"

순간 그녀가 소스라치게 놀라 다급히 숨을 몰아쉬면서 온몸을 딱딱하게 경직시켰다.

그러자 모두의 시선이 태무랑과 태화연에게 집중되었다. 두 기녀는 자연스러운 동작이고 명운과 남악, 가빈, 소아상은 깜짝 놀란 얼굴이다.

그러나 명운 등은 실수했다는 것을 깨닫고 급히 하던 일을 계속했다.

태무랑은 태화연이 가여워서 안아주려다가 그녀가 너무 두려워하자 착잡한 마음을 금하지 못했다.

그는 이제 더 이상 참을 수 없게 되었다. 유일한 핏줄인 누이동생을 곁에 두고도 자신이 오라버니라는 사실을 밝히지 못한다는 것 때문에 폭발할 지경이 돼버렸다.

그는 태화연을 데리고 갈 다른 장소가 있는지 찾아보려고 실내를 두리번거렸다.

그러자 소아상이 그의 마음을 재빨리 눈치를 채고 일어나 한쪽을 가리켰다.

"이리 오세요."

태무랑이 태화연의 어깨를 잡은 채 일어나자 그녀는 지푸

라기처럼 힘없이 일으켜졌다.

그는 저만치 한쪽에 소아상이 문을 연 곳으로 성큼성큼 걸어갔다.

태화연은 반쯤은 그에게 매달린 채 이끌려 갔다. 그녀는 눈을 동그랗게 뜨고 숨조차 쉬지 못했다. 마치 도살장에 끌려가는 송아지 같은 모습이다.

그녀는 태무랑이 자신을 범하려 한다고 오해했다. 그러지 않고는 갑자기 자신을 다른 방으로 끌고 갈 리가 없다.

가빈이 태무랑을 뒤따르며 기녀에게 지시했다.

"이 방에 따로 술상을 차리라고 전해요."

명운과 남악은 그 방에서 곧 무슨 일이 벌어질지 짐작하기 때문에 태무랑의 뒷모습을 보면서 극도로 긴장하고 흥분한 것을 드러내지 않으려고 애를 썼다.

탁!

안으로 들어온 가빈이 문을 닫자 소아상이 급히 유등에 불을 밝혔다.

태무랑은 이미 태화연을 자신의 앞에 세우고는 두 손으로 그녀의 어깨를 움켜잡고 있었다.

"오라버니."

소아상이 급히 그에게 다가가 그러지 말라고 옷자락을 잡아당겼다.

잠시 후에 술상을 차리러 화주와 하녀들이 올 텐데 그때 실내 분위기가 이상해져 있으면 안 되기 때문이다.

검호의 얼굴을 하고 있는 태무랑은 일그러진 표정으로 태화연을 쏘아보았다.

그저 감정을 억누르려는 것뿐인데 그것이 태화연에겐 공포 그 자체로 보였다.

태화연은 급히 태무랑을 외면하고 그 옆에 서 있는 소아상을 바라보았다.

소아상은 말없이 부드러운 미소를 지어 보였다.

태화연은 소아상을 보면서 무언가 간절하게 애원하는 듯한 표정을 지었다.

같은 여자로서, 그리고 방금 소아상이 지어 보인 미소가 태화연에게 약간의 힘이 되어준 것 같았다.

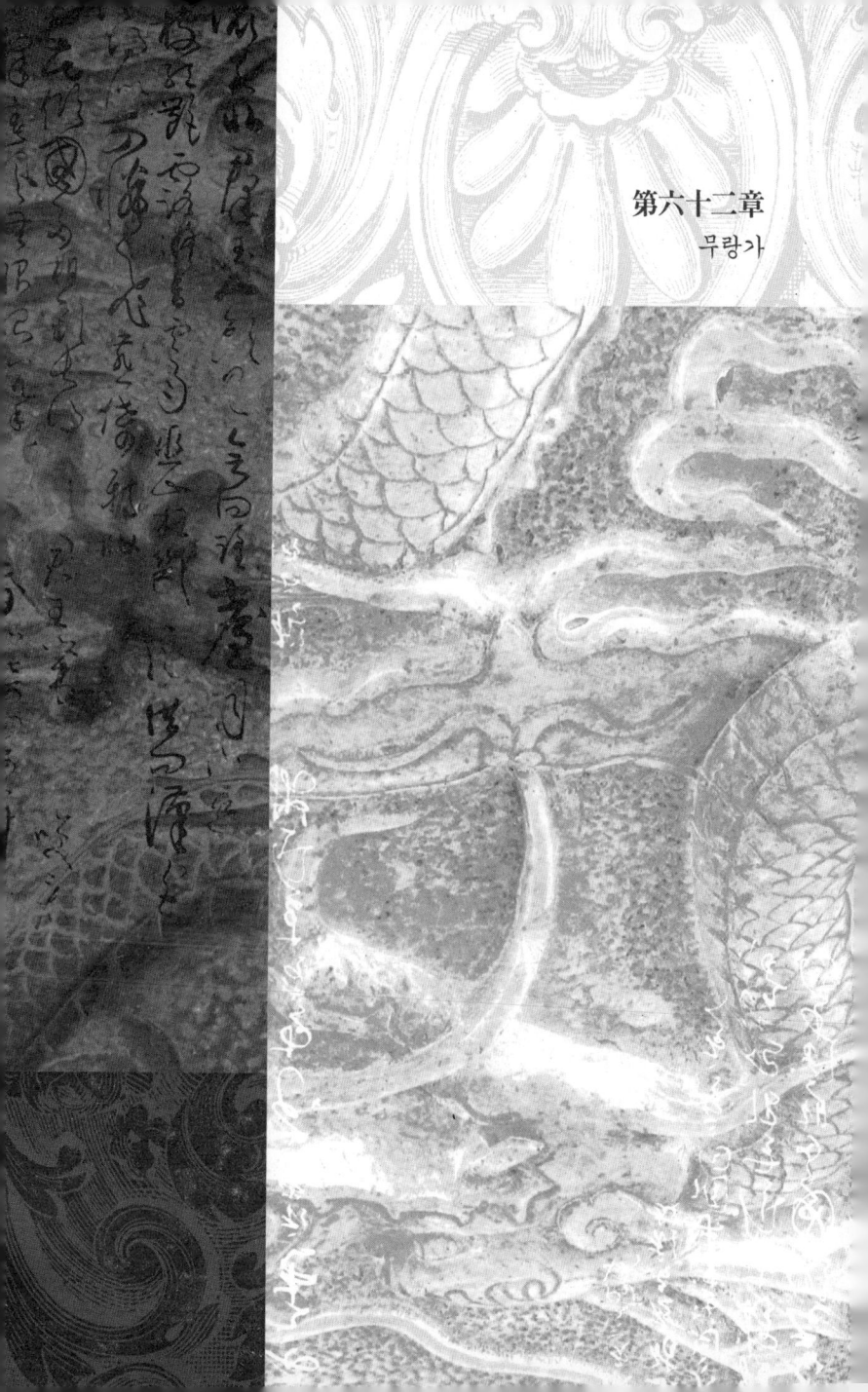

第六十二章
무량가

술상이 차려진 후에 태무랑은 태화연의 아혈을 제압했다.

그러나 태화연은 처음부터 한마디도 하지 않고 있었기 때문에 자신이 말을 못하게 되었다는 사실을 깨닫지 못했다. 단지 태무랑이 목덜미와 턱, 팔꿈치를 건드리자 움찔 놀라며 몸을 움츠렸을 뿐이다.

태무랑은 태화연을 자신의 앞에 앉히고 뚫어지게 주시했다.

겁을 먹은 태화연이 고개를 숙이려고 하자 턱을 치켜들어 그러지 못하도록 했다.

그러나 그녀는 태무랑을 똑바로 쳐다보지 못하고 시선을 이리저리 회피하더니 급기야 눈을 감아버렸다.

[연아, 눈을 뜨고 나를 똑바로 봐라.]

태무랑의 전음에 태화연은 움찔 놀랐다. 그녀는 방금 귓전을 울린 목소리가 몹시 귀에 익다고 느꼈다.

눈을 깜빡거리던 그녀는 잠시 후에 그것이 태무랑의 목소리라는 사실을 알아차렸다.

그녀는 눈을 동그랗게 뜨고 태무랑을 찾으려고 주위를 두리번거렸다.

하지만 실내에는 검호의 모습을 한 태무랑과 소아상, 가빈 뿐이라서 실망을 금치 못했다.

하긴 어째서 이런 곳에 태무랑이 있겠는가. 그의 환청이나 환영은 지난 이 년여 동안 하루에도 여러 번 듣고 봤지 않은가. 그래서 그녀는 방금 들은 것 역시 환청일 것이라고 생각했다.

이 년여 전의 어느 날 갑자기 서북군중녕위소에서는 태무랑이 군탈을 했다는 통보와 함께 가족이 살고 있던 집과 그동안 둔전으로 붙여먹었던 전답을 강탈했다.

그러나 당장 머무를 곳이 없게 된 어머니와 태화연, 태도현이지만 자신들보다는 태무랑을 더 염려했다.

그리고 그가 군탈을 했을 리가 없다고 생각했다. 가족을 위해서 군사가 된 그가 어째서 군탈을 했겠는가. 말이 되지 않는 일이다.

그녀는 그 믿음을 지금 이 순간까지도 버리지 않고 있다. 무랑가는 가족을 버리지 않았으며 무슨 피치 못할 곡절이 있는 것이 분명하다. 그런 믿음이 지난 이 년여 동안 그녀를 지탱해 준 힘이었다.

그런데 그때 갑자기 괴이한 일이 벌어졌다. 눈앞에 책상다리로 앉아 있는 사내의 얼굴이 이지러지면서 눈과 코, 입, 귀, 뺨이 사라지고 있었다.

'아악!'

태화연은 소스라치게 놀라서 비명을 질렀는데 어떻게 된 일인지 목소리가 나오지 않았다. 그래서 그녀는 다급히 고개를 숙여 버렸다.

그녀는 극도의 공포 때문에 가녀린 몸을 바들바들 떨었다. 눈앞의 사내가 얼굴이 이지러지는 것이나 자신의 목소리가 나오지 않는다는 사실이 너무도 무서웠다. 그리고 이것이 제발 꿈이기를 간절히 빌었다.

[연아, 고개를 들어라.]

그때 예의 태무랑의 목소리가 그녀의 귀를 울렸다. 하지만 그녀는 그것이 조금 전처럼 환청이라고 생각했다. 그래서 고개를 들지 않고 몸을 바들바들 떨었다.

그러자 하나의 커다란 손이 그녀의 턱을 잡더니 천천히 들어 올렸다.

태화연은 사내가 자신의 무서운 얼굴을 강제로 보게 하려는 것이라고 생각해서 필사적으로 눈을 감고 뜨지 않았다. 그 얼굴을 다시 한 번 보면 혼절해 버릴 것만 같았다.

[연아, 눈을 뜨고 나를 봐라.]

그 목소리가 또 말했다. 그런데 몇 번을 들어도 분명히 무랑가의 더없이 자상하고 부드러우며 믿음직스러운 목소리다.

[연아, 무서워하지 말고 내가 누군지 봐라.]

다시 또 그 목소리가 들리자 태화연은 생각했다. 현실에서 무랑가의 목소리가 들릴 리가 만무하다. 그렇다면 이것은 꿈이다. 그러므로 무서워할 필요가 없다.

그녀는 아주 천천히 눈을 떴다. 그러자 아주 흐릿하게 한 사람의 얼굴이 그녀의 망막에 비춰졌다.

"......."

그녀는 눈을 크게 뜨고 자신의 턱을 받쳐 들고 있는 사람을 바라보며 환한 미소를 지었다.

'무랑가......'

꿈이지만 오라버니의 모습을 보는 일은 언제나 즐거웠다. 그녀를 휩쓸고 있는 수천만 가지의 고통 속에서 그것은 유일한 낙이었다.

너무도 잘생긴 믿음직한 태무랑의 얼굴이 그녀를 바라보면서 감격 어린 미소를 짓고 있었다. 무랑가의 모습은 마지막으로 봤을 때보다 훨씬 더 어른스러워지고 또 준수한 모습이되어 있었다.

[연아, 오라비다. 알아보겠느냐?]

태화연은 부지불식간에 엷은 미소를 지으며 고개를 끄덕였다. 그녀는 이것이 여전히 꿈속이라고 생각했다.

왜냐하면 현실에서는 절대로 이런 일이 일어날 수가 없을것이기 때문이다.

태무랑은 태화연이 아직 정신을 차리지 못한 것이라고 생각했다. 그래서 그녀가 더욱 가련하고 안쓰러웠다.

그는 태화연을 가만히 가슴에 끌어안았다. 그녀는 힘없이그의 품속에 쓰러져서 뺨을 묻었다.

쿵쿵쿵쿵.

그런데 빠르게 뛰고 있는 심장 박동 소리가 들렸다. 아니,그녀의 뺨을 울리고 온몸을 진동시켰다.

꿈인데 심장 소리가 이토록 생생하게 들릴 수 있을까 하는의문이 피어올랐다.

그녀는 부스스 태무랑의 품에서 벗어나 눈을 깜빡거리며그를 다시 바라보았다.

'무량가……?

여전히 목소리가 나오지 않았다.

태무랑은 두 손을 뻗어 그녀의 뺨을 부드럽게 감쌌다.

[연아, 고생 많았구나. 미안하다.]

꿈속이라고 해도 눈물이 나는 법이다. 태화연은 이 꿈이 영원히 깨지 않기를 바라면서 눈물을 흘렸다.

[네가 나를 보고 놀라서 소리를 지를까 봐 목소리가 나오지 않게 해놨단다.]

그때 태무랑 옆에 바싹 붙어서 앉아 있던 소아상이 손을 뻗어 태화연의 손을 잡았다.

태화연은 자신의 손을 잡은 그녀의 손에 이어서 그녀의 얼굴을 이끌리듯 바라보았다.

소아상은 이미 아까부터 감격의 눈물을 펑펑 흘리고 있었다.

태화연은 그녀가 왜 우는 것인지 이유를 알지 못했다.

소아상이 그녀의 손을 잡고 이끌어 태무랑의 얼굴을 만지게 해주었다.

그때 태화연은 한 가지 사실을 깨달았다. 여태까지 태무랑의 꿈을 많이 꿨지만 한 번도 그의 얼굴을 만져 본 적이 없다는 사실이다.

그녀의 작고 흰 손에 태무랑의 얼굴이 만져졌다. 예전 고향에서나 둔전을 했던 마을에서 그녀는 태무랑에게 자주 업혔고, 그때마다 그의 얼굴을 만지고 또 손으로 눈을 가리면서 장난을 쳤다.

그런데 그녀의 손에 만져지는 감촉과 체온은 오라비 태무랑의 그것이 분명했다.

태무랑은 그녀가 지금 꿈을 꾸고 있는 것이라고 착각하고 있다는 사실을 깨달았다. 그래서 그녀의 정신을 맑게 해주어야겠다고 생각했다.

그는 태화연의 손목을 잡고 약간의 진기를 주입시켜 주었다.

잠시 후에 태화연은 눈을 동그랗게 떴다. 평생 지금처럼 정신이 맑고 명료한 적이 없다는 느낌이 들었기 때문이다.

그러면서 지금까지 보고 느끼던 것들이 전혀 새롭게 받아들여졌다. 눈앞에 앉아 있는 준수한 무랑가의 모습이 현실인양 또렷했다.

'아…….'

태무랑이 두 손으로 그녀의 뺨을 감싸면서 말했다.

[연아, 이것은 꿈이 아니란다. 오라비가 네가 있는 이곳 완월루에 너를 만나러 온 것이다. 나는 군탈을 하지도 않았고 죽지도 않았단다. 나를 잘 살펴보아라.]

태화연은 태무랑을 말끄러미 바라보았다. 눈을 깜빡이면

서 바라보고 있는 그녀의 눈이 시간이 지날수록 점점 커지고 입도 벌어졌다.

이윽고 그녀는 다시 손을 뻗어 태무랑의 뺨을 만져 보았다. 그러더니 잠시 후에 후드득 눈물을 쏟아냈다.

'정말… 무랑가예요?'

말이 되어 나오지 않았지만 태무랑은 그것을 느낄 수 있다.

[그래, 오라비다.]

이어서 그는 고향 집에서부터 이곳까지 태화연을 찾아오게 된 길고긴 경위를 간략하게 설명해 주었다.

태화연은 자신이 지나온 발자취를 태무랑이 하나씩 더듬듯이 설명하자 더욱 눈물을 흘리면서 점차 꿈에서 현실 세계로 돌아오기 시작했다.

그녀가 태무랑이 실제 인물이라고 확신하기까지는 꽤 오랜 시간이 걸렸다.

그래서 그녀에게 가해진 기쁨과 감격도 한꺼번에 몰아닥치지 않고 천천히 긴 시간 동안 마른 모래에 물이 스며들 듯이 전해졌다.

[말을 못하는 것이 답답하더라도 조금만 참아라. 너를 감시하는 자들이 있기 때문이란다.]

태무랑은 태화연을 품에 안고 온화하게 전음을 보냈다.

태화연은 책상다리를 한 그의 무릎에 앉아서 한쪽 어깨에 기대어 눕듯이 그의 품에 안겨 있었다. 그리고는 그를 바라보며 하염없이 눈물을 흘리며 뺨을 쓰다듬었다.

소아상과 가빈도 옆에서 그 광경을 보며 눈물을 흘리며 함께 기뻐해 주었다.

그러면서도 그녀들은 저쪽 방에 있는 두 명의 기녀가 의심을 할까 봐 자기들끼리 깔깔거리면서 술잔을 부딪치고 마시는 것을 잊지 않았다.

'무랑가… 우리 무랑가…….'

태화연은 지금의 심정을 뭐라고 표현할 수 없을 정도다. 그녀는 태무랑 품에 안겨서 끊임없이 그의 얼굴과 몸을 만지며 확인하고 그러면서 또 울었다.

소아상은 얼마 전까지 자신이 태무랑의 품에 안겨서 저런 모습이었다는 사실을 깨닫고 빙그레 절로 미소가 떠올랐다.

지금 그녀는 마음속으로 한 가지 결심을 하고 있었다.

'이젠 죽어도 무랑 오라버니하고 헤어지지 않을 거야!'

축시(丑時:새벽 2시)가 지나고 있었다.

태무랑은 슬슬 움직여야 할 때라고 생각했다.

옆방의 명운과 남악은 여전히 두 기녀와 술을 마시는 중이다.

남악의 목소리는 거의 들리지 않고, 명운과 두 기녀가 한데

어우러져서 떠드는 소리가 왁자했다.

그렇게 행동하는 것이 처음부터 미리 계획된 것이라고는 하지만 명운의 노는 모습은 기루에 많이 다녀본 논다리의 품새가 분명했다.

기녀들은 과연 완월루의 기녀답게 다방면에 탁월한 재주가 있었고, 손님들을 쉴 새 없이 즐겁게 만들었다. 아름다운 노래를 부르는가 하면 악기를 연주하기도 했으며, 시를 읊기도 하고 품격 높은 학문을 논하기도 했다.

태무랑이 있는 방에서는 그와 소아상, 가빈이 푹신한 방석에 앉아 고즈넉이 술을 마시고 있었다.

태화연은 처음 자세 그대로 태무랑의 품에 안긴 채 깊이 잠들어 있었다.

쇠약해진 상태에서 극도의 두려움에 떨었고, 그다음에는 태무랑을 만난 충격까지 겹쳐서 탈진한 것이다.

그러면서도 그녀는 두 팔로 그의 등을 꼭 끌어안고 있는데, 눈에서는 계속 눈물이 흘렀다. 아마 꿈속에서도 태무랑을 만나고 있는 모양이었다.

태화연이 그에게 안겨 있는 터에 움직이는 것이 자유롭지 않아서 옆에 앉은 소아상이 일일이 술을 따라주고 요리를 집어서 그의 입에 넣어주고 있었다.

그러면서도 그녀는 불평은커녕 행복해서 죽겠다는 듯한

표정을 짓고 있다.

술잔을 내려놓고 태무랑이 소아상을 보았다.

[무공을 할 줄 아느냐?]

"전혀 못해요."

소아상은 취기가 올라 발그레한 얼굴로 도리질을 치면서 두 팔로 그의 팔을 가슴에 꼭 안았다.

태무랑은 아까 소아상을 다시 만났을 때 그녀에게서 무공의 기운을 전혀 감지하지 못했지만 혹시나 하는 마음에서 물어본 것이다.

반면에 가빈은 무공을 할 줄 아는 것으로 간파했다. 그것도 평범한 수준이 아닐 것이다. 아마도 평소에 두 소녀가 마음 놓고 술을 마시러 다니는 이유도 가빈이 보호하고 있기 때문에 가능했을 것이다.

태무랑은 오른팔로는 태화연을 안고 있고 왼팔은 소아상이 가슴에 끌어안고 있어서 불편했으나 팔을 빼지는 않았다. 그는 자신의 왼쪽에 나란히 앉아 있는 소아상과 가빈을 보며 전음을 보냈다.

[나는 이제부터 감시자들을 제압할 것이다.]

그가 진작부터 청력을 돋우어서 감지하기로는 창밖과 지붕, 문밖 세 군데에 세 명이 은신하고 있었다.

그들의 숨소리로 미루어 여자들인 듯했고, 태화연을 감시하는 것이 분명하다고 판단했다.

어차피 태화연을 데리고 이곳을 나가면 그녀가 없어졌다는 사실이 드러나게 될 터이다.

그러면 추적을 당하게 될 것이다. 하지만 될 수 있으면 그 사실이 늦게 발각되는 편이 좋다.

또 하나의 문제가 있다. 완월루는 소아상에 대해서 잘 알고 있는 듯한데, 그녀와 합석을 한 태무랑 일행이 태화연과 함께 사라지고 나면 소아상이 곤란해질 것이라는 사실이다.

[설사 네가 곤란해지더라도 나는 이 아이를 데리고 나가야만 한다.]

태무랑의 말에 소아상은 방그레 미소 지으면서 고개를 힘껏 끄덕였다.

[소녀가 감시자들을 제압할까요?]

그때 뜻밖에도 여태 잠자코 술만 마시고 있던 가빈이 취기가 올라 발그레한 얼굴로 태무랑을 바라보며 불쑥 물었다. 그러더니 태무랑이 뭐라고 하기도 전에 말을 이었다.

[창밖과 지붕, 문밖에 도합 세 명이군요. 말씀만 하시면 깨끗이 제압할 테니까 오라버니께선 시간을 벌도록 하세요. 그리고 상아는 소녀가 책임지고 데리고 나갈 테니까 걱정하지마세요.]

감시자들이 있는 장소까지 정확하게 알아내다니, 가빈은

태무랑이 짐작하고 있는 것보다 뛰어난 고수가 분명했다. 더구나 그녀는 붙임성있게 '오라버니' 라는 말을 쉽게 했다.

감시자를 제압하지 않고는 이곳을 빠져나갈 수가 없다. 감시자가 고강하든 그렇지 않든 중요하지 않다.

중요한 것은 감시하고 있는 그녀들의 눈이다. 그것을 없애야지만 완월루에서 태화연을 데리고 나갈 수 있을 것이다.

태무랑이 대답이 없자 가빈은 그가 허락한 것으로 알고 다음 말을 이었다.

[이곳에서 나가시면 곧장 절정문(絶頂門)으로 가세요. 그곳은 상아의 집이니까 그곳에만 가면 안심할 수 있어요.]

가빈이 그렇게 말하고 나서 절정문의 위치를 자세히 가르쳐 주었으나 태무랑은 그럴 생각이 추호도 없었다.

이곳을 나가는 즉시 곧장 남경으로 쉬지 않고 달려갈 계획이기 때문이다.

그런데 그런 태무랑의 생각을 눈치챘는지 가빈이 상큼 눈을 치켜뜨더니 눈동자로만 살짝 소아상을 보고 나서 말했다.

[만약 그냥 사라지시면 상아의 실망이 이만저만하지 않을 거예요.]

태무랑은 자신의 팔에 매달려 혼곤한 표정을 짓고 있는 소아상을 굽어보고 나서 가빈에게 말했다.

[지금은 무엇보다도 연아의 안위가 중요하기 때문에 어쩔

수가 없구나. 상아에겐 나를 찾으러 남경으로 오라고 전해
라.]

[남경에요?]

[남경 개방분타에서 나를 찾으면 된다.]

가빈은 가볍게 실소를 흘렸다.

[오라버니는 개방 제자였군요?]

태무량은 대답하지 않고 전음으로 명운과 남악에게 명령
을 내렸다.

[준비하라. 곧 실행한다.]

이어서 그가 가볍게 고개를 끄덕이자 가빈이 일어나 곧장
창으로 향했다.

슥—

태무량은 꼭 붙잡고 있는 소아상의 가슴에서 팔을 뺐다.

"응…….'

계속 그의 팔을 잡으려고 보채는 소아상의 혼혈을 지체없
이 제압했다.

스르르 눈을 감으며 잠에 빠져드는 소아상을 바닥에 눕히
고는 태화연을 가슴에 안고 옆방으로 향했다.

스륵—

문을 열자 이미 두 기녀의 혼혈을 제압한 명운과 남악이 나
란히 서서 기다리고 있는 중이다.

태무랑이 청력을 돋우자 가빈이 지붕으로 향하고 있는 것이 감지됐다.

그렇다면 이미 창밖의 감시자를 제압하고 지붕의 감시자를 제압하러 가고 있다는 뜻이다.

태무랑은 감시자를 제압하는 일을 가빈에게 맡기기를 잘했다는 생각이 들었다. 그가 제압하는 것보다 그만큼 시간을 충분히 벌 수 있기 때문이다.

남악이 재빨리 창을 활짝 열자마자 태무랑이 즉시 창밖으로 빠져나갔다.

바로 그때 지붕에서 미미한 신음 소리가 들렸다. 가빈이 지붕의 감시자를 제압하는 소리다.

태무랑은 창을 빠져나가면서 힐끗 옆을 보다가 약간 표정이 변했다.

감시자인 듯한 이십대 중반의 여고수 한 명이 창 옆 창틀 위 벽에 기대어 서 있는데 눈을 부릅뜨고 입을 반쯤 벌린 모습으로 죽어 있었다.

그런데 목에 가로로 선명한 상처가 그어져 있는 모습이다. 단검으로 목줄을 딴 것이 분명했다.

제압하라고 했더니 가빈이 아예 죽여 버린 것이다. 순진하고 귀여운 미소를 지으면서 다소곳하던 그녀에게 이런 잔인한 일면이 있었다는 사실이 뜻밖이다. 아니면 일에 있어서는 철저한 성격인지도 모른다.

그러나 지금은 그런 것을 갖고 왈가왈부할 때가 아니다. 어쩌면 죽인 것이 더 깔끔한 처리인지도 모른다.

오층에서 그대로 하강하여 완월루 담 밖인 전당강 강가에 내려선 태무랑은 곧장 강을 따라서 하류로 향했다.

이곳에서부터 동쪽으로 오 리 거리에 있는 해조사(海潮寺)에서 방향을 북쪽으로 잡아 달리면 항주성 밖을 외곽으로 돌게 된다.

즉, 항주성 내를 거치지 않고 북문으로 갈 수 있는 것이다. 북문 밖 마방에는 구준마와 두 필의 말을 맡겨두었다.

그곳에서 말을 몰아 달리면 태화연을 감시하던 여고수들이 죽었다는 사실이 발각될 쯤에 태무랑 일행은 항주 경내를 완전히 벗어나 있을 것이다.

안고 있던 태화연을 등에 둘러업은 태무랑은 강가를 전력으로 달리기 시작했다.

쉬이이―

그러자 명운과 남악이 눈을 두어 번 깜빡거릴 사이에 뒤로 멀찌감치 뚝 떨어졌다.

태화연을 데리고 있는 태무랑이 먼저 완월루에서 멀리 사라지는 것이 급선무다.

명운과 남악은 나중에 뒤따라와서 합류하면 된다. 이미 그렇게 하기로 약속이 돼 있다.

명운과 남악은 태무랑이 태화연을 업은 상태에서 눈 깜빡할 사이에 아스라이 멀어지다가 시야에서 완전히 사라지는 것을 보고 놀라서 혀를 내둘렀다.

두 사람은 태무랑의 무위가 도대체 어느 정도이며, 얼마나 놀라운 재주들을 더 갖고 있는지 가늠조차 하지 못했다.

방으로 돌아온 가빈은 두 기녀가 있는 방으로 가보고는 그녀들이 제압되어 쓰러져 있는 것을 발견했다.

그녀는 즉시 기녀들의 혈도를 풀어주고는 그녀들이 깨어나기 전에 소아상이 있던 방으로 돌아왔다.

그리고 혼혈이 제압되어 있는 소아상을 일으켜서 탁자에 엎드리게 해놓고 자신도 그 옆에 앉았다가 스스로 혼혈을 제압해서 소아상 옆에 엎어졌다.

태무랑은 자신이 탈출한 후에 가빈이 소아상을 업고 탈출할 것이라고 예상했었는데 가빈은 그렇게 하지 않았다.

그렇게 할 경우에는 소아상과 가빈이 태무랑을 도왔다고 의심을 받을 것이기 때문이다.

만약 완월루가 철화천궁 소유라는 사실을 몰랐다면 태무랑의 예상대로 행동했을 것이다.

하지만 태무랑으로부터 그 사실을 알게 되고는 그럴 수가 없었다. 철화천궁의 의심을 받아서 좋을 게 없기 때문이다.

가빈이 스스로의 혼혈을 제압한 것은 대단한 모험이다. 용기와 배짱, 그리고 이렇게 함으로써 자신들이 무사할 것이라는 확신이 없으면 할 수 없는 행동이다.

그녀는 혼혈이 제압된 척하고 있는 것이 아니라 실제로 혼혈을 제압하여 깊이 잠들었기에 아무것도 모르는 상태다.

소아상 역시 혼혈이 제압됐기 때문에 누가 보더라도 태무랑 일행이 그녀들의 혼혈을 제압하고 도주했다고 믿을 것이 분명하다.

스륵—

문이 열리고 두 명의 기녀가 실내를 들여다보고는 소아상과 가빈이 탁자에 엎드려 있으며, 태무랑과 태화연이 보이지 않자 크게 놀라는 표정을 지었다.

*　　　　*　　　　*

우두두두—

진시(辰時:아침 8시) 무렵 세 필의 준마가 남경성 내 대로를 거침없이 질주하고 있다.

선두의 구준마에는 태무랑과 태화연이 탔고, 뒤따르는 두 필의 말에는 남악과 명운이 탔다.

이들은 축시(새벽 2시)가 조금 지난 시각에 항주를 출발하여 한차례도 쉬지 않고 달린 끝에 조금 전에 남경에 도착한 것이다.

구준마 위에는 태무랑이 태화연을 앞에 태우고 자신이 뒤에서 품에 안은 듯한 자세를 하고 있다.

태화연은 눈을 동그랗게 뜨고 연신 거리를 두리번거렸다. 그녀는 화뢰가 된 이후 줄곧 감금 생활을 했기 때문에 바깥출입은 실로 오랜만이다.

더구나 남경성 내처럼 번화한 광경은 난생처음 보는 터라 잔뜩 겁을 먹으면서도 신기한 표정으로 구경을 했다.

그녀는 항주를 떠나 이곳까지 오는 동안에 자신에게 찾아온 이 커다란 행운이 꿈이 아니라 현실이라는 사실을 수십 번도 더 확인했다.

죽은 줄로만 알았던 오라버니를 다시 만났으며, 오라버니가 그 지옥 같은 곳에서 그녀를 탈출시켜 주었으니 대저 무엇이 부럽겠는가.

지금 그녀는 세상을 송두리째 가진 것보다 훨씬 더 행복에 겨워했다. 이런 상태로 하루만 살다가 죽어도 여한이 없을 것 같았다.

"무랑가, 어딜 가는 거예요?"

태화연은 행복한 미소를 지으며 물었다.

"집에 간다."

태무랑의 대답에 태화연은 깜짝 놀랐다.

"감숙 중녕에 있는 집 말인가요?"

집이라면 둔전을 일구던 감숙성 북부지방 황하 변의 그 토담집밖에 모르는 태화연이다.

"아니다. 앞으로 너하고 내가 살게 될 집이다."

태무랑은 이곳까지 오는 동안 태화연에게 자신에 대해서 설명해 주지 않았다. 그녀가 직접 눈으로 보고 귀로 듣는 것이 좋을 것 같아서다.

태화연은 눈을 동그랗게 떴다.

"이곳에 집이 있나요?"

태무랑은 빙그레 미소 지었다.

"오라비는 곧 혼인을 할 계획이다."

"네에?"

태화연은 너무 놀라서 기대고 있던 그의 어깨에서 머리를 떼고 상체를 세웠다.

"정말이에요?"

"그래. 그녀는 착한 사람이라서 너를 잘 보살펴 줄 테니까 사이좋게 지내야 한다."

"아, 무랑가가 혼인을……."

태화연은 자신의 일보다 더 기뻐하면서 믿어지지 않는다

는 표정을 지었다.

그녀는 아담한 집에서 자신과 태무랑, 그리고 새언니 세 사람이 오순도순 살아가는 모습을 그려보았다.

우두두두—

그즈음 그들의 앞에는 탁 트인 대로가 끝나고 대신 거대한 궁전 같은 대장원이 가로막고 있으나 세 필의 말은 멈추지 않고 속도를 약간 늦추어 달렸다.

그때 남악과 명운의 말이 구준마를 바람처럼 앞지르며 치고 나갔다.

그리고 마상의 남악이 우렁차게 외쳤다.

"문을 열어라! 우장군께서 돌아오셨다!"

태화연은 그게 무슨 말인지 알지 못했다. 또한 왜 태무랑 일행이 거대한 대장원을 향해 달려가는지 몰랐다.

그녀는 다만 놀라서 눈을 커다랗게 뜨고 굳게 닫혀 있는 대장원 전문을 바라보고 있을 뿐이다.

그그긍—

그때 대장원, 즉 무령왕가의 전문 앞을 지키고 있던 군사들이 급히 전문을 양쪽으로 활짝 열었다.

전문 앞에 군사 열 명이 양쪽으로 늘어서 깊숙이 허리를 굽혔고, 전문 안쪽에도 수십 명의 군사들이 양쪽으로 도열하여 예를 취하고 있었다.

두두두두—

세 필의 말은 거침없이 전문 안으로 달려들어 갔다.

광장을 가로지르고 전각을 휘돌아서 세 필의 말은 곧장 무령왕의 집무실인 무령총전으로 내달렸다.

히히힝!

무령총전에서 말이 멈추자 태무랑이 태화연을 안고 사뿐히 땅으로 내려섰으며, 명운과 남악이 뒤이어 말에서 내렸다.

그때 무령총전 안에서 수월화가 기쁜 얼굴로 달려나오며 종달새처럼 외쳤다.

"무랑가!"

그녀는 태무랑 앞에 이르러서 안도하면서 또 반가운 표정을 지었다.

"무사하셨군요. 걱정했어요."

그녀의 시선은 자연스럽게 태무랑이 안고 있는 태화연에게 향했다.

"화연 소저인가요?"

태무랑은 빙그레 미소 지으며 고개를 끄덕였다.

"그래."

태화연은 갑작스런 상황 변화에 정신을 차리지 못했다. 태무랑이 그대로 말을 몰아 으리으리한 대장원으로 들어온 것이나, 군사들이 도열해서 예를 취한 것, 그리고 수월화가 반갑게 달려나와 태무랑을 무랑가라고 부른 것 모두가 그녀를 대경실색하게 만들었다.

더구나 태화연은 수월화가 '화연 소저'라고 한 것이 자신을 가리킨다는 사실을 실감하지 못하고 있었다. 한 번도 '소저'라고 불려본 적이 없었기 때문이다.

수월화는 아름다운 두 눈 가득 눈물을 글썽이면서 서슴없이 태화연의 손을 잡았다.

"그동안 고생 많았어요. 하지만 이제는 집에 왔으니까 안심해도 돼요. 잘 왔어요."

고였던 눈물이 수월화의 뺨을 타고 흘러내렸다.

태화연은 너무도 아름다운 소녀가 자신의 손을 잡고 울자 어쩔 줄 모르고 당황했다. 그렇지만 손을 빼지 못하고 태무랑 품에 더욱 깊이 파고들었다.

그때 명운과 남악이 수월화에게 한쪽 무릎을 꿇고 고개를 숙이면서 예를 취했다.

"공주님을 뵈옵니다."

순간 태화연은 소스라치게 놀랐다.

'공… 주님이라니?'

그녀는 수월화와 태무랑을 번갈아 쳐다보았다. 수월화는 울기 바쁘고 태무랑은 빙그레 미소만 지을 뿐이다.

수월화가 태무랑의 팔을 잡고 무령총전 안으로 이끌었다.

"어서 들어가요. 아버님께서 기다리고 계세요."

"전하께서?"

수월화는 눈물을 닦으면서 배시시 미소 지었다.

"그럼 우리가 모를 줄 알았어요?"

태무랑은 수월화와 함께 무령총전 안으로 걸어 들어가며 빙그레 미소 지었다.

아마도 수월화가 태무랑이 어디에 갔는지 검호에게 물었을 테고, 그가 말해주었을 것이다. 태무랑이 검호에게 함구하라고 이르지 않았기 때문이다.

무령왕이 있는 내전이 가까워지자 태무랑이 태화연에게 온화한 표정으로 물었다.

"걸을 수 있겠느냐?"

태화연은 잔뜩 긴장한 표정으로 작게 고개를 끄덕였다.

태무랑은 그녀에게 누굴 뵈러 가는지 정도는 말해줘야겠다고 생각했다.

아무 말도 해주지 않고 무령왕 앞에 나서면 그녀가 너무 놀라지 않을까 염려해서다.

태무랑은 오른팔을 뻗어 태화연의 어깨를 감싸고 부축하듯이 걸으면서 말했다.

"지금 뵙게 될 분은 황제의 친동생이신 무령왕 전하시다."

그런데 태화연은 별다른 반응 없이 여전히 긴장한 얼굴로 앞만 보면서 걸어갔다.

그러다가 갑자기 걸음을 멈추더니 태무랑을 보면서 소스라치게 놀랐다.

"네엣?"

건성으로 들었던 말의 내용을 뇌가 한 걸음 늦게 인지를 한 것이다.

태무랑은 미소 지으면서 자신의 왼쪽에 서 있는 수월화의 머리를 쓰다듬었다.

"이 녀석은 그분의 딸이고."

수월화는 방그레 미소 지으며 자신을 소개했다.

"주령이에요."

"소… 소인은……."

태화연은 너무 당황하고 또 두려워서 어쩔 줄 모르다가 그 자리에 무릎을 꿇고 말았다.

왕의 딸, 즉 공주의 면전이므로 백성이 부복하는 것이 당연하다고 생각했다.

"이, 이러지 말아요. 어서 일어나요."

수월화가 깜짝 놀라 급히 태화연의 두 손을 잡고 일으켰다.

"우리는 앞으로 친구처럼 사이좋게 지내요. 알았죠?"

공주와 친구처럼 지내다니 천부당만부당한 일이다.

태무랑은 너무 놀라고 당황하는 태화연이 안쓰러워서 어

떻게 하면 좋을지 잠시 궁리해 봤으나 지금으로선 달리 방법이 없다. 어차피 한 번은 거쳐야 할 일이기 때문이다.

그는 수월화의 머리를 쓰다듬으며 태화연에게 말했다.

"연아, 나는 조만간 이 녀석 주령하고 혼인할 거란다."

"……."

태화연은 멍하니 넋이 나간 표정이다.

"그러니까 공주의 남편이 되는 것이지. 그럼 너는 령아의 소고(小姑:시누이)가 되고, 령아는 너의 수자(嫂子:올케)가 되는 것이다. 알겠느냐?"

그래도 태화연은 알아듣지 못한 표정이다. 아니, 알아듣기는 했으나 너무도 엄청난 일이라서 아직 머리가 받아들이지 못하는 듯했다.

그러나 태무랑은 더 이상 설명하지 않았다. 그것을 이해하는 것은 태화연의 몫이기 때문이다.

"가자."

태무랑이 다시 걷기 시작했으나 태화연은 그 자리에서 꼼짝도 하지 못했다. 그녀는 다리를 바들바들 떨고 있었다.

그 모습을 보던 태무랑은 그녀를 무령왕에게 인사시키는 것은 지금으로선 도저히 불가능하다고 생각했다.

무리하게 인사를 시키려다가는 가까스로 찾은 누이동생을 잡게 생겼다.

그가 수월화에게 무령왕을 뵙는 일을 잠시 미루자고 말하려는데 일이 벌어지고 말았다.

내전 안에서 기다리고 있던 무령왕이 직접 밖으로 나와 태무랑을 향해 성큼성큼 다가오고 있는 것이다.

"으헛헛! 무사히 돌아와서 기쁘네, 사위!"

태화연은 얼굴이 새하얗게 질려서 태무랑의 팔을 잡았다. 그녀가 바들바들 떨고 있는 것이 전해졌다. 그녀는 다가오고 있는 커다란 체구에 화려한 비단옷을 입은 호걸풍의 사람이 무령왕이라는 사실을 직감적으로 느꼈다.

무령왕은 태무랑의 팔을 잡은 채 거의 쓰러지기 일보 직전인 태화연을 발견하고는 그녀 앞으로 다가와서 키의 높이를 맞추고 바싹 들여다보았다.

"이 어여쁜 아가씨가 자네 누이동생 태화연인가?"

"그렇습니다, 전하."

쿡!

"이 친구야, 전하가 뭔가, 전하가? 그냥 아버지라고 부르게! 으헛헛!"

태무랑은 무령왕을 아버지라고 부르는 것이 평소에는 어려운 일이겠지만 지금은 태화연의 긴장을 풀어주는 데 도움이 될 것이라고 생각했다.

그래서 태화연의 어깨를 잡고 앞으로 내밀면서 친근한 표정과 목소리로 무령왕을 불렀다.

"아버님, 이 아이가 아버님의 둘째 딸입니다."

그 말에 무령왕은 신바람이 나서 너털웃음을 터뜨렸다.

"으헛헛헛! 자네가 내 아들이니까 사돈처녀는 내 딸이지! 암, 그렇고말고!"

그는 태화연의 떡잎처럼 작고 흰 손을 솥뚜껑만 한 손으로 덥석 잡고 흔들었다.

"으헛헛! 그렇지 않으냐, 연아?"

극도로 겁먹고 또 긴장하고 있던 태화연은 막상 무령왕이 마음씨 좋은 이웃집 아저씨처럼 너스레를 떨며 친근하게 나오자 긴장한 중에도 마음이 적잖이 푸근해졌다.

"네……."

"허허허! 어서 아버지라고 불러봐라. 응?"

"……."

태화연은 당황해서 얼굴을 붉히며 고개를 숙였다.

생각지도 않았던 딸이 하나 더 생긴 무령왕은 기쁜 마음을 주체하지 못하고 갑자기 태화연 앞에 웅크리더니 돌아앉아서 널따란 등을 내밀었다.

"어디, 아비가 둘째 딸 한번 업어보자."

태화연은 화들짝 놀라서 뒷걸음질 쳤다.

태무랑은 무령왕이 태화연을 위해서 정도 이상으로 배려

를 하고 있다는 사실을 깨닫고 고마운 마음이 넘쳤다.

그는 물러서고 있는 태화연을 잡아 가볍게 들어 무령왕의 등에 업혀주었다.

"아……."

화들짝 놀란 태화연이 버둥거리는데 무령왕은 그녀를 번쩍 업고 일어섰다.

"아이고! 우리 둘째 딸이 왜 이렇게 가벼운 것이냐? 지푸라기를 업은 것 같구나! 으헛헛!"

무령왕은 태화연을 달랑 업고 성큼성큼 걸어 내전으로 향했다. 큰 체구인 그의 등에 업힌 태화연은 정말 어린아이처럼 작아 보였다.

태무랑과 수월화는 나란히 뒤따랐다. 태무랑은 수월화가 진심으로 태화연을 걱정하고 또 반겨주는 것과 무령왕이 태화연을 위해서 체통을 집어던지고 행동하는 것에 대해서 고맙기 그지없었다.

이런 마음은 고향 집에서 어머니와 남동생, 그리고 태화연과 함께 있을 때 느꼈던 것하고는 또 다른 것이다.

물론 그때도 행복했다. 하지만 그것은 힘없는 백성으로서의 빈곤한 행복이었다.

하지만 지금 그가 느끼고 있는 행복은 그것과는 근본적으로 다른 것이다.

막강한 권력과 끝없는 풍족함이 넘쳐 나고, 무엇보다도 수월화의 절대적인 사랑과 무령왕의 전폭적인 신뢰가 밑바탕이 되고 있다.

비록 어머니와 남동생은 죽고 없지만, 그 대신 새로운 아버지와 어머니, 그리고 곧 혼인을 하게 될 연인이 생겼다.

또한 잃었던 누이동생까지 되찾아왔다. 그 정도면 빈자리를 충분히 채우고도 남음이 있다.

물론 그런다고 해서 어머니와 남동생이 굶어 죽었다는 사실이 변하거나 사라지는 것은 아니다. 그것은 그것대로 반드시 복수를 할 것이다.

복수를 하지 못하면 지하에 있는 어머니와 남동생이 눈을 감지 못할 터이다. 또한 태무랑 자신도 행복한 생활을 영위할 수 없을 것이다. 그러므로 복수는 그가 이루어야 할 필생의 숙원이다.

문득 태무랑은 옆에서 나란히 걷고 있는 수월화를 보면서 그녀가 너무도 사랑스럽다는 생각이 들었다.

얼마 전까지만 해도 그는 수월화를 일체 여자로 여기지 않았다. 그러므로 그녀와 혼인을 하게 될 것이라고는 꿈에도 상상하지 못했다.

하지만 지금은 그녀를 여자로 보는 것은 물론이고 일생을 함께할 반려자(伴侶者)로 받아들이고 있다.

과연 환경이 사람 사이를 가깝게 만들 뿐만 아니라 없었던 애정마저도 싹틔운다는 말이 맞다. 그는 수월화를 사랑하기 시작했다.

　그가 팔을 뻗어 수월화의 어깨를 두르자 그녀는 수줍은 듯이 안기며 팔로 그의 허리를 감았다.

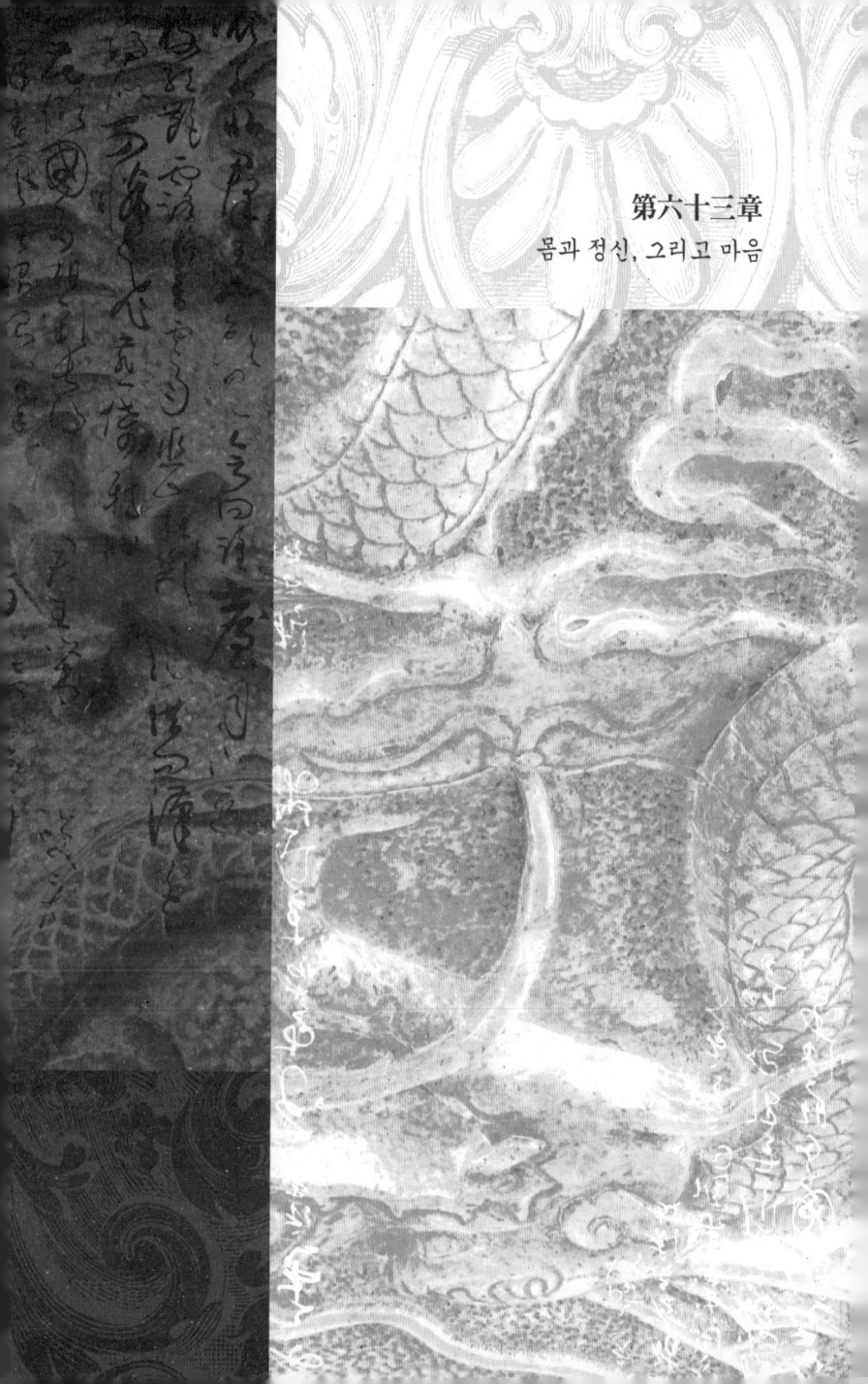

第六十三章
몸과 정신, 그리고 마음

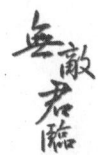

　절정문은 항주 서남쪽 서호(西湖) 변에 위치해 있다.

　무림에서 절정문에 대해서 말할 때 빼놓지 않는 비유 대상
이 바로 무극신련이다.

　무림인들은 '세력의 무극신련, 실력의 절정문' 이라는 말을
가장 많이 한다.

　말 그대로다. 무극신련은 무림 거의 전부를 지배하고 있다
고 해도 과언이 아니다. 그러므로 세력 면에서는 천하제일이
라고 할 수 있다.

　반면에 절정문은 항주성조차도 지배하지 못하고 있다. 세

력 면에서는 극과 극의 차이다.

하지만 절정문이 지배하고 있는 것은 따로 있다. 무림인들의 '정신'이다.

절정문이 의도적으로 지배하려고 해서 그렇게 된 것이 아니라 자연스럽게 형성된 현상이다.

달리 말하면, 전 무림인들이 가장 존경하는 문파가 바로 절정문이고, 가장 존경하는 인물이 절정문주인 절정성협(絕頂聖俠) 소천군(蘇天君)이다.

절정문은 아무도, 그리고 아무것도 지배하지 않으면서 모두를 지배하고 있는, 그리고 누구나 주저하지 않고 천하제일문파(天下第一門派)라고 추앙하는 이 시대 최고의 문파다.

그래서 절정문의 명예를 더럽히는 것은 무림 전체의 명예를 모욕하는 것이다.

또한 절정문에 위해를 가하는 일은 무림 전체를 위협하는 것이라는 논리가 성립된다.

절정문은 외형부터 여타 방, 문파들과 판이하게 다르다.

서호의 동남쪽 호수 변에 위치한 절정문은 담이 없으며 겉보기에는 잘 가꿔진 커다란 정원 같다.

숲과 화원과 죽림(竹林) 사이를 수십 갈래의 수로(水路)가

냇물처럼 굽이쳐 흐른다.

수로에는 수많은 물고기와 물새들이 한가롭게 헤엄치며 놀고 있으며, 군데군데 연못에는 연꽃과 수련 등이 자라고 있는데, 연못가에는 그림 속에나 나올 듯한 고색창연한 전각들이 위치해 있다.

커다란 대정원 내에는 도합 스물다섯 개의 크고 작은 연못들이 여기저기에 산재해 있고, 연못가에는 어김없이 모양과 건축 양식이 제각기 다른 전각들이 위치해 있다.

거미줄처럼 연결된 수로와 연못에는 수백 개의 아름다운 다리가 놓여 있으며, 수십 척의 자그마한 배들이 떠 있다. 그리고 수로와 연못의 물은 끊임없이 서호와 소통하고 있다.

이곳이 바로 천하제일문파 절정문이다.

대정원이 끝나는 곳, 서호 변에는 천상계(天上界)에나 있을 법한 크고 웅장하며 아름다운 삼층 전각이 한 채 있으며, 그곳이 절정문주인 절정성협 소천군의 거처 절정심각(絶頂深閣)이다.

소아상의 설명을 듣고 난 절정성협 소천군은 팔짱을 낀 채 가볍게 고개를 끄덕였다.

"음, 그렇다면 태무랑이라는 청년을 만나면 네가 납치됐을 당시의 일에 대해서 자세한 내막을 알 수 있겠구나."

소천군 옆에 바싹 붙어 앉아 있는 소아상은 종달새처럼 종 알거렸다.

"네, 할아버지. 그러니까 소녀가 남경에 다녀올 수 있도록 허락해 주세요."

칠십여 세에 눈부신 은발(銀髮)과 긴 은염(銀髥)을 기른 탈속한 신선의 모습을 하고 있는 소천군은 손녀 소아상을 눈에 넣어도 아프지 않을 정도로 애지중지하고 있다.

그러면서도 그는 근엄한 표정을 지으며 소아상의 부탁을 쉽게 허락하지 않았다.

"안 된다."

일 년여 전에 소아상이 북경으로 혼자 여행을 떠났다가 실종된 사건이 있었기 때문이다.

그 당시에 소천군을 비롯한 절정문은 발칵 뒤집어졌으며, 백방으로 소아상의 행방을 수소문했으나 끝내 찾아내지 못했다.

다만 그녀의 행적이 북경에서 마지막으로 발견됐다는 사실만 알아냈을 뿐이다.

이후 그녀는 실종된 지 두 달여 만에 불쑥 절정문에 나타났다. 하지만 그녀는 자신이 그동안 어디에 있었는지 전혀 알지 못했다.

다만 그녀는 자신이 뇌옥에 감금되어 있었다는 것과 그곳에서 짐승처럼 사육당하면서 어떤 실험 대상 노릇을 했다는 것을 기억하고 있었다.

그리고 그녀가 가장 또렷하게 기억하고 있는 것은 옆 뇌옥에 갇혀 있던 한 청년에 대해서였다.

소아상은 그 청년의 이름이 태무랑이라고 했다. 그녀가 집에 돌아와서 가장 많이 한 얘기는 그 청년 태무랑에 대한 것이었다.

하지만 그녀는 태무랑에 대해서 많은 것을 알지는 못했다. 그가 가족을 먹여 살리기 위해서 어린 나이에 군사가 됐다는 것과 싸움에서 패해 도주하다가 혼절했는데 깨어나 보니 지옥에 감금되었다는 것, 그리고 이따금씩 끌려 나가서 죽지 않은 것이 이상할 정도로 두들겨 맞았다는 사실 등이다.

소아상이 태무랑에 대해서 가장 많이 한 얘기는, 그녀 곁에 그가 있다는 존재감과 그의 위로 덕분에 절망의 밑바닥에서도 어떻게든 힘을 내며 버틸 수 있었다는 사실이다.

또한 그녀는 서로 살아 있으면 매년 중추절에 북경 용천사에서 태무랑과 만나기로 약속했다면서 중추절이 오기만을 손꼽아 기다렸다.

그러나 태무랑이 어느 날 뇌옥에서 끌려 나가 다시는 돌아오지 않은 것으로 미루어 죽은 것이 분명한데도 그녀는 그가 절대로 죽었을 리 없다면서 중추절에 북경 용천사에 갈 것이라고 벼렀다.

그런데 어제 밤새 술을 마시고 동이 트기 직전에야 집에 돌아온 소아상이 어젯밤에 바로 그 태무랑을 만나서 그와 함께 술을 마셨다고 말하는 것이다.

"그렇다면 남경에 사람을 보내서 그 청년을 이리 부르도록 하자꾸나."

"아이, 소녀가 직접 남경에 가서 그를 만나고 싶어요."

소천군의 타이름에 소아상은 그에게 매달려서 앙탈을 부리며 떼를 썼다.

소천군은 이날까지 귀여운 손녀의 말을 한 번도 거절해 본 적이 없다.

하지만 이번만큼은 항주가 아닌 외지(外地)로 손녀를 내보내고 싶지 않았다.

그 당시에도 그녀가 여행을 하고 싶다는 것을 허락했다가 그런 변을 당하지 않았는가.

그러므로 항주가 아닌 외지에 그녀를 또 내보내는 일은 무림 최고의 기인으로 존경받는 소천군으로서도 전혀 내키지 않는 일이다.

"그럼 할아비하고 함께 가자."

소아상은 입술을 삐죽거리며 한쪽에 단정하게 앉아 있는 가빈을 가리켰다.

"빈아하고 둘이서 가면 안 돼요?"

가빈은 소천군의 아들, 즉 소아상의 부친 소운락(蘇雲落)의 여제자다.

소천군에게는 열 명의 제자가 있고, 그중에 장남이며 대제자인 소운락을 비롯하여 자식들인 삼남 이녀가 포함되어 있다.

"어째서 할아비하고는 가지 않으려는 게냐?"

"할아버지께선 바쁘시잖아요. 또 외출을 싫어하시고요."

"바쁜 일 없다. 그리고 오랫동안 집에만 있었더니 가끔은 외출을 해서 기분 전환을 할 필요가 있을 듯하구나. 그러므로 그것은 문제될 것 없다."

"피이."

소아상은 입술을 삐죽거렸다. 소천군과 함께 행동하면 다른 건 다 좋은데 많은 사람들이 알아보고 몰려들어 인사를 하는 바람에 종종 옴짝달싹도 못하는 신세가 되곤 한다. 그게 싫은 것이다.

소아상은 바람처럼 새처럼 자유롭게 행동하고 싶을 뿐이다. 예전에 납치된 적이 있으나 그런 일이 또다시 일어날 것이라고는 생각하지 않았다.

하지만 한시바삐 태무랑을 만나고 싶은 열망으로 가슴속이 다 타버릴 것만 같은 심정이므로 조금만 더 지체하다가는 정말로 애가 타서 죽어버릴 것만 같았다.

"알았어요."

그녀가 시무룩하게 대답하자 소천군은 빙그레 미소 지으며 그녀의 머리를 쓰다듬었다.

그러자 그녀가 고개를 반짝 들면서 눈을 빛내며 말했다.

"두 가지 조건이 있어요."

"조건? 그게 무엇이냐?"

"할아버지께서 변장을 하셔야 해요. 그리고 변장이 끝나는 대로 즉시 출발해요."

"허어."

"어서요. 서둘러요."

*   *   *

태화연의 새로운 생활이 시작됐다.

며칠 전까지의 생활이 최저였다면 지금의 생활은 최상, 아니, 극상(極上) 수준이다.

그녀는 우장거에서 태무랑과 함께 생활하고 있다. 태무랑의 거처는 우장거 한가운데 위치한 삼층 전각인 우장각(右將

閣)이다.

일층은 집무실과 최측근 및 호위대의 대기실 등으로 이루어졌고, 이층에는 수련실과 편좌방, 회의실, 주방, 숙수와 시녀들의 대기실 등이 있으며, 삼층이 태무랑의 거처다. 그곳에는 이십여 개의 방과 침실, 편좌방, 노대(露臺:발코니), 목욕실 등이 완벽하게 구비되어 있다.

태화연은 태무랑 바로 옆방에 방을 정하여 벽 하나를 사이에 두고 생활하게 되었다.

비록 한 칸의 방이지만 예전의 고향 집을 서너 개 합친 것보다 훨씬 더 넓었다.

뿐만 아니라 그 방 안에 두 개의 침실과 거실, 목욕실, 주방 등이 고루 갖추어져 있었다.

화려함이 극에 달해서 황궁 내의 여느 방하고 비교를 해도 전혀 손색이 없을 정도이다.

또한 태화연에겐 세 명의 시녀가 주어졌다. 한 명은 배료고 또 한 명은 주방 일을 전담하는 숙수이며, 마지막 한 명은 청소 등 잡일을 담당한다.

하지만 태화연은 잠만 자신의 방에서 잘 뿐이지 거의 태무랑의 방에서 살다시피 하고 있다.

또한 수월화도 태무랑 방에서 아예 기거를 하다시피 한다. 원래 그녀는 잠잘 때를 포함해서 하루 종일 태무랑하고 붙어 있고 싶어했다.

하지만 여자로서 차마 그럴 수가 없어서 참고 있었는데, 이제는 태화연이 있으므로 그녀를 핑계 삼아서 연일 들락거리며 즐거운 나날을 보내고 있다.

술시(밤 8시) 무렵. 우장각 삼층 태무랑의 거처에는 여러 사람이 모여 있다.

태무랑과 수월화, 태화연, 비한, 그리고 신풍개까지 거실에 둘러앉아서 화기애애하게 술자리를 벌이고 있는 중이다.

태무랑 좌우에 태화연과 수월화가 앉았고, 맞은편에 신풍개와 비한이 나란히 앉은 모습이다.

각자 감회가 새롭고 매우 흐뭇한 기분이지만, 태화연보다 더 기쁘고 행복한 사람은 없다.

그녀가 무령왕가에 온 지 벌써 이틀이 지났으며, 태무랑에 대해서 거의 대부분 알게 되었다.

그런데도 그녀는 아직 모든 것이 생소하고 낯설며 믿어지지 않았다.

그도 그럴 것이, 태무랑이 너무나도 엄청난 존재가 되어 있었기 때문이다.

그는 더 이상 가족을 부양하기 위해서 몇 푼 녹봉을 받으려고 전쟁에서 목숨을 걸어야 하는 군사가 아니다.

총사우장군이라는 굉장한 지위에다 곧 부마도위가 될 신분이기도 하다.

태화연은 그저 꿈을 꾸는 것만 같았다. 이것이 현실이라는 것을 받아들이려면 꽤 오랜 시일이 필요할 듯했다.

"크으, 술맛 좋군."

신풍개가 술을 한 잔 마시고는 감탄을 터뜨렸다.

그는 오늘 처음으로 무령왕가에 초대되었다. 오후에 와서 태화연과 비한을 소개받았으며, 그의 입담과 넉살 덕분에 태화연과 비한은 불과 두어 시진 만에 그와 친해졌다.

"어, 그런데 취하기 전에 태 형에게 보고할 것이 있는데 말이야."

신풍개는 벌써 얼굴이 벌게지고 딸기코가 되어 태무랑을 쳐다보았다.

태무랑은 그가 무슨 말을 하려는 것인지 짐작하고 고개를 끄덕였다.

"말하게."

"에? 여기서 말해도 되나?"

신풍개는 비한과 수월화, 태화연을 둘러보았다.

"이들은 외부인이 아니니까 괜찮네."

태무랑의 말에 신풍개는 잠시 생각하더니 말을 시작했다.

"천자필사가 아직 남경에 있네."

그때 요리를 가져와서 조심스럽게 탁자에 내려놓던 시녀 한 명이 멈칫했다.

그 시녀가 옥령이라는 사실은 태무랑과 비한밖에 모른다.

그녀는 우연히 신풍개의 말을 듣고는 보일 듯 말 듯 미미한 표정의 변화를 일으켰으나 곧 하던 일을 끝내고 물러나 주방으로 갔다.

그런데도 신풍개는 옥령을 알아보지 못했다. 그가 천자필사에게 제압되어 끌려갔을 때, 그의 앞에 천자필사가 버티고 서 있었으며 그 뒤에 옥령이 앉아 있었기 때문에 얼굴을 보지 못했던 것이다.

그는 자신이 옥령이 갖다 준 요리와 술을 먹고 있으리라고는 꿈에도 상상하지 못했다.

"천자필사가 남경성 내를 샅샅이 뒤지고 있는 것으로 봐서 아마 태 형을 찾고 있는 것 같네."

태무랑은 천자필사를 풀어주고 나서 신풍개에게 그녀를 감시하라고 부탁해 두었었다.

"그녀는 일체 누굴 만나지는 않고 단독으로 행동하고 있으며, 일정한 거처를 정하지도 않고 매일 다른 객잔으로 옮겨 다니면서 묵고 있네."

태무랑이 천자필사를 풀어준 것은 그만한 이유가 있다. 그녀가 남경성 내에서 무극신련 인물들을 접촉할 것이라고 예상하여 그녀를 미끼로 무극신련 인물들에 대해서 파악하려는 의도였다.

그런데 그녀가 단독으로 행동하고 있다니 태무랑의 예상이 빗나갔다.

하지만 조금 더 지켜볼 생각이다. 천자필사가 끝내 태무랑을 찾지 못하면 무극신련 인물들을 접촉할 수밖에 없을 테니까 말이다.

제갈공명이 적장 맹획(孟獲)을 일곱 번 놓아주고 일곱 번 사로잡은 것을 칠종칠금(七縱七擒)이라고 한다. 즉, 맹획은 제갈공명의 손바닥 안에 있다는 뜻이다.

태무랑은 천자필사가 비록 무극백절 십이 위의 절정고수지만 일대일이라면 언제든지 제압하거나 죽일 수 있다고 자신하고 있다.

신풍개는 두 번째 보고를 했다.

"태 형 부탁대로 고구려 친구들은 다른 장원을 한 채 구해서 살도록 해주었네. 그들은 언제 태 형을 만날 수 있느냐면서 나를 볼 때마다 성화라네."

태무랑은 씁쓸한 표정을 지었다.

"나도 그들을 만나고 싶지만 아직 안 되네. 나 때문에 그들에게 피해를 줄 수는 없네."

"그렇겠지. 그들에겐 잘 말해두겠네."

신풍개는 고개를 끄덕였다.

"그리고 우경도 우 형은 큰딸 우미를 찾아서 돌아왔네. 그녀는 제남(濟南)의 기루에서 기녀 노릇을 하고 있었다고 하네. 그들 부녀는 고구려 친구들과 함께 살고 있네."

"언제 한번 우 형을 이곳으로 보내게."

신풍개는 눈을 크게 떴다.

"여기로 말인가?"

"우 형은 내 비서일세. 직분을 다해야지. 밀린 녹봉도 줘야할 테고."

"알았네."

신풍개는 보고할 것이 꽤 많았다. 하지만 이번에는 힐끗 수월화의 눈치를 살피며 곤란하다는 표정을 지었다.

눈치를 챈 수월화는 신풍개에게 살짝 미소를 지었다.

"자리를 피해 드릴까요?"

"그냥 말하게."

신풍개는 무슨 내용인지도 모른 채 말하라고 하는 태무랑을 약간 염려스러운 표정으로 쳐다보며 전음을 보냈다.

[은지화, 은 소저에 대한 이야기일세.]

그래도 태무랑이 고개를 끄덕이자 신풍개는 할 수 없이 말문을 열었다.

"은 소저와 형구라는 사람이 찾아왔네. 지금 그들은 태 형을 기다리면서 성내 객잔에 묵고 있네만."

그렇게 말하면서 신풍개는 또 힐끗 수월화를 쳐다보았다. 태무랑과 은지화는 별 사이가 아닌데도 그가 자꾸 이상한 행동을 하는 바람에 없던 오해도 생길 듯했다.

하지만 수월화는 아무 말도 하지 않고, 또 궁금한 표정도 짓지 않은 채 태무랑 옆에 다소곳이 앉아 있었다.

"그들을 은밀하게 이곳으로 보내게."

"은 소저를 말인가?"

신풍개는 놀라서 눈을 동그랗게 떴다. 그가 그러는 데에는 그럴 만한 이유가 있다.

그는 은지화와 형구가 남경에 찾아온 첫날 밤에 그들과 술을 마신 적이 있었다.

그때 술이 꽤 취한 은지화가 뜬금없이 자신은 태무랑을 죽도록 사랑하고 있다고 고백을 한 것이다.

물론 그 당시 신풍개는 태무랑이 수월화와 혼인을 할 것이라는 사실을 모르고 있었다. 아니, 알고 있었다고 해도 은지화에게는 말하지 못했을 것이다.

은지화는 태무랑을 만나면 자신이 먼저 사랑을 고백할 것이며, 그의 복수가 끝나는 대로 낙양으로 함께 가서 부모님의 허락을 받아 혼인을 하고 싶다고 말했다.

아울러 태무랑도 자신을 싫어하지 않을 것이며, 두 사람의 혼인에는 아무런 걸림돌이 없을 것이라고 덧붙였다.

그런데 태무랑이 이미 수월화와 혼인을 약속했으며, 총사 우장군이라는 막중한 지위를 임명받아서 이곳 남경에 터를 잡고 살 것이라는 사실을 은지화가 알게 된다면 과연 어떤 일이 벌어질는지 은근히 걱정이 앞서는 신풍개다.

그러나 아무것도 모르는 태무랑은 태연히 고개를 끄덕였다.

"나를 찾아왔으니까 만나는 것이 당연하지."

"하지만 은 소저는……."

신풍개가 자꾸 수월화의 눈치를 살피자 태무랑이 아예 그녀에게 설명을 했다.

"령아, 내가 전에 낙양 기화연당의 일과 번성에서 무극신련 철검추풍대하고 싸움을 벌였던 것에 대해서 말했지?"

"네."

"그때 나를 도와줬던 여자아이가 은지화라고 하는데 이곳으로 나를 찾아왔다고 한다."

박학다식한 수월화는 은지화가 누군지 즉시 알아차렸다.

"혹시 낙양 낙성검문의 소문주이고 강북삼미 중 한 사람인 낙성비연 은지화 소저를 말씀하시는 건가요?"

"그래."

태무랑이 선선히 고개를 끄덕이자 수월화는 방그레 미소 지었다.

"무랑가를 물심양면으로 도와준 분이라니 소녀가 꼭 뵙고 고맙다는 말을 하고 싶어요."

수월화는 질투하기는커녕 오히려 은지화를 만나서 인사를 하겠다는 것이다.

두 사람의 대화가 거기까지 이르자 신풍개는 될 대로 되라고 포기해 버렸다.

"또 하나 소식이 있네. 남경에 모여든 무극백절이 사십칠 명으로 불어났네."

무극신련의 절정고수인 무극백절 사십칠 명이면 대방파나 대문파 서너 곳쯤은 흔적도 남기지 않고 짓밟아 버릴 수 있을 정도의 어마어마한 세력이다. 그들이 두 눈을 벌겋게 뜨고 태무랑을 찾아다니고 있는 것이다.

"그들은 아직도 자넬 찾고 있는 듯하네. 조심하게."

태무랑은 무극백절을 상대할 생각은 없다. 그의 원수는 단유천과 삼장로, 단금맹우들이지 무극백절이 아니다. 그러므로 될 수 있으면 그들과 부딪치지 말아야 한다.

"마지막 소식이네."

태무랑과 수월화, 비한은 조용히 들으면서 술잔을 기울이고 있었다.

수월화는 태무랑과 함께 있다는 사실만으로도 기분이 좋아서 여러 잔을 마셨더니 취기가 올라 얼굴이 화끈거렸다.

"어제 소아상과 가빈이라는 두 명의 소녀와 한 명의 노인이 남경분타로 찾아와서 자네를 만나게 해달라고 요구했다네."

'소아상'과 '가빈'이라는 이름이 나오자 가만히 있던 태화연이 반색하며 두 손을 가슴에 모았다.

"그녀들을 만나고 싶어요."

그녀는 항주 완월루에서 자신을 구하는 데 도움을 준 두 소녀가 소아상과 가빈이라고 나중에 태무랑에게 들었다. 그녀들이 완월루에서 얼마나 친절했는지 사뭇 고마웠다.

그때 수월화가 예쁘게 고개를 갸웃거렸다.

"소아상과 가빈이라면 항주에 사는 소녀들인가요?"

"그래."

태무랑이 고개를 끄덕이자 수월화는 눈을 깜빡였다.

"그렇다면 강남삼미인 빙옥설화 소아상과 무비신녀 가빈이 아닌가요?"

태무랑은 빙옥설화와 무비신녀라는 아호를 수월화에게 처음 들었다.

"글쎄……."

그러자 신풍개가 고개를 크게 끄덕였다.

"나도 그녀들의 이름을 듣는 순간 빙옥설화와 무비신녀라는 아호를 떠올렸습니다. 그리고 그녀들의 대단한 미모를 보니까 아마도 빙옥설화와 무비신녀가 틀림없을 것이라는 생각이 들었습니다."

그는 수월화가 친구의 연인이지만 무령왕의 무남독녀이기 때문에 깍듯하게 예의를 갖추어 말했다.

"그런 것은 모르겠고, 그녀들의 집이 절정문이라고 하는 것 같더군."

"그렇다면 틀림없어요. 빙옥설화는 절정문주의 손녀고, 무비신녀는 절정문주의 사손(師孫)이에요."

태무랑의 말에 수월화는 확정적으로 말했다.

"그녀들은 어릴 때부터 워낙 아름다워서 미명(美名)이 진동했기에 십삼 세의 나이에 빙옥설화와 무비신녀라는 아호를 얻을 정도예요."

비한이 껄껄 웃었다.

"하하하! 강북삼미의 한 사람과 강남삼미의 세 미인이 모두 태 형 주위에 있군!"

수월화는 화사하게 미소 지었다.

"그러게요. 그런 것만 봐도 무랑가께서 얼마나 잘난 분인지 잘 알겠어요."

태화연은 자랑스러운 태무랑을 눈부신 듯 바라보았다.

"맙소사, 그렇다면 설마 그 노인이……."

그때 신풍개가 갑자기 졸도할 것 같은 표정으로 중얼거렸다.

"그녀들과 함께 온 노인이 소천군 성협일지도 모르겠네. 아니, 그럴 가능성이 높네."

수월화가 말을 받았다.

"절정문주인 절정성협 소천군은 여간해서는 항주를 벗어나지 않는 것으로 유명해요."

"아니… 아닙니다. 다시 생각해 보니까 그 노인이 언젠가 들었던 소천군 성협의 모습과 너무도 흡사합니다. 그분이 틀림없을 겁니다."

그의 말에 이어서 수월화가 태무랑에게 절정문에 대해서 자세히 설명해 주었다.

설명을 다 듣고 난 태무랑은 뭔가 짚이는 바가 있어서 눈을 가늘게 뜨고 중얼거렸다.

"무극신련이 상아를 왜 풀어주었는지 이제 알겠군."

"그게 무슨 말인가?"

"내가 무극신련 총본련 뇌옥에 갇혀 있을 때 옆 뇌옥에 어떤 소녀가 갇혀 있었다고 한 것 기억하나?"

"물론 기억하고말고."

"그녀가 바로 소아상이야."

"뭐, 뭐어?"

기겁하듯이 놀라는 신풍개뿐만 아니고 수월화나 비한도 처음 듣는 이야기라서 크게 놀랐다.

"그놈들이 절정문주의 손녀를 납치해서 시험 대상으로 삼으려다가 나중에 문제가 될 것을 우려해서 상아를 혼절시켜 은밀하게 항주로 옮긴 후에 풀어준 것이로군."

태무랑의 말에 수월화가 고개를 갸웃거렸다.

"그렇다면 어째서 처음에 풀어주지 않았을까요?"

그 대목에서 태무랑은 입을 다물었다.

술자리가 파한 후에 수월화와 비한이 자신들의 거처로 돌아갔으나 신풍개는 가지 않았다. 태무랑이 자고 가라면서 붙잡았기 때문이다.

태화연도 자신의 방으로 자러 갔고, 태무랑 방에는 그와 신풍개 둘만 남아서 계속 술을 마셨다.

아니, 태무랑의 배료인 소향과 옥령도 한쪽에 나란히 서서 대기하고 있었다.

"향아, 너는 가서 자라."

태무랑의 명령에 소향은 머뭇거렸다.

"하오나 주인님께서 아직 주무시지 않는데 어찌……. 더구나 잠자리를 봐드려야 하는데…….”

“오늘은 저 아이가 하면 된다.”

‘저 아이’라는 것은 옥령을 가리키는 말이다. 소향은 옥령을 힐끗 쳐다보았다.

하지만 그녀는 주인님을 옥령에게 뺏긴다는 질투심 같은 것은 느끼지 않았다.

단지 옥령이 아직 서툴러서 주인님께 실수라도 하지 않을까 적이 염려가 될 뿐이다.

“하오시면…….”

소향은 대답을 하고서도 술상을 어떻게 치워야 하고 주인님의 잠자리를 어떻게 봐드려야 하는지 옥령에게 설명한 후에야 조심스럽게 물러갔다.

태무랑과 신풍개는 그로부터 일각 정도 더 술을 마셨다. 술이 꽤 취한 신풍개가 우스갯소리를 하고 태무랑은 묵묵히 듣고 있었다.

태무랑과 신풍개 오른쪽으로 다섯 걸음쯤 떨어진 벽 앞에 다소곳이 서서 두 손을 앞에 모으고 있는 옥령은 초조한 표정을 감추지 못했다.

그녀가 우장거의 시녀장에게 철저히 시녀 교육을 받은 후 태무랑의 배료가 된 지 이제 겨우 나흘이 지났다.

그동안에는 줄곧 소향과 함께 태무랑의 시중을 들었기 때문에 몰랐는데 막상 혼자가 되니까 알 수 없는 초조함과 두려움이 파도처럼 엄습했다.

어째서 태무랑이 소향을 자러 가게 하고 옥령 자신만 혼자 남겨둔 것인지 이유를 알 수가 없다. 하지만 좋은 일은 아닐 것이라는 예감이 들었다.

더 이상 떨어질 곳이 없는 밑바닥으로 추락하여 이보다 더 절망할 일은 없을 것이라고 생각했다.

그런데 그것이 아니었다. 시녀, 아니, 태무랑의 배료, 즉 몸종이 됨으로써 생겨난 걱정거리들이 부지기수였다.

요리 그릇을 옮기다가 너무 긴장해서 떨어뜨리지나 않을까, 방의 정리정돈을 잘못해서 지적을 당하지는 않을까, 바느질은 잘할 수 있을까, 늦잠을 잘까 봐, 혹은 자다가 자신도 모르게 잠꼬대를 할까 봐 조마조마하고, 여하튼 예전의 옥령으로서는 상상조차 하지 못했던, 아니, 그녀의 하녀들이 했던 걱정거리들이 지금은 그녀 자신에게 산더미처럼 생겨났다.

그런 당치도 않은 것들로 인해서 시녀장에게 불려가 꾸중을 받거나 심하면 벌을 서고 또 매를 맞을 수도 있다.

하지만 기이하게도 '내가 어쩌다가 이 지경이 되어 이런 쓸데없는 걱정까지 하게 됐을까?' 하는 억울함이나 착잡함 같은 생각은 거의 들지 않았다.

다만 어떻게든 정신을 바짝 차리고 일을 해서 하루하루를 무사히 넘겨야 한다는 시녀, 아니, 배료로서의 사명감만 하루가 다르게 투철해지고 있을 뿐이다.

그리고 하루를 무사히 마감하고 잠자리에 누우면 그제야 안도의 한숨이 나왔다.

하지만 그때부터 그녀의 머릿속은 엉킨 실타래처럼 복잡하게 변한다.

배료인 몸뚱이가 휴식을 취하고, 무극신련의 소저 옥령의 정신이 비로소 깨어나기 때문이다.

배료로서 일을 하고 있는 동안에는 그 잘난 정신은 숨을 죽인 채 죽은 듯이 있다가도 잠자리에 눕기만 하면 정신이 불길처럼 깨어나 억울함과 원한과 복수심을 한꺼번에 쏟아내며 그녀를 괴롭혔다.

몸은 파김치가 되어 피곤해 죽겠는데도, 그 잘난 정신은 아무것도 도와준 것이 없으면서도 그녀더러 왜 이 짓을 하고 있느냐고, 예전의 자존심과 도도함은 다 어디에 갔느냐고, 지금이라도 늦지 않으니까 태무량을 죽일 방법을 찾든지, 그도 아니면 차라리 혀를 깨물고 자결을 하라고 달콤하게 속삭이고 또 윽박지른다.

정말 다행인 날은 한 시진 정도 엎치락뒤치락하다가 간신히 잠이 드는데, 불행한 날은 밤새 한숨도 자지 못하고 뜬눈으로 지새워야만 한다.

하지만 그녀를 가장 힘들게 하는 것은 정신 다음에 찾아드
는 '마음'이라는 것 때문이었다.

도대체 머릿속의 정신이라는 것도 뜻대로 다루지 못하지
만, 가슴속의 마음이라는 것은 더더욱 종잡을 수가 없는 괴물
같은 것이었다.

정신이란 놈의 돼먹지 않은 분탕질이 잠잠해져서 이제 겨
우 잠이 들 만하면 어김없이 슬그머니 고개를 쳐드는 것이 가
슴속의 마음이라는 것이다.

게다가 마음은 정신하고는 전혀 다른 난해한 문제를 들이
민다. 억울함이나 복수, 원한 따위가 아니다. 아니, 그것하고
는 정반대다.

태무랑을 그리워하는 것, 그를 원하는 것, 그가 그녀에게
따스한 눈길을 보내거나 부드러운 손길을 뻗는 것 따위다.

말이 되는가? 씹어 먹어도 시원치 않을 놈에게 그따위 감
정을 품게 하다니.

하지만 마음이 그런 것들을 옥령에게 끝없이 요구하면 그
녀는 숨을 죽인 채 흐느끼면서 몸을 떤다.

'어쨌든 그는 너의 첫 남자야. 너의 순결을 가져갔어. 그때
그와 정사를 나눌 때 너도 좋아했었잖아? 아니, 이제껏 맛보
지 못했던 쾌락과 환희를 만끽했었잖아? 여자란 그저 뒤웅박

팔자야. 고관대작 남편을 만나면 마님 소리를 듣는 것이고, 저잣거리의 놈팡이를 만나면 여편네 소리를 듣는 거라고. 짓밟힘을 당했든 서로 좋아서 부둥켜안았든 일단 몸을 섞고 나면 부부나 마찬가지야. 그런 남자를, 아니, 남편을 증오했다가는 천벌을 받아. 그리고 자신에게 좀 솔직해져 봐. 지금 네 몸뚱이는 그를 원하고 있잖아? 너의 사타구니에, 그 옥문에 그의 단단하고 커다란 음경이 다시 한 번 깊숙이 삽입되기를 애타게 갈망하고 있잖아? 그러니까 이제 모든 걸 포기하고 어떻게든 그의 눈에 들어서 그의 여자가 되는 방법을 모색해 봐. 그게 앞으로 네가 이곳에서 살아나가야 할 유일한 길이야. 아니면 끝장이야. 명심해.'

마음이 그녀에게 그렇게 다독이면 그녀는 '절대 그렇지 않다'고 속으로 절규한다.

"이리 와라."

그때 태무랑의 조용한 목소리가 들려오자 옥령은 화들짝 놀라 부르르 몸을 떨었다.

두려움이 몰려왔으나 시녀로서 교육을 받은 몸은 이미 그를 향해 주춤거리면서 다가가고 있었다.

"가까이 와라."

그녀가 태무랑 오른쪽 세 걸음쯤에 멈추자 그가 쳐다보지 않은 채 말했다.

옥령은 머릿속이 새하얗게 탈색되는 것을 느꼈다. 아무 생각도 나지 않았고 그저 미친 듯이 심장만 거세게 쿵쾅거리며 뛸 뿐이다.

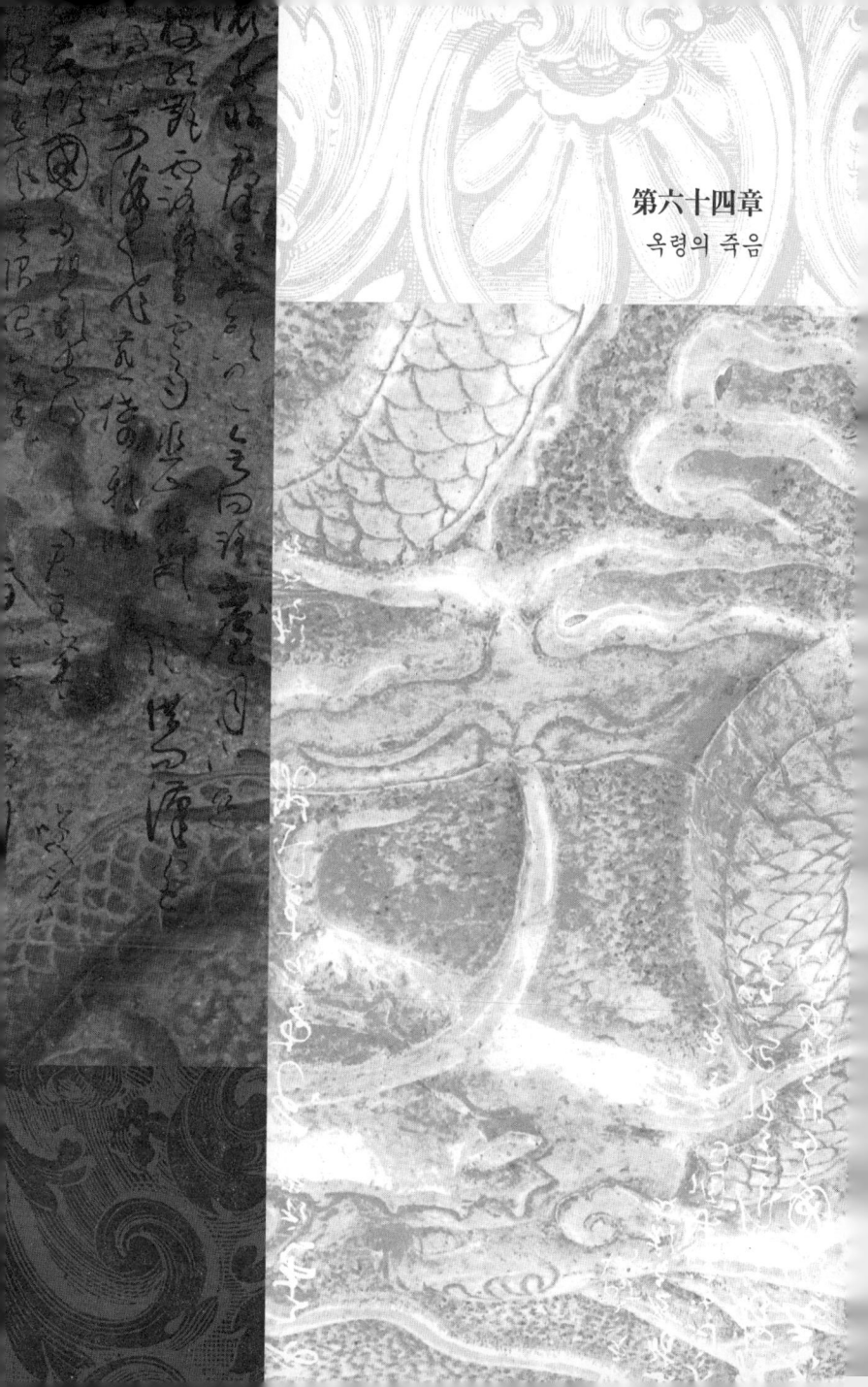

第六十四章

옥령의 죽음

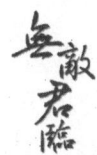

　옥령은 태무랑 옆 한 걸음 거리에 멈추었다. 그녀는 너무 긴장하고 떨린 나머지 서 있는 것조차도 힘든 상태다.

　손만 뻗어도 태무랑의 몸을 만질 수 있으며, 그의 숨소리나 체온까지도 느껴지는 가까운 거리다.

　지금은 태무랑에 대한 저주도 원한도 복수심도 아무것도 생각나지 않았다.

　신풍개는 옥령을 보면서 눈을 휘둥그렇게 뜨며 놀랐다. 그는 시중드는 시녀 따위는 안중에도 두고 있지 않다가 지금에서야 그녀를 가까이에서 보고는 그녀의 절세적인 미모를 발견한 것이다.

"소아상을 왜 풀어주었느냐?"

그때 태무랑이 술잔을 들어 입으로 가져가면서 불쑥 물었다. 옥령이 시녀가 된 이후 처음으로 말을 거는 것이다.

신풍개는 어이없다는 표정으로 태무랑을 쳐다보았다. 왜 그런 것을 일개 시녀에게 묻느냐는 뜻이다.

"사부님에게 들켰어요."

그렇게 대답을 해놓고서 옥령은 스스로 깜짝 놀랐다. 자신이 솔직하게 대답을 했다는 사실과 또한 말투가 몹시 공손하고 존대를 하고 있다는 사실 때문이다.

혼자서 수많은 생각을 할 때에는 태무랑이 말을 걸면 욕부터 튀어나갈 것이라고 여겼는데 막상 닥치고 보니까 전혀 다른 양상이 벌어졌다.

그러면서도 한편으로는 욕이 튀어나가지 않아서 다행이라는 안도감마저 들었다. 만약 그랬다면 시녀장에게 혼찌검이 날 테니까 말이다. 아니, 시녀장에게 혼나기 전에 태무랑에게 치도곤을 당했을 것이다.

신풍개는 두 사람이 무슨 말을 하고 있는 것인지 도저히 감을 잡지 못하고 있었다. 태무랑이 소아상에 대해서 왜 배료에게 묻는 것이며, 한낱 배료 따위에게 사부가 있다니 가당치도 않은 일이다.

하지만 태무랑은 옥령의 대답을 듣고 어떻게 된 일인지 단번에 알아차렸다.

소아상이 북경에서 납치되어 무창 무극신련 총본련으로 끌려가는 과정에서, 그리고 도착한 이후에도 그녀가 자신이 누구라는 것을 밝히지 않았을 리가 없다.

그녀는 천하의 어느 누구라도 절정문주의 손녀를 건드리지 못할 것이라고 확신했을 것이기 때문이다.

그러므로 단유천과 옥령은 소아상의 신분을 알고서도 묵살한 채 자신들의 금강불괴지신계획의 시험 대상으로 삼은 것이 분명했다.

처음에는 소아상의 신분을 알고 필경 놀랐겠지만 이왕지사 납치한 것, 그대로 밀어붙였을 것이다.

그런데 그 사실을 사부인 환우천제 화명군이 알게 됐고, 그로 인해서 소아상이 전격적으로 풀려난 것이다.

화명군이 무슨 생각으로 소아상을 풀어줬는지는 모르지만, 아마도 그녀가 잘못되어 화근을 남기기보다는 때늦었더라도 무사히 돌려보내는 것이 절정문이나 무극신련 쌍방을 위해서 옳다는 판단을 내렸던 모양이다.

자고로 큰 원한은 죽을 때까지 잊히지 않지만, 작은 소동쯤은 세월이 지나면 수그러지게 마련이다. 화명군은 그것을 생각했던 것 같다.

문득 태무랑은 무슨 생각 하나가 떠올랐다.

"금강불괴계획은 어찌 되었느냐?"

"사부님께서 아시게 되어 풍비박산됐어요."

환우천제 화명군은 제자들이 벌인 금강불괴계획을 모르고 있었던 것이다.

그러나 그가 모르고 있는 것, 아니, 예상하지 못한 것이 하나 더 있다.

태무랑과 소아상이 서로 아는 사이라는 것과 두 사람이 만나게 되리라는 사실을 말이다.

태무랑은 씁쓸한 분노를 느꼈다. 자신을 비롯한 수많은 무완롱을 생산해 낸 금강불괴계획이 그토록 허무하게 끝났다는 사실 때문이다.

금강불괴계획이 좀 더 일찍 파기되었더라면, 아니, 처음부터 그따위 돼먹지도 않은 계획 따위가 시작되지 않았더라면 태무랑에게 그런 비극은 일어나지 않았을 것이다.

"이런 제기랄……."

그때 두 사람의 대화를 듣고 있던 신풍개는 마침내 옥령이 누구라는 것을 깨닫고 오만상을 찌푸리며 벌떡 일어서더니 그녀를 쏘아보며 태무랑에게 다그치듯이 물었다.

"태 형! 이년 옥령이지?"

그는 태무랑이 옥령을 제압해서 무령왕가로 끌고 왔다는

사실은 알고 있지만 설마 그녀를 시녀, 아니, 태무랑 자신의 배료로 만들었을 줄은 꿈에도 예상하지 못했다.

"그렇다네."

태무랑이 고개를 끄덕이는 순간 신풍개의 오른발이 벼락같이 튀어나갔다.

"이 개년!"

퍽!

"흑!"

신풍개의 발끝이 그대로 옥령의 명치에 꽂혔다.

그녀는 답답한 신음을 흘리며 뒤로 붕 날아가 벽에 모질게 부딪쳤다가 바닥에 쓰러졌다.

그리고는 엎어진 채 몸을 바들바들 떨다가 곧 축 늘어졌다. 신음 소리도 흘리지 않았고 아무런 움직임도 없었다. 그 한 대로 즉사한 것 같았다.

"태 형, 이년을 제압하면 내가 오줌을 갈겨주겠다고 했던 말 기억하고 있지?"

신풍개는 분을 삭이지 못하고 씨근거리며 말하고는 태무랑의 대답을 듣기도 전에 옥령에게 걸어가며 괴춤을 풀었다.

그리고는 쓰러져 있는 옥령에게 세찬 오줌발을 갈겨대기 시작했다.

쏴아아—

"으핫핫핫! 오늘 밤은 나 풍개 일생에서 최고로 기분 좋은 날이구나!"

그는 참고 참았던 오줌과 참고 참았던 울분을 옥령에게 다 쏟아내면서 상체를 흔들며 통쾌한 웃음을 터뜨렸다.

그 광경을 태무랑은 묵묵히 지켜보기만 했다.

만취한 신풍개는 시녀의 부축을 받아 침실로 안내되었다.

태무랑은 그때까지 자지 않고 있던 소향을 불러 옥령을 데려가게 했다.

소향은 다른 시녀 한 명을 불러와서 움직이지 않는 옥령을 끌고 방을 나갔다. 그러면서도 소향은 옥령이 죽었을 것이라고는 생각하지 못했다.

태무랑은 잠옷으로 갈아입은 후 침상에 누워 잠을 청하면서 내일 아침에는 소아상과 은지화, 형구 등을 두루 만나야겠다고 생각했다.

그는 옥령에 대한 걱정은 눈곱만큼도 하지 않았다.

누군가 흐느껴 우는 소리에 태무랑은 잠에서 깨어났다.

우는 소리는 바로 옆방에서 들려오고 있었다. 그리고 잠시 후에 여러 사람이 달려오는 소리가 들렸다. 숨소리로 미루어 모두 여자들이다. 그렇다면 시녀들일 것이다.

그는 우는 사람이 소향이라는 것을 깨달았다. 그리고 그녀가 흐느끼면서 다른 시녀들에게 하는 말을 듣고 어떻게 된 일인지 알게 되었다.

옥령이 죽은 것이다. 무공을 잃은 그녀는 보통의 연약한 여자나 다름없는데, 분노한 신풍개가 냅다 명치를 걷어차서 죽게 만든 것이다.

비단 옥령만이 아니라 그 어떤 여자라도 거기에 얻어맞았다면 죽고 말 것이다.

태무량은 움직이지 않고 그대로 누워 있었다. 옥령이 죽었다고 해도 충격은커녕 아무런 감흥도 일지 않았다.

잠시 후에 시녀장이 오고 그녀가 옥령을 살피는 듯하더니 시신을 옮기라고 지시했다.

'벌써 죽어버리는 것은 너무 싱겁다.'

이윽고 태무량은 천천히 몸을 일으켜 침상에서 내려와 옷을 갈아입었다.

옥령이 진짜 죽었는지 직접 확인해 보려는 것이다. 하지만 조금도 서둘지 않았다.

그가 벽 하나를 사이에 두고 있는 두 개의 작은 방으로 모퉁이를 돌아서 가자 몇 명의 시녀가 흰 천에 싼 물체를 방에서 들고 나오고 있으며, 소향이 뒤따르며 흰 천의 물체를 붙잡고 서럽게 흐느끼고 있었다.

"장군님."

그를 발견한 시녀장이 놀라서 급히 무릎을 꿇자 소향과 다른 시녀들도 급급히 부복했다.

"장군님, 배료가 사망했습니다."

시녀장의 말을 들으면서 태무랑은 흰 천 옆에 쭈그리고 앉아 천을 젖혔다.

그러자 깨끗하게 목욕을 시킨 옥령의 창백한, 그러나 눈부시게 아름다운 얼굴이 드러났다.

눈을 감고 있는 그녀의 긴 속눈썹이 촉촉하게 젖어 있으며 머리카락도 젖은 상태다.

소향과 다른 시녀가 태무랑의 방에서 옥령을 끌고 나가 목욕을 시켰기 때문이다. 그때까지도 소향은 옥령이 죽은 줄 몰랐다.

죽은 그녀의 얼굴은 평온한 표정이 아니다. 왠지 슬퍼 보였다. 죽음으로써 비굴한 시녀의 삶에서 해방됐다는 기쁜 표정이 아니라, 어떤 것과의 단절을 슬퍼하는 듯한 얼굴이었다.

태무랑은 손을 뻗어 손가락을 그녀의 목에 갖다 댔다. 맥이 느껴지지 않았다.

그런데 그녀의 몸에서 약간의 온기가 느껴졌다. 체온이 느껴진다는 것은 아직 죽지 않았다는 뜻이다.

그는 고개를 숙여 귀를 그녀의 가슴에 댔다. 극히 미미하게 심장이 뛰는 것이 느껴졌다.

하지만 매우 불규칙한 심장 박동이었다. 뛰다가 끊어지기를 반복하고 있었다.

그 정도이기 때문에 경험이 많은 시녀장이라고 해도 옥령이 죽었다고 판단할 수밖에 없었을 것이다.

슥—

그는 옥령을 안고 일어나 자신의 방으로 향했다.

그의 갑작스런 행동에 시녀장과 시녀들은 깜짝 놀라 어쩔줄을 몰라 했다.

"향아, 들어와라."

태무랑은 혹시 시킬 일이 있을지 몰라 소향을 불렀다.

그가 옥령을 침상에 눕힌 뒤에 잠시 살펴본 결과 신풍개에게 걷어차인 명치 부위에 어혈(瘀血)이 단단하게 생겼으며, 그로 인해서 체내에 혈류가 순환하지 못해서 빈사(瀕死) 상태에 처한 듯했다.

그는 옥령의 손목을 잡고 그곳을 통해서 약간의 오행지기를 부드럽게 주입시켰다.

그녀의 손목은 얼굴 부위보다 훨씬 차가웠다. 그것은 사지(四肢)와 하체에 꽤 오랫동안 피가 통하지 않았다는 증거다. 그래서 서서히 마비되고 있는 것이다.

태무랑이 옥령을 살펴보는 동안 소향은 침상 가에 서서 계속 흐느껴 울기만 하고 있었다.

오행지기가 죽어가는 옥령에게 도움은 된 것 같은데 여전히 얼굴과 가슴 부위를 제외한 온몸이 차가웠다. 피가 통하지 않기 때문이다.

그때 문득 그는 예전에 은지화와 있었던 웃지 못할 한 가지 사건이 기억났다.

오래전에 그는 은지화와 함께 여행을 하던 중에 산속에서 모닥불을 피우고 노숙을 한 적이 있었다.

그 당시의 은지화는 태무랑에게 가까이 다가가기만 하면 오줌을 싸던 때라서 나중에는 속곳 안에 두툼한 개짐(생리대)을 차고 다녔었다.

꽤 오랫동안 차고 있었던 터라 여러 차례 오줌을 싸서 축축해진 개짐을 갈아 차려고 태무랑더러 돌아앉으라고 하고는 바지와 속곳을 벗었는데, 바로 그때 송아지만 한 늑대들이 들이닥쳤다.

기겁을 한 은지화는 아랫도리를 벌거벗은 채 태무랑에게 달려들어서 결사적으로 매달렸고, 그 와중에 그는 어렵사리 극양지기를 발휘하여 늑대들을 물리쳤었다.

그런데 바로 그때 기화연당의 일로 적안혈귀를 눈엣가시처럼 여기던 북경 무영검문의 무영검수들 삼십여 명이 흑의에 복면을 뒤집어쓰고 급습을 가해왔다.

태무랑과 은지화는 서로 등진 자세에서 치열하게 싸우다
가 결국 태무랑이 은지화를 업고 싸우게 됐다.

태무랑이 왼손으로 그녀의 궁둥이를 힘껏 붙잡은 채 싸웠
는데, 싸움이 끝났을 때 그녀의 하체가 마비됐었다. 그가 너
무 세게 오랫동안 궁둥이를 붙잡고 있었기 때문에 피가 통하
지 않았던 것이다.

그때 은지화는 고통 때문에 처절하게 비명을 지르면서 추
궁과혈 수법으로 자신의 하체를 주물러 달라고 요구했었다.

그런 경위로 태무랑은 추궁과혈 수법이라는 것을 처음 배
웠고, 그것을 전개해서 은지화를 낫게 해주었다.

그가 보기에 지금 옥령에게 필요한 것이 바로 추궁과혈 수
법인 것 같았다.

"옷을 모두 벗겨라."

"…네?"

소향은 계속 우느라 정신이 없어서 태무랑의 말을 알아듣
지 못했다.

태무랑은 직접 옥령의 옷을 벗겼다. 옷이 하나씩 벗겨지면
서 눈부신 나신이 차츰 드러났다.

마침내 실오라기 한 올 걸치지 않은 전라가 됐다. 하지만
태무랑의 눈에는 나신의 눈부심이나 아름다움 같은 것이 들

어오지 않았다.

그녀와 한차례 몸을 섞은, 아니, 그녀의 순결을 취했지만 그때와 지금은 전혀 다른 상황이다.

지금 그는 옥령에게 추호의 음심도 느끼지 않았다. 또한 그녀를 기필코 살려야겠다는 사명감도 없다.

그저 운이 좋으면 살릴 수 있을 테고 죽어도 어쩔 수 없다는 생각이다.

이윽고 그는 침상 위 그녀 옆에 앉아서 두 손에 진기를 일으켜 추궁과혈을 시작했다.

"하아……."

옥령은 긴 숨을 토해내면서 깨어났다.

"아아, 이제 정신이 들어요?"

옥령이 눈을 뜨기도 전에 바로 옆에서 울음 섞인 누군가의 반가운 목소리가 들렸다.

옥령이 가만히 눈을 뜨고 고개를 옆으로 돌리자 소향이 눈물을 흘리면서도 기쁜 표정을 짓고 있는 모습이 보였다.

"어… 떻게 된 거예요?"

"언니는 죽었었어요. 제가 얼마나 놀랐는지 알아요?"

나흘 동안 함께 배료로서 태무랑을 모셨어도 한 번도 언니라고 부르지 않았던 소향이다.

그러나 한바탕 난리를 벌이고 나서 그녀 입에서 자연스럽게 언니라는 말이 흘러나왔다.

문득 옥령은 신풍개에게 발길질로 명치를 거세게 가격당했던 기억이 났다.

그 순간 숨을 쉴 수가 없고 온몸이 부서지는 듯한 극심한 고통 속에서 빠르게 정신을 잃었다. 그것이 기억의 끝이다. 그때 그녀는 자신이 죽는 것이라는 생각이 들었었다.

"어디 아픈 곳 없어요?"

소향이 옥령의 이마를 짚어보면서 염려스럽게 물었다. 그러면서도 줄곧 울고 있다.

옥령은 자신이 혼절했을 때부터 소향이 계속 울고 있었을 것이라고 짐작했다.

그리고 지금은 옥령이 살아났기 때문에 기뻐서 우는 것일 게다. 눈물이 흔한 아이인가 보다.

문득 그녀는 예전에 누군가 자신을 위해서 울어준 적이 있던가 하고 돌이켜 보았다.

길게 생각하지 않아도 된다. 그런 일은 없었다. 누군가가 울어줄 만한 일을 그녀가 당한 적이 없기 때문이다.

하지만 만약 무극신련 총본련에서 그런 일을 당한다면 누군가 울어줄 것인가 하는 자문(自問)에 그녀는 대답을 찾지 못했다.

울어줄 사람 따위가 있을 리 없다. 사부도 사형도 슬퍼할지언정 울지는 않을 것이다.

"내가… 죽었다면서 어… 떻게 살아났죠?"

"주인님께서 살려주셨어요. 우리 모두 언니가 죽은 줄 알았는데… 그래서 시녀장님이 언니를 밖으로 옮기라고 하셨는데 그때 주인님이 나오셔서 언니를 주인님의 침상으로 안고 들어가셨어요."

"주인님이……."

크게 놀라는 옥령의 입에서 '주인님' 이라는 중얼거림이 자연스럽게 흘러나왔다.

그때부터 소향은 태무랑이 어떻게 옥령을 살렸는지 눈물 콧물 섞어가면서 열심히 설명했다.

그리고 소향의 설명이 거의 끝나갈 무렵에는 옥령은 소향보다 더 많은 눈물을 흘리고 있었다.

왜 우는지 그녀도 모른다. 알고 싶지도 않다. 죽었다가 살아났다는 감격 때문인지, 태무랑이 자신의 옷을 모두 벗기고 나신을 주물러서 수치심을 느낀 것인지, 그날 이후 두 번째로 그에게 자신의 나신을 보여주었다는, 그런데 자신은 사경을 헤매고 있었기 때문인지 알 수가 없다. 그저 걷잡을 수 없이 눈물이 쏟아졌다.

그러나 분명한 것은, 옥령의 마음이 더할 나위 없이 기쁘다는 사실이다.

이런 기쁨은 난생처음이다. 하지만 또 알 수 없는 불쾌감이 스멀거렸다.

그런 찢어 죽일 놈의 배려 때문에 기쁨을 느끼고 있다는 것에 대한 불쾌감이었다. 아니면 속도 없이 기뻐하는 자기 자신을 향한 증오심인지도 모른다.

기쁨과 불쾌감의 혼재 속에서 그녀는 당황하면서도 어떤 미묘한 상상이 아스라이 떠올랐다. 자신의 나신을 추궁과혈로 주물렀을 태무랑은 어떤 모습이었을까, 그리고 무슨 생각을 했을까 하는 것이다.

"나쁜 놈."

악의없는 중얼거림이 해쓱한 입술 사이로 흘러나오자 소향이 놀라서 눈을 동그랗게 떴다.

"주인님이 말인가요?"

"아… 니에요."

"그 거지로군요? 언니를 발로 찼던."

그때 방문이 열리고 시녀장이 불쑥 들어섰다.

소향이 깜짝 놀라서 벌떡 일어났다.

"시녀장님!"

그러나 그녀보다 더 놀란 것은 옥령이다. 얼마나 뼛속 깊숙이까지 시녀라는 인식이 박혀 있었으면 시녀장이 들어오는 순간 벌떡 상체를 일으켰다가 하마터면 침상 아래로 고꾸라질 뻔했다. 철저한 시녀 근성이다.

"괜찮다. 누워 있어라."

사십여 세의 시녀장은 옥령의 어깨를 지그시 눌러 눕히고는 침상 옆 의자에 앉았다.

그때 옥령은 자신이 누워 있는 곳이 자신의 방이라는 사실을 깨달았다.

태무랑의 방 입구에서 오른쪽으로 모퉁이를 돌면 두 개의 작은 방이 나란히 붙어 있으며 크기와 구조는 똑같은데 옥령과 소향의 방이다.

평범한 침상 하나와 나무 의자가 두 개 붙은 작은 탁자 하나, 그리고 벽에 세워놓은 함롱 하나가 세간의 전부인 곳.

"불편한 곳은 없느냐?"

시녀장은 옥령을 호되게 교육시켰을 때와 똑같은 목소리와 말투로 묻는다.

하지만 옥령은 그녀의 말 속에 은은한 염려가 배어 있음을 느꼈다.

그런데도 두려운 생각이 든다. 상대가 시녀장이기 때문이다. 그녀에 대한 기억은 두려움뿐이었다.

"네."

시녀장의 염려가 배어 있는 딱딱한 물음에 옥령은 반항이 묻어 있는 두려운 목소리로 대답했다.

"몸이 다 나을 때까지 쉬어라."

시녀장은 그렇게 말하면서 일어섰다.

옥령은 자신의 귀를 의심했다. 하루나 이틀이 아니고 몸이 다 나을 때까지 쉬라는 것이다. 몸이 다 나으려면 열흘이 걸릴 수도 있고 한 달이 걸릴 수도 있다는 것을 시녀장이 모르지 않을 것이다.

"네가 잘못한 일이라면 지금 당장 일어나야 하지만, 네가 잘못한 일이 아니라면 상관없다."

탁!

그렇게 말하고 시녀장이 방을 나가자 옥령은 가슴속에서 무언가 뜨거운 것이 울컥하고 솟구치는 것을 느꼈다.

한 번도 느껴본 적이 없는 격한 감동이다. 시녀장 따위에게 감동을 느끼다니, 말도 되지 않는다.

하지만 옥령은 시녀가 되고 나서부터 예전에는 경험해 보지 못했던 많은 것을 몸과 마음으로 느끼고 있다.

대부분은 힘들고 나쁜 것들이고, 좋은 느낌은 매우 적다. 하지만 적은 것 하나가 힘들고 나쁜 것들 모두를 상쇄시키고도 남음이 있었다. 기쁨과 감동이라는 것은 무한한 힘을 지니고 있는 듯했다.

소향이 눈물을 닦으면서 해사하게 미소를 지으며 말했다.

"시녀장님이 이따 아침에 주인님께 잘 말씀드릴 테니까 걱정하지 말아요, 언니."

옥령은 처음에 깨어났을 때 소향이 곁에 있는 것을 알고는 매우 안도했고 또 반가웠다.

하지만 이제는 약간 귀찮아졌다. 혼자 있고 싶었다. 생각할 것이 많았다.

그녀는 자신이 시녀도 아니고 무극신련의 소저도 아닌 애매한 존재라는 생각이 들었다.

그날 밤에는 못된 정신도, 짓궂은 마음도 그녀를 괴롭히지 않고 오랜만에 편하게 잠에 빠져들었다.

"으으……."

간밤에 만취했던 신풍개는 눈을 뜨자마자 숙취 때문에 머리가 깨질 것처럼 고통스러웠다.

그는 침상에 가부좌로 앉아서 한차례 운공조식을 하며 취기를 몰아내고 나서야 정신이 웬만큼 맑아졌다.

그 순간 지난밤에 벌어졌던 일들이 갑자기 한꺼번에 와르르 생각났다.

'이런 맙소사!'

그중에서도 어떤 한 가지 기억이 뇌리에 꽂히자 그는 머릿속이 하얘졌다.

자신이 취중에 분노해서 옥령의 가슴을 발로 거세게 내질
렀던 기억이 떠오른 것이다.

그리고는 쓰러져서 꼼짝도 하지 못하는 옥령에게 오줌을
갈겨댔다. 통쾌한 웃음을 터뜨리면서.

'내가 미쳤지. 그런 어이없는 짓을……'

옥령은 태무랑의 원수 중 한 명이다. 그러므로 그녀를 죽이
려면 그가 죽이는 것이 마땅하다. 그녀의 목숨은 태무랑이 좌
우하는 것이다.

설사 신풍개가 아무리 옥령에게 화가 났다고 해도 태무랑
에겐 비할 바가 못 된다.

그는 하루에도 몇 번이나 옥령을 죽이고 싶은 것을 참으면
서 그녀를 오래오래 괴롭히려고 살려둔 것이다.

그런데 그것을 신풍개가 박살을 내버렸다. 태무랑의 철천
지원수를 말이다.

'도대체 내가 어쩌자고……. 이런 병신 같은 놈!'

그는 두 손으로 머리를 싸안고 괴로워했다. 그러나 아무리
괴로워한다고 해도 이미 일은 수습 불가능하다. 옥령은 죽었
다. 절대로 돌이킬 수가 없다.

얼마나 혼자서 끙끙거리며 괴로워했을까. 마침내 신풍개
는 어려운 결론을 내렸다.

도저히 태무랑의 얼굴을 볼 자신이 없으므로 이대로 조용

히 사라지기로 말이다.

그 이후에는 뭘 어떻게 해야 할지 계획이 없다. 하지만 지금은 이곳에서 도망치는 방법밖에 없다.

슥.

조심스럽게 문을 열고 밖으로 나온 신풍개는 좌우를 두리번거리며 계단을 찾아보았으나 어제 어디로 올라왔는지 기억이 나지 않아 일단 오른쪽으로 향했다.

"흐억!"

"꺄악!"

그때 모퉁이에서 소향이 불쑥 나타나자 그는 심장이 목구멍 밖으로 튀어나올 듯이 놀랐다.

그러나 사실은 소향이 더 놀랐다. 더구나 신풍개를 알아보고는 순간적으로 얼굴 가득 공포가 떠올랐다.

신풍개는 소향의 격렬한 반응을 보고 자신이 옥령을 죽인 사실을 그녀가 알고 있다고 짐작했다.

어젯밤 그 일이 일어났을 때 방에는 태무랑과 신풍개, 옥령 세 사람뿐이었다.

죽은 옥령이 말했을 리 없고, 태무랑은 그런 일을 절대 다른 사람에게 말하는 성격이 아니다.

아니, 소향이 어떻게 알게 됐든 그것은 중요한 일이 아니다. 중요한 것은 소향이 신풍개를 동료를 죽인 살인자로 본다는 사실이다.

"미… 안하오."

당황한 신풍개는 진심으로 고개를 숙여 사과했다.

"뭐… 가 말인가요?"

소향은 어젯밤에 있었던 일을 잘 알고 있다. 태무랑의 방과 소향, 옥령의 방은 나무 벽 하나를 사이에 두고 있는데, 그곳에는 두 개의 작은 구멍이 뚫려 있다.

물론 옥령과 소향의 방에 각각 하나씩 있다. 그 구멍은 주인님을 감시하기 위해서가 아니라 주인님이 부르는 소리를 똑똑하게 알아듣기 위해서 있는 것이다.

그 구멍에 한쪽 눈을 밀착시키면 태무랑의 침상과 탁자가 한눈에 들어온다. 하지만 그것뿐이다. 그 외의 것들은 보이지 않는다.

지난밤에 일어났던 광경을 소향은 그 구멍을 통해서 똑똑히 목격했던 것이다.

하지만 배료는 주인님 방에서 일어난 일을 단 한 사람, 시녀장을 제외하곤 그 누구에게도 말해서는 안 된다.

시녀장도 특별한 경우를 제외하곤 무슨 일이 있었는지 알려고 하지 말아야 한다.

신풍개는 소향과 옥령이 태무랑의 배료라는 것을 알고 있다. 그러므로 소향에게 용서를 구해야 한다고 생각했다. 용서는 태무랑에게 빌어야 하지만, 소향에게 용서를 받으면 조금이라도 위로가 될 것 같았다.

"지난밤에 내가 술에 만취해서 실수를 했소. 그대 동료 배료를 때려서… 그만 죽게 했소. 정말 잘못했소. 용서하시오. 아니, 차라리 나를 죽이시오."

그는 눈물까지 글썽거렸다. 소향에게가 아니라 태무랑에게 너무 미안하기 때문이다. 그는 지금 소향에게 비는 것이 아니라 태무랑에게 빌고 있는 것이다.

하지만 그 눈물이 소향의 마음을 움직였다. 그녀는 신풍개가 나쁜 사람이 아니라고 생각했다. 그런 사람은 진실을 알 자격이 있다.

"그녀는… 죽지 않았어요."

옥령은 침상에 앉아서 운공조식을 하고 있었다.

공력을 운기하는 진짜 운공조식이 아니라 구결을 외워 혈류를 전신으로 흐르게 하는 운공조식이다. 그것을 하면 정신이 맑아진다.

"후우……."

그녀가 운공조식을 끝내고 한숨을 내쉬며 침상에 누우려고 하는데 갑자기 문이 열렸다.

소향이겠거니 생각하면서 무심히 쳐다보던 옥령은 문을

살짝 열고 들여다보는 퀴죄죄한 얼굴을 발견하는 순간 온몸
이 얼어붙었다.

"아······."

들여다보고 있는 사람은 신풍개다. 그는 겸연쩍은 표정으
로 누런 이를 드러내고 씩 미소 지었다.

옥령은 그를 보면서 반사적으로 온몸에 소름이 좍 끼쳤다.
더구나 그의 미소가 악마처럼 여겨졌다.

그리고 그의 거센 발길질이 명치에 적중되었던 순간이 뇌
리에 생생하게 떠올랐다.

기실 그녀가 무공을 잃지 않았다면 신풍개는 한주먹거리
도 못 될 터이다.

그런데 지금 그녀는 신풍개를 보면서 더할 수 없는 공포에
떨고 있다.

신풍개는 무슨 말이라도 해야 한다고 생각했으나 뭐라고
해야 할지 알지 못했다.

그저 바보처럼 비실비실 웃음만 나왔다. 옥령을 찢어 죽이
고 싶도록 증오하지만, 그녀가 살아 있다는 사실이 무엇보다
도 고마웠다.

"헤헤, 몸조리 잘해라."

결국 그는 그 말만 하고 문을 닫았다.

옥령은 신풍개의 모습이 보이지 않는데도 오랫동안 경직

되어 공포에 질려 있었다.

그녀의 머릿속에서 신풍개의 말이 윙윙 큰 소리를 내며 반복해서 들렸다. 그것은 그녀에게 다른 말로 해석됐다.

"헤헤, 다 나으면 또 죽여주마."

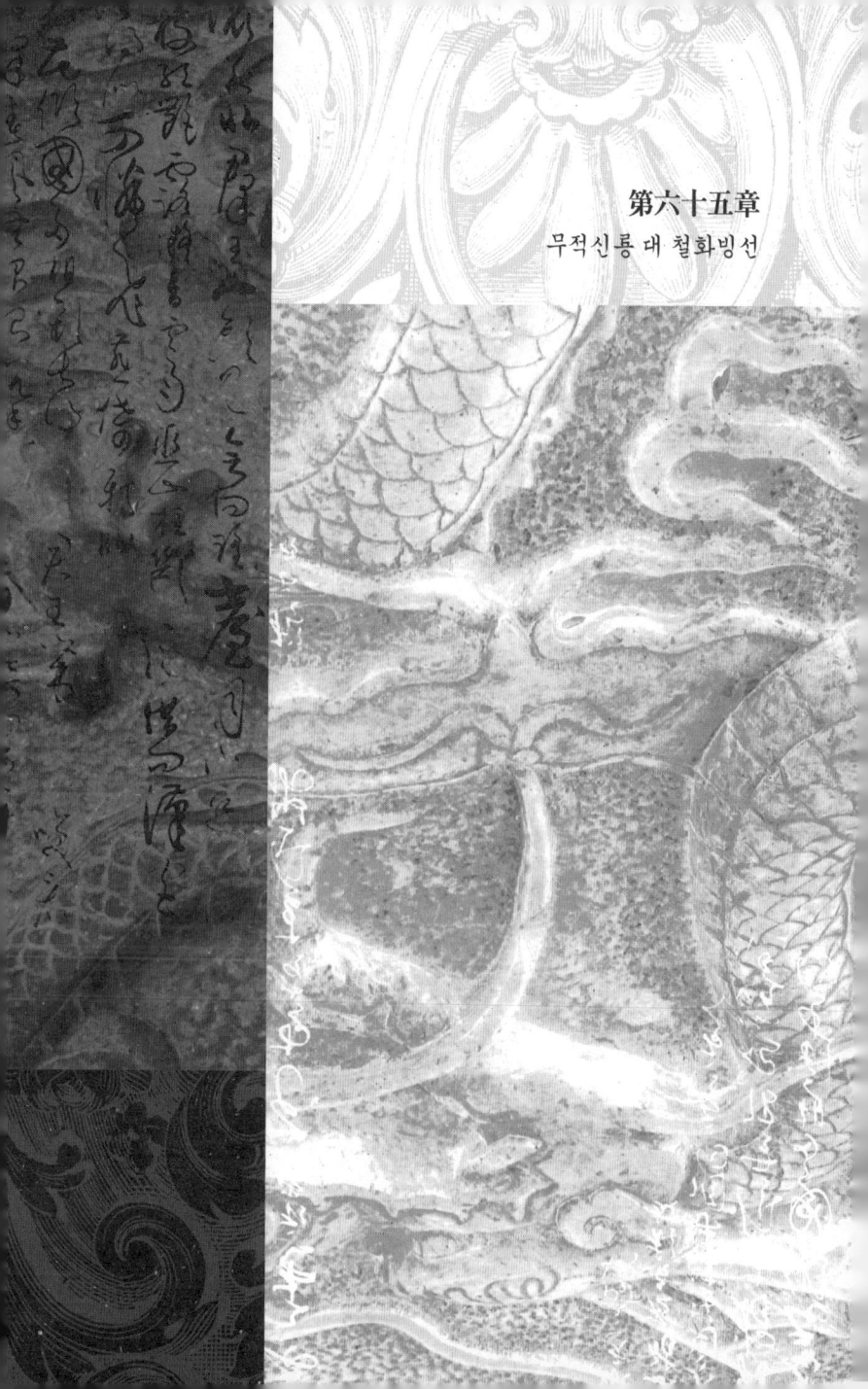

第六十五章

무적신룡 대 철화빙선

북북.

연이어 세 차례 운공조식을 하고 난 태무랑은 자신도 모르게 왼쪽 팔뚝을 긁었다. 벌레에 물린 것처럼 갑자기 극심한 가려움증을 느꼈다.

긁고 나서 팔을 들어 올려 보니까 아무렇지도 않았다. 벌레에게 물린 자국도 없고, 제법 세게 긁었으면 살갗에 붉은 선이 그어졌을 텐데 그런 흔적도 나지 않았다.

그는 왼팔을 이리저리 살펴보다가 이상을 발견하지 못하고 자리에서 일어나 입구로 향했다.

오늘은 할 일이 많다. 은지화와 형구, 그리고 소아상 등을 만나야 하고, 총사우장군으로서의 업무도 봐야 할 뿐만 아니라 천자필사와 남경성 내에 들어와 있는 무극백절들에 대해서도 어떤 조치를 취해야 하기 때문이다.

태무랑은 좌사령 남악만을 데리고 무령왕가를 나섰다. 물론 그는 우사령 검호의 얼굴로 변신을 했다. 그렇기 때문에 무령왕가 전문을 지키는 군사들도 검호와 남악이 외출을 한 것으로 알고 있다.

두 사람은 평상복 차림으로 거리로 나서 나란히 걸었다.

태무랑은 언제나 즐겨 입는 흑의 경장 차림에 어깨에는 보통의 도 한 자루를 메고 있다.

그가 메고 있는 도는 염마도다. 하지만 그것을 원래대로 메고 다니면 눈에 잘 띄기 때문에 길쭉한 손잡이 부분을 절단하여 보통의 도 길이로 만들었다.

하지만 도실(刀室) 안에는 손잡이가 따로 들어 있기 때문에 유사시에는 손잡이를 도에 결합시켜서 예전처럼 긴 염마도로 사용할 수가 있다.

비한이 쌍봉을 지니고 다니면서 한 쌍의 단창으로 사용하다가 그것을 연결해서 장창으로 사용하는 것을 보고 영감을 얻은 것이다.

태무량이 메고 있는 염마도는 겉보기에는 보통의 도보다 도신이 약간 넓다는 것을 제외하곤 전혀 다를 바가 없다.

그때 태무량과 남악의 앞에서 한 명의 소년 거지가 사람들에게 동냥을 하면서 다가왔다.

그러나 사람들은 소년 거지가 다가오면 질겁하면서 피하기에 바빴다. 거지가 대로 한가운데에서 동냥을 하는 경우는 거의 없기 때문이다.

태무량은 소년 거지의 상의에 덧대서 기운 조각이 없고 허리에 매듭도 묶지 않았으며, 다만 때가 꾀죄죄한 흰옷을 입은 것으로 미루어 그가 개방의 최말단인 백의개(白衣丐)라는 것을 한눈에 알아보았다. 그리고 그가 자신에게 뭔가 전할 것이 있다는 것을 짐작했다.

"나리, 불쌍한 거지에게 적선합쇼. 며칠을 굶었더니 걸을 힘도 없습니다요."

태무량은 백의개가 내민 더러운 손바닥에 은자 한 냥을 얹어주었다.

그러자 백의개가 손가락 사이에 끼고 있던 접은 종이를 태무량 손에 재빨리 쥐어주었다.

태무량은 그럴 것이라고 예상했기 때문에 별로 놀라지 않고 손안에서 종이를 펼쳐 손바닥에 붙이고 손을 들어 머리카락을 쓸어 넘기는 척하면서 보았다.

태 형, 지금 철화빙선이 자넬 노리고 있네. 경뢰궁주가 알려왔네.

그는 손안에서 종이를 구기며 가볍게 미간을 좁혔다.

'철화빙선이?'

사실 그와 철화빙선은 별다른 은원이 없다. 아니, 한 번도 만난 적이 없다.

그런데도 지난번에 자인원에서 태무랑이 옥령을 납치하려고 했을 때 철화빙선은 무극백절들을 불러들여서 그를 죽이려고 했다.

아니, 그녀의 목적은 옥령을 납치하고 무극백절들을 모두 죽이는 것이었다.

그 과정에서 태무랑이야 어찌 되든 상관없다는 것이 문제였다.

그러더니 이제는 또다시 그를 노리고 있다는 것이다. 경뢰궁주가 알려주었다니 믿을 수 있는 정보다.

태무랑은 철화빙선에게 분노를 느끼면서도 동시에 불안함을 느꼈다.

아직 원수를 갚지 못한데다가, 무령왕가에 들어간 지 얼마되지 않아 자리도 제대로 잡지 않은 상황이기 때문에 철화빙선으로 인하여 복수가 지연되고 또 불미스러운 일이 일어날까 봐 우려가 되는 것이다.

이렇게 조심스러워진 것은 예전의 그의 모습이 아니다. 그도 조금씩 변화하고 있었다.

예전에는 거칠 것이 없는 혈혈단신이었으나 이제는 지켜야 할 것들이 생겼기 때문이다.

그는 무령왕가 밖에서는 특별한 일이 아닌 한 진면목을 드러내지 않아야겠다고 생각했다.

골목으로 들어선 백의개는 태무랑에게 받은 은자를 허공으로 던졌다가 받기를 반복하면서 신바람이 난 얼굴로 콧노래를 불렀다.

별것도 아닌 간단한 심부름을 해준 대가로 거금 은자 한 냥이나 생겼기 때문이다.

그것은 구태여 윗사람들에게 보고할 필요가 없다. 그래서 그의 머릿속에는 은자 한 냥으로 무엇을 해야 좋을까 하는 생각으로 가득 차 있었다.

허공으로 던져 올릴 때마다 은자가 하얗게 반짝이는 것이 너무도 보기에 좋았다. 그래서 백의개의 마음도 그처럼 더없이 반짝이고 있었다.

삭—

그런데 그때 그가 허공으로 던져 올린 은자가 허공에서 감쪽같이 사라져 버렸다.

"헛?"

그가 놀라서 그 자리에 멈추고 허공과 주위를 두리번거리고 있을 때 등 뒤에서 조용한 목소리가 들려왔다.

"조금 전에 너에게 이 은자를 준 사람이 누구냐?"

"앗!"

백의개는 깜짝 놀라서 급히 뒤돌아보다가 그 자리에 얼어붙고 말았다.

그의 앞에는 방금 천상에서 하강한 듯한 아름다운 선녀가 한 폭의 그림처럼 서 있었다.

그리고 그녀는 희고 섬세한 손을 내밀고 있는데, 그 손바닥에는 은자 한 냥이 반짝이고 있었다.

선녀는 흰색과 노란색, 붉은색이 섞인 비단 상의에 바닥까지 끌리는 무지개색의 긴 치마를 입은 모습이다.

이십 세 정도의 나이고, 머리카락을 우아하게 둥글게 말아서 비녀를 꽂았는데 인간 세상의 사람이 아닌 듯한 분위기를 지니고 있었다.

그녀는 다름 아닌 철화빙선이다. 그녀 뒤에는 한 명의 검을 멘 백의여인이 서 있는데 봉화십선의 일선이다.

백의개는 철화빙선이 너무 아름다워서 지금이 어떤 상황

인지도 잠시 잊고 자신이 꿈을 꾸고 있는 것이 아닌지 멍하니 그녀를 바라보았다.

"거지야, 너에게 이 은자를 준 사람이 적안혈귀냐?"

"……."

철화빙선이 다시 한 번 물었다. 수면에 잔잔한 물결을 일으키는 듯한 살랑거리는 미풍 같은 목소리인데 왠지 백의개에게는 섬뜩하게 들렸다.

정신을 번쩍 차린 백의개는 본능적으로 위기를 느끼고 뒤로 주춤주춤 물러나며 고개를 가로저었다.

"소… 저께서 무슨 말씀을 하시는 것인지 모르겠습니다요."

콱!

"끅!"

그때 백의개는 답답한 신음을 흘리며 뒤로 물러서는 것을 멈추면서 눈을 부릅떴다. 그의 뒤에서 누군가 갑자기 목을 조른 것이다.

흑의를 입은 한 명의 여고수, 즉 봉화이선이 백의개의 목을 움켜잡은 채 싸늘히 중얼거렸다.

"대답하지 않으면 목을 부러뜨리겠다."

"끄으으……."

　　　　　　*　　　　　*　　　　　*

　"실종?"

　신풍개는 어이없다는 표정을 지으며 앞에 서 있는 개방 남경분타주 뇌성개를 올려다보았다.

　"성내를 샅샅이 찾아봤느냐?"

　며칠 사이의 밀린 보고 내용을 간추려서 보고 있던 신풍개는 서찰더미를 내려놓고 일어섰다.

　"그렇습니다. 하지만 어디에서도 방개(方丐)를 찾지 못했습니다. 죄송합니다. 제 불찰입니다."

　방개란 태무랑에게 쪽지를 전해준 백의개를 가리킨다.

　"누구 잘잘못을 따질 때가 아니다."

　신풍개는 철화빙선 아니면 그 누군가 매우 좋지 않은 일을 꾸미고 있다는 사실을 직감했다.

　"태 형에게 내 쪽지를 전하기는 했느냐?"

　뇌성개는 전전긍긍했다.

　"네, 방개가 무적신룡께 쪽지를 전하고 근처의 골목으로 들어가는 것을 제 눈으로 똑똑히 목격했습니다."

　검호의 모습을 하고 있는 사람이 태무랑이라고 신풍개가 뇌성개에게만 가르쳐 주었었다.

　"골목 안 막다른 곳에서 만나기로 해서 제가 먼저 가서 기다리고 있었는데 방개는 오지 않았습니다."

"음! 이건 상당히 좋지 않군."

그래도 철화빙선이 태무랑을 노리고 있다는 사실을 그에게 알릴 수 있어서 다행이다.

하지만 태무랑에게 알려준 것보다 철화빙선의 위험은 더 가깝게, 그리고 더 급박하게 다가오고 있는 것 같았다.

그렇다고 해서 지금 다시 태무랑에게 접근하는 것은 위험천만한 일이다.

태무랑에게 쪽지를 전한 방개가 실종됐다는 것은 누군가 대단한 인물이 태무랑을 감시하고 있다는 뜻이다.

그러나 그 정도 일은 태무랑이 잘 알아서 할 것이라고 신풍개는 애써 자위했다.

"이거 문제는 경뢰궁주로군."

그는 무겁게 중얼거리면서 급히 밖으로 달려나갔다.

*   *   *

얼마 후에 태무랑과 남악은 장강 변의 어느 한적한 거리에 도착했다.

그곳에 있는 객잔에 소아상 일행이 머물고 있다고 신풍개가 가르쳐 주었기 때문이다.

그는 소아상과의 재회가 오로지 반가운 마음뿐이지 다른 마음은 품고 있지 않다.

수월화는 소아상이 강남삼미 중 빙옥설화며 천하제일문파인 절정문의 소문주라고 했으나 태무랑에겐 단지 귀여운 누이동생 같은 소녀일 뿐이다.

더구나 그녀하고는 지옥의 뇌옥에서 벽 하나를 사이에 두고 감금되어 있었다는 특별한 인연이 있으므로 남다른 애정을 갖고 있다.

잠시 후 태무랑과 남악은 대로에서 벗어나 호젓한 강변길로 접어들었다.

그 앞쪽에는 객잔이나 주루, 다루 따위가 길게 강을 향해 늘어서 있으며, 이곳은 남경에서 손에 꼽을 정도로 주변 경관이 아름다운 곳이다.

그때 두 명의 여자가 어느 주루에서 나오더니 두 사람을 향해서 마주 걸어오기 시작했다.

그녀들은 백의와 흑의를 입었으며 어깨에 검을 메고 있는 것으로 미루어 무림인이 분명했다.

강변길은 그리 넓지 않은 편이라서 네 사람이 스쳐 지나기에는 충분하지 않았다.

그런데 그녀들은 양쪽으로 갈라지더니 백의녀가 태무랑 쪽으로, 그리고 흑의녀가 남악 쪽으로 걸어왔다.

언뜻 보기에는 길이 좁기 때문에 두 여고수가 양쪽으로 갈라진 것 같았다.

하지만 태무랑과 남악은 두 여고수가 자신들에게 좋지 않은 뜻을 품고 있다는 것을 동시에 감지하고 경계하면서 마주 걸어갔다.

태무랑은 설혹 두 여고수가 급습을 하더라도 자신들에게 해를 입힐 수 있을 것이라고는 생각하지 않았다.

자신 혼자서도 충분히 그녀들을 상대할 수 있을 것이라고 판단했기 때문이다.

이윽고 두 명의 여고수가 두 사람의 옆을 두 뼘 정도의 간격을 두고 스쳐 지나기 직전이다.

그녀들은 두 사람을 쳐다보지도 않고 앞만 주시하고 있어서 급습할 것이라는 생각은 전혀 들지 않았다.

스슥!

그런데 그 순간 두 여고수가 번개같이 검을 뽑으면서 각기 태무랑과 남악을 급습했다.

발검과 동시에 태무랑과 남악의 목을 베어오는 일련의 동작은 가히 일품이다.

하지만 태무랑은 그녀들이 발검할 때 벌써 왼손으로 남악의 어깨를 잡았다.

그리고 검이 그어질 때는 남악을 잡은 채 앞으로 일 장가량 쏘아나가고 있었다.

패애액!

두 여고수의 검은 허공을 갈랐고, 태무량은 급히 뒤돌아서면서 그녀들의 다음 공격에 대비했다.

휘익! 휙!

그런데 두 여고수는 급습이 실패하자마자 뒤도 돌아보지 않고 반대 방향으로 매우 빠른 속도로 도망치면서 검을 검실에 꽂고 있었다. 더 이상 공격할 의사가 없다는 뜻이다.

태무량은 그녀들이 살의가 없고 단지 유인하기 위해서 공격을 하고 도주하는 것이라고 생각했다.

그러나 그 사실을 알면서도 그는 이대로 물러설 수가 없었다. 무엇 때문에 이런 짓을 하는 것인지 알아야 하기 때문이다.

그는 남악을 그 자리에 남겨두고 발끝으로 힘껏 땅을 박차며 추격해 갔다.

그는 두 여고수가 철화빙선의 수하들일 것이라고 짐작했다. 철화빙선이 아니고는 백주에 여고수들이 자신을 공격할 일이 없기 때문이다.

두 여고수의 경공은 태무량이 예상했던 것보다 훨씬 더 뛰어난 수준이었다.

하지만 태무랑은 최초에 급습을 당했던 곳으로부터 삼백여 장 떨어진 강변 백사장에 이르러 두 여고수를 따라잡았다. 아니, 그녀들이 경공을 멈추고 갑자기 돌아섰다. 그곳이 목적지인 듯했다.

그는 두 여고수와 삼 장 거리를 두고 마주 섰다. 그녀들은 나란히 선 채 태무랑을 주시할 뿐 아무 말도 아무 행동도 취하지 않았다.

태무랑은 그녀들이 누군가를 기다리고 있는 것이라 여기고 즉시 뒤돌아보았다.

뒤에서 기척을 느낀 것이 아니라 단지 느낌이었다. 그런데 뒤에 언제 나타났는지 한 명의 절세미녀가 오롯이 서 있는 것이 아닌가.

그녀를 보고 태무랑은 섬뜩함을 느꼈다. 그녀의 기척을 감지하지 못했다는 것은, 그녀가 급습했을 경우에 속수무책이었음을 뜻하는 것이기 때문이다.

순간 태무랑은 그녀가 바로 철화빙선이라는 것을 한눈에 알아보았다.

그는 지난번 자인원에서 그녀를 한 번 본 적이 있다. 그때 그녀는 자인원에서 멀지 않은 어느 전각 지붕에 서서 그를 지켜보고 있었다.

태무랑은 철화빙선을 발견한 순간 불끈 화가 치밀었으나

억누르고 조용히 입을 열었다.

"내게 볼일이 있느냐?"

태무랑의 반말에 철화빙선은 살짝 아미를 찌푸렸다.

"버릇없는 놈이구나."

자신은 아무에게나 반말을 해대면서 누가 자신에게 반말을 하는 것은 참지 못했다.

철화빙선은 찌푸렸던 아미를 펴면서 조용히 물었다.

"내가 누군지 아느냐?"

"철화빙선 아니냐?"

"그렇다."

철화빙선은 고개를 끄덕였다.

태무랑은 철화빙선에게 걸어가다가 다섯 걸음쯤에서 멈추고 당당하게 어깨와 허리를 쭉 폈다.

"나는 너에게 잘못한 것이 없거늘 어째서 괴롭히는 것이냐?"

"잘못한 것이 없다고?"

철화빙선은 싸늘한 표정으로 말을 이었다.

"태무랑, 너는 자인원에서 내 계획을 망쳐 놓았다."

태무랑은 검호의 얼굴을 하고 있지만 철화빙선은 그를 정확하게 알고 있었다. 그래서 그는 오행지기를 풀어 진면목으로 되돌아왔다.

철화빙선은 그의 놀라운 재주를 눈앞에서 보면서도 외눈 하나 까딱하지 않았다.

"자인원에 끌어 모은 무극백절들을 전멸시킬 수 있는 기회를 네놈이 무산시켰다."

태무랑이 자인원에 잠입한 이유는 옥령을 납치하기 위해서였다. 즉, 철화빙선하고는 아무런 연관도 없는 것이다.

그런데 태무랑을 이용해서 자인원으로 무극백절들을 끌어 모으고 또 그들을 일망타진하려 했던 것은 철화빙선의 계획이었다.

그로 인해서 태무랑이 옥령을 납치하려던 계획이 엉망진창이 되든 그가 죽든 철화빙선은 조금도 상관이 없으며, 오로지 자신의 욕심만 채우면 된다는 뜻이다.

실제로 무극백절들 때문에 비한은 죽을 고비를 넘겼으며, 태무랑도 극심한 중상을 입었다.

피해를 입은 사람은 태무랑이고, 그래서 따질 사람은 그인데도 철화빙선은 적반하장으로 그를 꾸짖고 있는 것이다.

"더구나 네놈은 내 심복 둘을 죽였으며, 항주 완월루에서 내가 아끼는 기녀를 납치했다."

철화빙선의 목소리는 갈수록 차가워졌으며 억지는 상대할 가치가 없을 지경이다.

태무랑은 그녀가 말하는 두 명의 심복이, 그날 자인원에서 옥령과 천자필사를 자루에 담아 무령왕가로 운반하던 비한을 공격했던 두 여고수, 즉 봉화십선의 사선과 팔선일 것이라고 생각했다.

그녀들은 비한의 거처인 좌장거의 뇌옥에 무공이 폐지된 상태로 아직 감금되어 있지만, 철화빙선은 그녀들이 죽은 줄 아는 모양이다.

철화빙선은 자신이 '아끼는 기녀'를 태무랑이 납치했다고 하는데, 그의 누이동생인 태화연을 말하는 것 같았다.

친오빠가 친동생을 데려간 것이 어떻게 납치라는 말인가? 경뢰궁주를 통해서 태화연을 돌려주겠다고 철석같이 약속하고서도 지키지 않은 사람은 외려 철화빙선이다.

더구나 멀쩡한 소녀들을 돈을 주고 사서 기녀나 자신의 수하로 만들고 있는 철화빙선이야말로 악질 중의 악질이라고 할 수 있다.

태무랑은 철화빙선의 억지에 기가 막혔으나 상대할 가치가 없다고 생각했다.

제정신을 지니고서야 어떻게 그런 식으로 억지를 부릴 수 있겠는가. 그녀는 뭔가 근본적으로 성격이 비틀어져 있는 것이 분명했다.

태화연을 무사히 되찾았고 철화빙선 때문에 태무랑이 큰 피해를 당했으나 그 정도는 눈감아줄 수 있다고 너그럽게 생각했다.

"나는 너의 억지를 들어줄 만큼 한가하지 않다."

그가 그렇게 말하고 나서 걸음을 옮기려는데 철화빙선이 냉랭하게 코웃음을 쳤다.

"흥! 너는 적절한 대가를 치르기 전에는 한 발자국도 움직이지 못한다."

"무슨 대가를 어떻게 치르라는 것이냐?"

"첫째, 죽은 내 심복 두 명 대신 네놈의 가까운 사람 목숨 두 개를 내놓고, 둘째, 완월루에서 납치해 간 내가 아끼는 기녀를 되돌려줄 것. 셋째, 자인원에서의 실패를 네놈의 목숨으로 대신 갚아라."

태무랑은 너무 어이가 없어서 말문이 막혔다. 뭐 저런 형편없는 계집애가 다 있는가 하는 생각만 들었다.

특히 태화연을 자신이 '아끼는 기녀'라고 두 번씩이나 주장하는 것에 발끈했다.

"네가 태화연을 어떻게 아낀다는 말이냐?"

"태화연이 누구냐?"

"네가 아끼는 기녀라면서 이름도 모르느냐?"

"……"

"대명이 쟁쟁한 철화빙선이 여색(女色)을 밝히는 줄은 몰랐다. 같은 여자끼리 어떻게 사랑을 나누는지 궁금하구나. 그

방법을 말해줄 수 있겠느냐?'

속이 뒤틀릴 대로 뒤틀린 태무랑은 말이 곱지 않게 나가기 시작했다.

"너……."

철화빙선은 말문이 막히고 화가 나서 얼굴이 붉어졌다.

"똑똑히 들어라, 후안무치한 계집년아!"

태무랑은 은은하게 호통을 쳤다.

"분명히 경고하는데, 지금 이 순간 이후 나를 건드린다면 죽을 때까지 후회하게 만들어주겠다. 알았느냐?'

철화빙선은 너무 기가 막히고 분노가 치밀어 얼굴이 빨개져서 두 주먹을 움켜쥐고 몸을 바들바들 떨었다. 후안무치는 물론이고 계집년이라는 욕을 생전 처음 들었으니 이성을 잃을 정도로 분노했다. 아니, 정신이 멍해졌다.

태무랑은 그녀에게 한 걸음 성큼 다가서며 한 대 때릴 듯한 동작을 취하며 버럭 노성을 터뜨렸다.

"이년! 알았느냐고 물었다!"

"아, 알았어요."

그러자 그녀는 깜짝 놀라 급히 대답했다. 그녀는 이런 상황을 처음 당해보기 때문에 얼이 빠져서 자신이 무슨 말을 했는지도 인식하지 못했다.

할 말을 다 했다고 여긴 태무랑은 강둑 쪽으로 성큼성큼 걸음을 옮겼다.

놀란 얼굴로 태무랑을 바라보던 철화빙선은 그제야 자신이 너무 놀란 나머지 이상한 행동을 했다는 사실을 깨닫고 가슴속에서 불길이 치솟았다.

"이놈! 감히 내게!"

순간 그녀는 쏜살같이 태무랑의 측면으로 쏘아가면서 섬섬옥수를 들어 올리며 날카로운 노성을 터뜨렸다.

그녀는 이날까지 누군가에게 꾸지람을 들어본 적도 혼이 나본 적도 없다.

그러므로 방금 태무랑이 그녀를 꾸짖은 것은 생전 처음 겪어보는 일이다. 그래서 순간적으로 예상하지 못했던 반응이 튀어나가고 말았다.

그녀는 자신이 순간적으로나마 본의 아닌 행동을 했다는 사실을 깨닫고 그것이 수치스러워서 화가 머리끝까지 치밀었다. 이런 수치심이라든지 화가 치미는 것 역시 그녀로선 처음 느껴보는 감정이다.

그래서 머릿속이 뒤죽박죽이다. 하지만 한 가지 분명한 것은 걷잡을 수 없는 분노다. 당장 태무랑을 죽이지 않으면 어떻게 돼버릴 것만 같았다.

위이잉!

철화빙선은 이 장 거리에서 쏘아오는데 그녀의 오른손에

서 발출된 장풍이 이미 태무랑의 반 장까지 쇄도하고 있다.

몸 가까이 이르기도 전에 살을 베는 듯한 날카로운 예기와 묵직한 압력이 동시에 느껴졌으며, 태무랑으로서는 처음 접하는 강력한 장풍이다.

그는 길게 생각할 여유도 없이 즉시 오른손을 떨쳐 운라금귀전을 발출했다.

키우웅!

오행지기의 황금빛 금기가 접시 모양으로 납작한 형상을 이루어 허공을 가르며 뿜어졌다.

쩌껑!

장풍과 운라금귀전이 허공에서 강력하게 격돌하며 쇳소리를 터뜨렸다.

순간 강한 반탄력에 태무랑은 오른팔이 부러지는 듯한 충격을 받으며 왼쪽으로 이 장이나 튕겨져 날아갔다.

푹!

백사장이기 때문에 내려서면서 그의 두 발이 무릎까지 깊숙이 빠졌다.

그를 이곳까지 유인했던 백의와 흑의를 입은 두 명의 여고수, 즉 봉화십선의 일선과 이선이 마치 그림자처럼 쏘아와 태무랑의 좌우에 내려섰으나 공격은 하지 않았다. 그가 도망치지 못하게 차단하려는 것 같았다.

그런데 태무랑이 자세를 바로잡기도 전에 철화빙선이 재차 덮쳐 오고 있다.

그녀는 신형을 날리려고 어깨를 흔든다거나 발을 구르지도 않았는데, 눈 깜짝할 사이에 태무랑의 정면 일 장까지 쇄도하고 있었다.

태무랑은 그녀와 단 일 초식을 주고받고 또 그녀가 경공을 전개하는 것만 보고서도 여태까지 상대했던 그 어떤 인물보다 고강하다는 것을 직감했다.

하지만 겁은 나지 않았다. 대신 부숴 버리겠다는 승부욕과 반발심이 치솟았다.

여태껏 어떤 강적을 만났어도 수단 방법을 가리지 않고 모두 죽였다는 사실이 그를 물러서지 않게 만들었다.

"건방진 놈! 버릇을 고쳐주겠다!"

위이잉!

그녀가 쏘아오면서 앙칼지게 외치며 희디흰 손목을 뒤집자 무형의 장풍이 허공을 떨어 울리면서 뿜어졌다.

태무랑은 소리만 듣고서도 조금 전에 자신의 운라금귀전을 튕겨낸 그 장풍보다 더 강력하다는 것을 간파했다.

그는 자세를 바로잡기도 전에 다급히 왼손을 흔들어 운라화귀전을 쏘아내야만 했다. 지금 상황으로선 그것이 최선이며 유일한 반격이다.

화우웅!

반격을 가하기에는 한발 늦었다는 사실을 알면서도 발출했다. 믿는 것이 하나 있기 때문이다.

조금 전에 발출했던 운라금귀전이다. 철화빙선의 장풍에 튕겨졌던 운라금귀전이 허공에서 크게 회전을 하며 방향을 바꾸고는 다시 그녀의 등을 향해서 맹렬히 회전하며 쏘아가고 있는 중이었다.

그러므로 그녀는 앞뒤에서 운라금귀전과 운라화귀전의 협공을 당하고 있는 셈이다.

그녀가 금강불괴지신이 아닌 이상 그런 상황에서 공격을 계속할 수는 없을 터이다.

키우웅! 화우웅!

쇠의 정화 운라금귀전과 불의 정화 운라화귀전이 각기 다른 음향을 내면서 철화빙선의 앞뒤에서 무섭게 쇄도했다.

순간 그녀의 미간이 살짝 찌푸려졌다. 두려움이 아니다. 못마땅하다는 표정이다.

찰나의 여유만 있으면 태무랑을 피투성이가 되어 나뒹굴게 할 수 있는데 뜻대로 되지 않기 때문이다.

그렇다고 자신을 돌보지 않으면서까지 태무랑을 공격할 수는 없는 일이다.

스으…….

그녀는 나뭇잎이 바람에 날리듯 아주 가볍게 둥실 허공으로 떠올라 운라금귀전과 운라화귀전이 아래쪽으로 교차하여 지나가게 하면서 재차 태무랑에게 일장을 발출했다.

쉐애앵!

발출되는 장풍의 음향이 지금까지보다 훨씬 더 날카로운 것으로 미루어 가장 강력할 듯했다.

스궁!

거의 그와 동시에 태무랑이 염마도를 뽑았다. 손잡이를 결합시킬 겨를이 없어서 그냥 사용하기로 했다.

그는 왼손을 휘둘러 스쳐 지난 운라금귀전과 운라화귀전이 철화빙선을 재차 공격하도록 했다.

그것은 조금도 어렵지 않다. 그저 손만 저으면 된다. 운라금귀전이나 운라화귀전은 그의 체내의 오행지기와 연결되어 있기 때문에 의지만으로도 조종이 된다.

하지만 그가 손을 저은 것은 더 빠른 속도로 공격을 가하기 위해서이다.

과연 운라금귀전과 운라화귀전은 여태까지보다 훨씬 빠른 속도로 철화빙선을 향해 쏘아갔다.

그리고 그와 함께 태무랑은 전력으로 염마절초를 전개하여 철화빙선을 공격해 갔다.

그오오―

염마도법 삼 초식을 하나로 묶었기에 그 위력의 가공함이야 두말하면 잔소리다.

또한 오행지기로 전개하기 때문에 염마도 전체가 오색 광채로 일렁였으며, 허공을 가르는 염마도 뒤쪽에 오색 도광이 무지개처럼 그어졌다.

"귀찮구나!"

철화빙선은 운라금귀전과 운라화귀전이 튕겨내고 피해도 계속해서 공격해 오는 것이 마치 날파리가 달려드는 것처럼 귀찮았다.

그녀는 양쪽에서 쇄도하고 있는 운라금귀전과 운라화귀전을 향해 양손을 뻗어 끌어당기고 내뻗는 동작을 취했다. 허공섭물(虛空攝物)의 상승 절기를 사용하려는 것이다.

그녀는 태무랑이 염마절초로 공격해 오는 것은 무시해 버렸다. 그 정도야 언제든지 와해시키거나 피할 수 있다고 여기는 것이다.

그때 괴이한 광경이 벌어졌다. 무서운 속도로 쇄도하던 운라금귀전과 운라화귀전이 한순간 멈칫하더니 이후 마치 질긴 끈에 묶인 것처럼 철화빙선의 양팔을 움직이는 대로 따라서 움직였다.

그러더니 끝내 운라금귀전과 운라화귀전이 서로 거세게 충돌해 버렸다.

꽈드등!

순간 주위 수십 장을 굉렬하게 떨어 울리는 굉장한 폭음이
터졌다.

그리고 다음 순간 태무량도 철화빙선도 전혀 예상하지 못
했던 놀라운 일이 벌어졌다.

운라금귀전과 운라화귀전이 충돌하여 수백 조각의 파편을
만들어내서 그것들이 사면팔방으로 쏟아져 갔다.

두 개의 운라귀전을 충돌시킨 사람이 철화빙선이므로 가
장 가까운 거리에 있는 것은 당연지사.

그 말은 파편들이 그녀에게 가장 많이, 그리고 가장 빠르게
쏟아졌다는 뜻이다.

설마 그런 일이 벌어질 것이라고는 태무량도 철화빙선도
예상하지 못했다.

제아무리 초절고수인 철화빙선이라고 하지만 가깝게는 반
장, 멀어봐야 겨우 일 장 거리에서 빛의 속도로 쏟아져, 아니,
폭발하는 파편을 피할 수는 없었다.

하지만 그녀는 본능적으로 호신강기를 일으켰다. 아니, 호
신강기가 스스로 일으켜졌다.

파파파팍!

"아악!"

최소한 오십여 개의 파편이 철화빙선의 호신강기에 작렬

했다. 그리고 호신강기가 파훼되면서 파편이 그녀의 온몸에 적중됐다.

파편은 반 장 혹은 일 장 거리에서 한 뼘 두께의 철판을 갈가리 찢을 수 있을 정도의 위력을 지니고 있다.

하지만 철화빙선이 호신강기를 펼쳤기 때문에 호신강기를 파훼시키면서 대부분의 위력이 소멸되었다. 그렇다고는 해도 그녀의 맨살을 뚫고 들어가거나 자르고 베기에는 충분한 위력이 남아 있었다.

삼십여 개의 파편이 그녀의 몸을 베고 지나갔으며 나머지 이십여 개는 몸을 뚫고 쑤셔 박혔다.

오십여 개의 파편이 그녀의 몸을 베고 또 쑤셔 박히는 광경은 하나의 폭발 같았다. 그 순간 피가 확 하고 뿜어져 나왔다.

더구나 운라화귀전의 파편은 불덩어리들이다. 그것들이 베고 또는 박힌 곳에서 불길이 확 일었다. 즉, 철화빙선의 몸 앞면 전체가 불길에 휩싸였다는 뜻이다.

다음 순간 철화빙선이 공력을 일으키자 불길이 순식간에 꺼졌다.

하지만 잠깐 동안이라고 해도 오행지기의 화기는 그녀의 얼굴과 몸의 앞면을 태우고 녹여 버리기에 충분했다.

그녀는 운라금귀전의 파편에 당해서 온몸에서 피를 뿜어냈으며, 또한 운라화귀전의 파편으로 인하여 몸이 타서 매캐

한 연기를 뿜어냈다.

키이잇!

그 순간 태무랑은 완전히 혈인으로 변한 철화빙선의 머리를 공격해 가다가 급히 염마도의 방향을 틀어 아슬아슬하게 허공을 베게 했다.

만약 태무랑이 방향을 틀지 않았으면 철화빙선의 머리는, 아니, 몸뚱이가 세로로 갈라졌을 것이다.

태무랑은 이 정도 혼을 내줬으면 됐다고 생각했다. 구태여 철화빙선을 죽여서 거대한 철화궁과 철화천궁을 적으로 삼을 필요는 없다고 찰나지간에 판단했다.

그때 철화빙선이 힐끗 그를 쳐다보았다. 피투성이 얼굴 속에서 한 쌍의 눈동자가 새파랗게 번뜩였다. 그 눈빛에는 더할 수 없는 분노와 원한이 이글거렸다.

태무랑이 염마도를 거두어 어깨에 꽂으려는 순간 돌연 철화빙선이 그에게 저돌적으로 부딪쳐 왔다.

쉬이이—

도저히 피할 수 없는 엄청난 빠르기다. 수십 개의 파편에 적중되어 피투성이가 되고 극심한 충격을 받은 그녀가 공격을 할 줄은 예상하지 못했다.

그리고 다음 순간 그녀가 마지막으로 발출했던 장력보다 두 배 이상 빠른 일장이 발출되었다.

쉬아앙!

쩌억!

"흐윽!"

일장이 왼쪽 어깨 부위에 고스란히 적중되자 태무랑은 팽 그르르 맹렬하게 회전하면서 허공으로 날아갔다.

왼쪽 어깨와 왼팔이 떨어져 나갔는지, 아니면 박살 났는지 아예 고통조차도 느껴지지 않았다.

"이놈! 죽여 버리겠다!"

철화빙선은 뱅글뱅글 돌면서 허공으로 날아가는 태무랑을 바짝 뒤쫓으며 앙칼지게 외쳤다.

그녀는 얼굴이나 목에도 여러 개의 파편이 꽂히거나 베고 지나가서 목불인견의 처참한 모습이었다.

온몸 어디 한 군데 성한 곳이 없었다. 옷은 갈가리 찢어지 고 타버려서 너덜너덜하여 맨살이 드러났으며, 두 개의 젖가 슴도 출렁거리고 있는데 피범벅에 절반 이상 잘려지고 녹아 내린 모습이라 보는 것만으로도 끔찍하기 짝이 없었다.

파편들은 철화빙선의 몸에 적중되는 순간 그녀가 죽을 때 까지 지우지 못할 흔적만 남겨두고 사라져 버렸다.

처음부터 오행지기였으니까 기체로 화해 태무랑의 몸속으 로 스며든 것이다.

태무랑은 회전하는 몸을 멈추자마자, 아니, 멈추는 것을 확

인할 겨를도 없이 철화빙선이 쏘아오고 있다고 짐작되는 방
향으로 맹렬하게 염마절초를 전개했다.

키우웅!

염마도는 정확하게, 그리고 위력적으로 철화빙선을 향해
그어졌다.

그러나 그녀는 이 장 밖에서 쏘아오는 중이고, 그녀가 발출
한 장풍이 먼저 태무랑을 갈겼다.

쩍!

"허윽!"

이번에는 가슴 한복판이다. 그는 가슴이 관통되어 오장육
부가 한꺼번에 등 뒤로 쏟아져 나가는 듯한 충격을 받고 쏜살
같이 뒤로 튕겨져 날아갔다.

체내에서 공력과 오행지기가 한꺼번에 흩어지는 것이 생
생하게 느껴졌다.

그리고 이 상태에서 일장만 더 적중당하면 죽을 것이라는
짐작이 들었다.

털썩!

그는 오 장이나 날아가 모래바닥에 내동댕이쳐졌다. 이 장
여만 더 날아갔으면 강에 빠졌을 것이다.

"죽어라!"

쉬아아앙!

그 순간 철화빙선이 허공에서 내리꽂히면서 전력으로 쌍장을 뿜어냈다.

여태까지처럼 한 손을 뻗는 장풍이 아니라 두 손을 모아 무시무시한 장공(掌功)을 전개했다.

태무랑은 하늘을 향해 누운 자세에서 자신에게 쇄도하는 장공과 철화빙선을 보며 얼굴이 일그러졌다.

지금 같은 상황에서는 벌떡 튕겨 일어나면서 마주 염마도를 휘둘러야 하지만 꼼짝도 할 수가 없다.

조금 전의 두 번의 장력에 적중당한 것이 치명적인 것이 분명했다.

그의 몸이 제 기능을 하지 못하는 것 같았다. 철화빙선의 가벼운 일장은 만 근 바위를 박살 내는데 그것에 두 차례나 적중되고도 죽지 않은 것이 다행이다.

'으으… 피해야 한다. 제발…….'

무형의 장력이 자신의 머리를 향해 쇄도하는 것을 느끼면서 그는 간절한 마음이 됐다.

그 순간 그는 한 가지 사실을 깨달았다. 싸움이란 닥치는 대로 하는 것이 아니라는 사실이다.

상대를 봐가면서 싸워야 한다는 것이다. 즉, 누울 자리를 보고 다리를 뻗어야 하는 것처럼, 아무하고나 덮어놓고 싸우다간 지금처럼 낭패를 면치 못한다는 너무도 당연한 진리를 깨달은 것이다.

하지만 그런 것을 왜 지금에서야 깨닫는 것인가. 죽고 나면 조심하려고 해도 할 수가 없지 않은가.

그 순간 장력이 몸에 적중되기 직전의 날카로운 예기가 얼굴 가득 느껴졌다. 찰나의 순간이 지나면 그의 머리는 박살 나고 말 것이다.

'피해라. 제발!'

그는 속으로 처절하게 울부짖었다. 아니, 절규했다.

푸악!

다음 순간 그는 얼굴에 싸늘한 충격을 받았다.

'물……?'

그는 자신의 몸이 얼굴부터 차가운 물속에 잠기고 있는 것을 느꼈다.

그렇다. 실로 절박하기 그지없는 순간에 의기합일에 이은 공간이동이 이루어진 것이다.

그가 누워 있던 곳에서 강물까지는 이 장 거리였으니 최소한 이 장 이상을 이동했다.

"이놈!"

그때 강물 속으로 가라앉고 있는 그는 철화빙선의 쩌렁쩌렁한 호통 소리를 들었다.

그리고 수면 밖 허공에서 철화빙선이 쏘아오고 있는 모습이 일렁거리며 보였다.

촤악!

그리고 철화빙선의 손이 물속으로 들어와 태무랑의 뒷덜미를 움켜잡고는 수면 위로 끌어냈다.

휙!

그녀는 태무랑을 백사장 쪽 허공으로 가볍게 집어 던지고는 뒤따라 쏘아가면서 쌍장을 발출했다. 그를 허공에 띄워놓고서 산산조각을 내겠다는 의도다.

쉬아아앙!

여태까지 발출한 장력 중에서 가장 위력적이라는 것은 소리만 들어도 알 수 있다.

거기에 적중되면 머리뿐만 아니라 온몸이 갈가리 찢어져서 뼈조차 추리지 못할 것이다.

태무랑에게 자가치료의 놀라운 능력이 있다고 해도 온몸이 갈가리 찢어져 버린다면 끝장이다.

"이놈! 감히 나를 능멸해?"

손가락 하나 까딱할 힘이 없는 태무랑의 귀에 서슬이 퍼런 철화빙선의 고함 소리가 진동했다.

무시무시한 장력이 자신을 향해 쏘아오는 것을 느끼면서 태무랑은 또 한 가지 사실을 깨달았다.

이렇듯 허무하게 죽을 바에는 세상을 너무 각박하게 살 필요가 없다는 것이다.

그는 지금까지 여러 절망적인 상황을 겪었으나 지금이야말로 최악의 상황이다.

아마도 기적 같은 것은 일어나지 않을 것 같다. 다만 한 가지 사실만은 분명하다.

철화빙선이 태무랑 자신보다 최소한 두어 수 위의 초절고수라는 것이다.

한마디로 말하면 잘못 건드린 것이다.

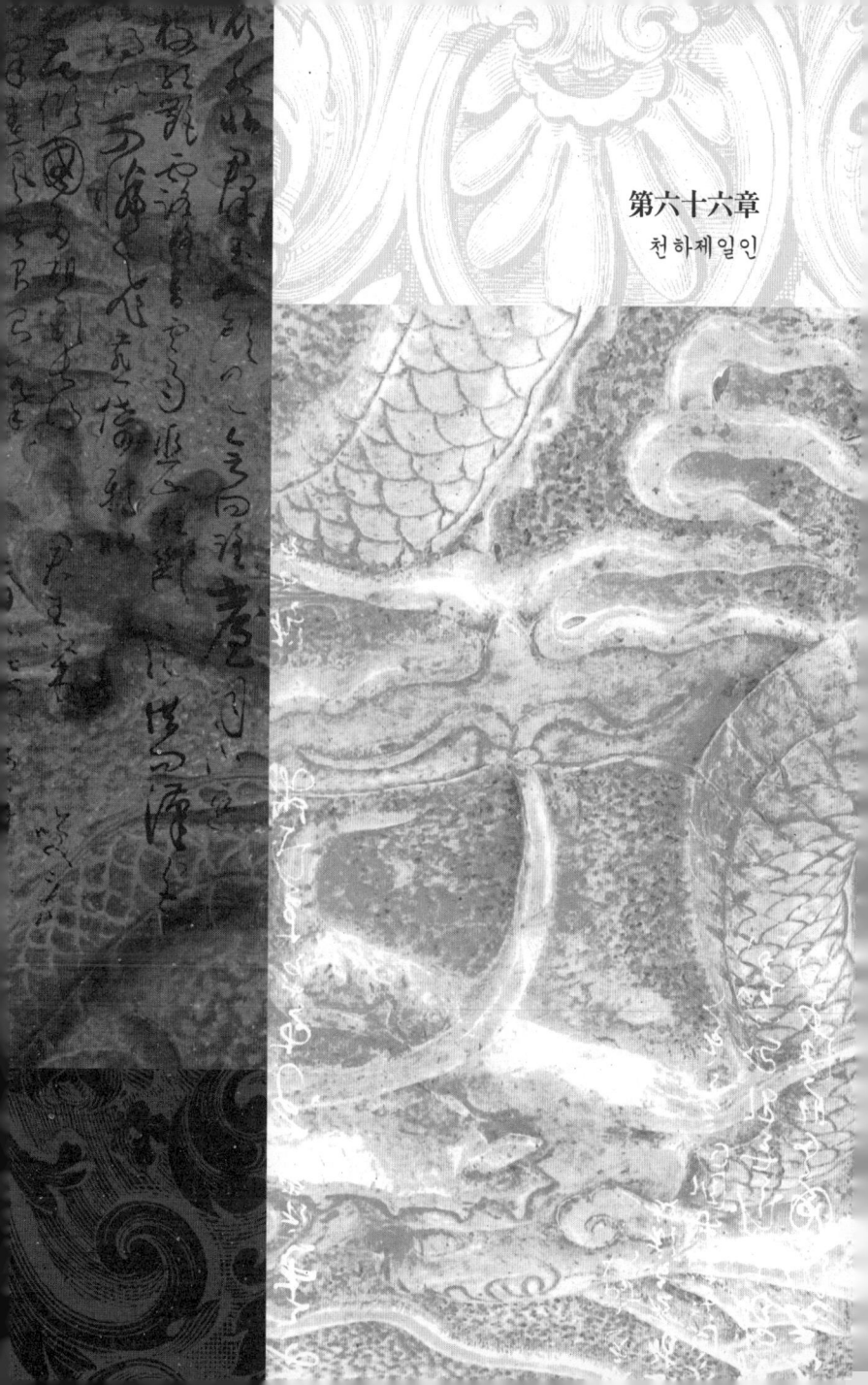

第六十六章
천하제일인

꽈르릉!

태무랑은 의식이 아스라이 흐려지는 중에 바로 지척에서 엄청난 폭음이 터지는 것을 들으면서, 또한 자신의 몸이 강풍에 휩쓸린 나뭇잎처럼 허공을 홀홀 날아가고 있는 것을 동시에 느꼈다.

그는 그 소리가 장력이 자신의 몸에 적중된 것이라고 생각했다. 그러면서 그는 정신을 잃어버렸다.

허공중에서 쏘아가며 태무랑에게 쌍장을 발출했던 철화빙선은 두 팔에 은은한 충격을 느끼며 뒤로 튕겨져 삼 장여나 날아갔다.

그녀는 백사장에 내려서면서 자신의 쌍장을 받아냈을 뿐만 아니라 튕겨지게 만든 인물을 쳐다보았다.

그 인물 역시 장력이 격돌하는 반탄력으로 인해 허공에서 뒤로 튕겨져 날아가고 있었다.

그러나 은색 장포를 입고 눈보다 더 흰 은빛 머리카락과 은염을 날리면서 우뚝 선 자세로 유유히 물러나는 모습이 흡사 신선을 방불케 했다.

은포노인을 발견한 철화빙선의 눈이 조금 커졌다. 예상하지 못했던 인물의 출현이기 때문이다.

그러나 곧 그녀의 눈에서 지독한 살기가 와르르 쏟아졌다. 머리카락을 산발한 피투성이라서 얼굴 표정은 알 수 없으나 더할 수 없는 분노의 표정인 것만은 분명하다.

그녀가 힐끗 한쪽으로 고개를 돌리자 백사장으로 추락하고 있는 태무랑의 모습이 보였다.

그런데 강둑에서 쏘아온 한 명의 소녀가 곧장 태무랑을 향해 날아가고 있는 광경도 보였다. 아마도 추락하는 태무랑을 안으려는 것 같았다.

철화빙선은 백사장에 내려서자마자 입술을 잘근 깨물면서 화살처럼 태무랑을 향해 전력으로 쏘아갔다.

다 잡은 태무랑을 뺏길 수 없다는 생각만 그녀의 머릿속에 가득 들어찼으며 그 외에는 아무것도 생각하지도 보이지도 않았다.

하지만 그녀가 당도하기 전에 소녀가 먼저 추락하는 태무랑을 가볍게 받아 안았다.

그리고 은포노인이 측면에서 철화빙선을 차단하기 위해 그녀보다 빠른 속도로 쏘아왔다.

철화빙선이 아무리 빨라도 원래부터 태무랑하고 가깝게 있던 은포노인보다 빠를 수는 없다.

그래서 철화빙선은 방향을 꺾어 은포노인을 향해 마주쳐 정면으로 쏘아갔다. 태무랑을 죽이기 전에 은포노인부터 죽이려는 것이다.

[안 됩니다! 궁주!]

[멈추십시오!]

그때 양쪽에서 봉화십선의 일선과 이선이 철화빙선의 앞을 가로막으며 다급히 전음으로 외쳤다.

"비켜라!"

눈에 보이는 것이 없는 철화빙선은 일선과 이선을 공격할 듯 양손을 치켜들며 호통을 쳤다.

그러나 그녀들은 물러서지 않고 오히려 철화빙선의 앞을 완벽하게 차단했다.

[궁주! 상대는 절정성협 소천군입니다!]

[정신 차리십시오! 대업을 망치시렵니까?]

사실 철화빙선은 은포노인을 처음 보는 순간 그가 누군지 알아보았다.

하지만 일선이 '절정성협 소천군'이라고 말로써 주의를 주자 비로소 정신이 들었고, 또 이선의 '대업을 망친다'라는 말에 어느 정도 이성을 되찾았다.

그녀가 신형을 멈추자 은포노인 절정성협 소천군은 방향을 틀어 구름이 흐르듯 유유한 움직임으로 태무랑에게 다가가서 멈추었다.

소천군은 철화빙선을 조금도 경계하지 않으면서 가빈이 안고 있는 태무랑을 굽어보았다. 철화빙선 정도는 안중에도 없다는 뜻이다.

태무랑은 눈을 꾹 감고 있는데 안색이 창백했고 입과 코에서 피를 흘리고 있었다.

소천군은 태무랑을 만져보지도 않은 상태에서 그의 숨소리만 듣고도 상태가 매우 위중하다는 사실을 직감했다.

그때 강둑 쪽에서 소아상과 남악이 전력으로 달려오고 있었다. 소아상은 이미 눈물범벅이 되어 울부짖었다.

"무랑가! 죽지 말아요!"

아까 태무랑이 봉화일선의 일선과 이선을 추격해 가자 남악은 그 즉시 객잔에 있는 소아상 일행에게 달려가서 도움을 요청했다.

남악은 장군이지만 무공은 고강한 편이 아니다. 무림으로 치면 일류고수 수준은 되지만 태무랑을 도울 수 있는 실력은 못 된다.

그는 아까 거리에서 백의개가 건네준 쪽지를 태무랑이 볼 때 곁에서 슬쩍 그 내용을 같이 읽었기 때문에 봉화십선의 일 선과 이선이 급습하고 도주할 때 이 일에 철화빙선이 개입되 어 있을 가능성이 크다고 판단을 했다.

그래서 태무랑으로서는 철화빙선을 상대하는 것이 벅차다 고 판단하여 소아상, 아니, 소천군에게 도움을 청한 것이다.

남악의 말을 들은 소천군과 가빈이 먼저 태무랑이 간 방향 으로 향했고, 소아상과 남악은 뒤쫓아온 것이다.

철화빙선은 태무랑 주위에 사람들이 모여드는 것을 보면 서, 그리고 절정성협 소천군이 방해하고 있다는 사실을 알면 서도 결코 이대로 물러설 수 없다는 생각에 이를 바득바득 갈 다가 나름 정중하게 말문을 열었다.

"소 성협, 그를 소녀에게 양보하세요."

철화빙선이 들끓는 분노를 억누르면서 조용히 말하자 소 천군은 천천히 그녀를 쳐다보았다.

"자넨 누군가?"

철화빙선은 옷이 갈가리 찢어져서 맨살이 거의 드러난 모습이지만 온몸에 피 칠을 하고 타버린 상처투성이여서 살이 보이지 않는 상태다.

"소녀는 철화빙선이에요."

항주의 두 거물이 남경의 장강 변 백사장에서 처음 만났다.

이들 두 사람은 항주의 거물이라고 하지만 천하의 거물이 기도 하다.

한 사람은 천하제일인으로 추앙받는 정파의 기둥이고, 또 한 사람은 천하제일거부이며 무극신련과 무림의 패권을 놓고 전쟁을 벌이고 있는 철화천궁의 궁주 철화빙선이다.

그러나 소천군은 눈썹조차 까딱하지 않았다.

"노부가 이 아이를 데려가겠다."

이어서 철화빙선의 대답을 듣지도 않고 가빈으로부터 태무랑을 건네받아 몸을 돌렸다.

철화빙선은 자신의 요구가 일언지하에 거절을 당하자 분노로 바르르 몸을 떨었다. 그러자 그녀의 온몸에서 핏물이 후드득 튀었다.

"소 성협께선 철화천궁과 적이 되시려는 건가요?"

그녀가 소천군의 등에 대고 소리쳤으나 그는 대꾸도 하지 않고 강둑을 향해 신형을 날렸다. 그 뒤를 소아상을 안은 가빈과 남악이 따랐다.

철화빙선은 멀어져 가는 소천군 일행을 쏘아보면서 두 주먹을 움켜쥐고 몸을 바들바들 떨었다.

소천군에게 당하는 수모 따위는 문제가 아니다. 그것은 어떻게든 참을 수 있다.

하지만 자신을 만신창이로 만들어놓은 태무량을 두 눈 뻔히 뜨고 보내줘야 한다는 사실 때문에 분노와 안타까움이 극에 달해 어쩔 줄을 몰랐다.

그러나 한줄기 가느다란 이성의 끈이 그녀를 아슬아슬하게 붙잡고 있었다. 후일이야 어찌 되든, 만약 자신에게 소천군을 격패시킬 능력이 있다고 자신한다면 절대 이대로 호락호락 보내지 않았다.

그러나 그녀는 소천군이 얼마나 고강한 인물인지 너무도 잘 알고 있다.

더구나 그녀는 지금 만신창이 몸이라서 평소의 칠 할 정도의 공력밖에 운용을 하지 못하는 형편이다. 그러므로 소천군과 싸우면 백전백패를 당하고 말 것이다.

강둑을 따라서 멀어지고 있는 소천군 일행을 쏘아보는 철화빙선의 온몸에서 여전히 피가 뚝뚝 떨어지고 있었다.

'두고 보자, 소천군. 절대 이대로 물러서지 않을 것이다!'

얼마나 세게 입술을 깨물었는지 터져서 피가 흘렀으나 그녀는 알지 못했다.

객잔 침상 위에는 태무랑이 죽은 듯이 누워 있고 침상 주위
에는 소천군과 소아상, 가빈, 남악이 모여 서 있다.

옷을 입은 채 반듯한 자세로 누워 있는 태무랑은 여전히 혼
절해 있는 모습이다.

그의 상의는 철화빙선의 장풍에 두 차례 적중당해 갈가리
찢어져서 상체가 맨살을 거의 드러낸 모습이다.

그런데 장풍에 적중된 왼쪽 어깨와 가슴은 아무런 상처나
흔적도 없이 말끔했다. 적중되고 나서 웬만큼 시간이 흘렀기
에 치료가 된 것이다.

"할아버지, 어때요?"

소천군이 태무랑의 맥을 짚은 채 지그시 눈을 감고 오랫동
안 아무런 말이 없자 소아상은 초조함을 이기지 못하고 떨리
는 목소리로 물었다.

그런데도 소천군은 대답하지 않고 태무랑의 손목을 잡은
채 한동안 더 침묵하고 있다가 이윽고 그의 손을 내려놓으며
눈을 떴다.

"희한한 일이로구나."

그는 태무랑을 굽어보며 조용히 말문을 열었다.

'회한하다' 라는 말에 소아상의 안색이 더 해쓱해졌다.

"무랑가는 괜찮은가요? 죽지 않아요? 빨리 말씀해 주세
요."

소천군은 가볍게 고개를 끄덕였다.

"지금으로 봐서 그런 일은 없을 것 같다."

"아, 하늘이 도우셨어요."

소아상은 두 손을 가슴에 모으고 태무랑을 보면서 눈물을 흘렸다. 그녀뿐만 아니라 남악과 가빈도 크게 안도하는 표정을 지었다.

소아상이 생각난 듯 소천군에게 물었다.

"그런데 뭐가 희한해요?"

"음, 아무것도 아니다."

소천군은 태무랑을 진맥하는 과정에서 알아낸 것 때문에 내심 적잖이 놀라고 있다.

소천군이 처음 백사장에서 태무랑을 살펴봤을 때 그는 일각 안에 죽는다고 해도 이상하지 않을 정도로 극심한 내상을 입은 상태였다.

그래서 치료를 하기 위해서 즉시 객잔으로 데려왔다. 백사장에서 객잔까지의 거리는 구백여 장이다. 소천군이 전력으로 달려왔으니 열 호흡 남짓 걸렸다. 그리고 이층 객방 침상에 눕히는 데 서너 호흡이 걸렸을 뿐이다.

그런데 그리고 나서 태무랑을 진맥해 보니 극심한 내상의 상태가 급속히 빠른 속도로 호전되고 있는 중이었다.

다 죽어가던 사람이 불과 열서너 호흡 만에 빠르게 되살아나고 있는 것이다.

결코 있을 수 없는 일이다. 하지만 믿을 수밖에 없다. 눈앞에서 일어나고 있는 일이 아닌가.

소천군의 나이는 올해로 미수(米壽:88세)다. 그동안 수많은 경륜을 쌓았다.

하지만 태무랑 같은 경우는 처음이다. 본 적은 물론이고 들어본 적조차 없는 일이다.

하지만 그는 그것을 소아상은 물론 가빈과 남악이 모두 알게 하는 것은 바람직하지 않다고 생각했다.

왜냐하면 그것은 태무랑 개인의 비밀스러운 일이기 때문이다. 나중에 그와 단둘이 그것에 대해서 대화를 해볼 생각으로 침묵을 지킨 것이다.

소천군은 문 쪽으로 몸을 돌렸다.

"우리가 할 일은 아무것도 없다. 지금은 그가 쉬도록 혼자 놔두자꾸나."

"소녀가 곁에서 지켜보면 안 될까요?"

소아상이 간절한 표정으로 부탁하자 소천군은 그녀의 머리를 쓰다듬었다.

"그는 혼자 있고 싶을 게다."

소아상은 방문까지 짧은 거리를 몇 번이나 뒤돌아보면서 걸어갔다.

반 시진 후에 소천군은 혼자 객방에 들어섰다. 소아상과 가빈은 옆방에 있고 남악은 태무랑의 부상 소식을 알리기 위해서 무령왕가로 돌아갔다.

태무랑이 누워 있는 방에 소천군이 혼자 들어온 이유는 한 가지 사실을 확인하기 위해서다.

소천군은 아까 태무랑을 진맥했을 때 그의 체내에 기이한 기운이 혈맥을 타고 힘차게 흐르는 것을 감지했다.

그리고 그 기운이 태무랑의 내상을 치료하고 있는 것으로 추측했다.

그 기운은 태무랑의 본신진기의 구 할을 차지하고 있었으며, 소천군으로서는 처음 대하는 것이었다. 그러므로 당연히 무림인들의 공력하고는 전혀 질적으로 달랐다.

'저것은?'

방에 들어서던 소천군은 침상의 태무랑을 보다가 흠칫하며 그 자리에 굳어졌다.

사아아…….

은은한 오색의 기체가 태무랑을 감싸고 있었다. 아니, 오색 기체는 그의 몸에서 흘러나와 반원의 뚜껑 형태를 이루며 왼쪽으로 회전하다가 다시 그의 몸속으로 스며들고 있었다.

'맙소사, 오행지기라니…….'

소천군은 한 번도 본 적이 없지만 그것을 보는 순간 오행지기라고 단번에 간파했다.

세상천지에 저토록 신비롭고 또 아름다운 오색의 기체는 오행지기뿐일 것이기 때문이다.

그리고 그는 아까 태무랑을 진맥했을 때 그의 전신 혈맥으로 기이한 기운이 흐르는 것을 감지했는데 이제 그것이 무엇인지 알아냈다.

그것은 바로 오행지기였다. 그러므로 그의 놀라움은 이만저만한 것이 아니다.

"앗! 저게 뭐야?"

그때 소천군은 등 뒤에서 들려오는 외침에 움찔 놀라고는 그제야 자신이 아직 문을 닫지 않았다는 사실을 깨닫고 급히 문을 닫았다.

아마 복도를 지나가는 사람이 태무랑을 에워싼 오행지기를 보고 놀란 모양이다.

누구보다도 경험이 많은 소천군이지만 생전 처음 보는, 아니, 그 누구도 보지 못했을 광경에 크게 놀라고 또 적잖이 긴장하여 문을 닫는 것조차 잊고 있었던 것이다. 이윽고 그는 천천히 태무랑에게 다가갔다.

태무랑은 치료가 완전히 끝났고 이제는 운공조식을 하고 있는 중이다.

그가 스스로 운공조식을 하는 것이 아니라 자나 깨나 밤낮을 가리지 않고 상시 운공조식이 되고 있는 수차운공이 진행되고 있다.

본디 수차운공을 할 때에는 오행지기가 체내에서 운기되지만, 지금은 치료를 끝낸 직후라서 오행지기가 체외로 나왔다가 주입되기를 반복하고 있다.

소천군은 침상과 세 걸음쯤에서 걸음을 멈추었다. 오색 기체에 닿지 않으려는 것이다. 두려워서가 아니라 태무랑이 화를 입을까 봐 우려해서다.

그가 오색 기체를 통해서 조심스럽게 살펴보니 태무랑은 아직 혼절해 있는 것 같았다.

소천군이 보기에 오색 기체, 즉 오행지기가 태무랑의 몸에서 나와 주위를 천천히 회전하고 나서 다시 몸으로 주입되는 것은 운공조식의 과정인 듯했다.

그때 그는 오래전에 읽었던 어떤 고서에서의 내용이 오롯이 떠올랐다.

'스스로 운기하지 않고서도 운공조식을 하는 것을 조화신행(造化神行)이라고 알고 있다.'

수차신공은 다른 말로 십자목운공(十字木運功)이라고도 하지만 무림에서는 조화신행이라고 부른다.

하지만 조화신행이 입신(入神)의 경지에 이르는 과정이라고만 알려져 있을 뿐이고, 구체적으로는 거의 아무것도 알려지지 않았다. 그래서 무성한 추측만 나돌고 있다.

아마도 조화신행이나 오행지기 같은 신적(神的)인 것에 관해서는 무림에서 소천군보다 더 많이 알고 있는 사람은 거의 없을 터이다.

'맙소사! 틀림없는 조화신행이다!'

소천군은 고서에서만 읽었던, 그리고 인세에는 존재하지 않을 것이라고만 알고 있었던 조화신행을 자신의 눈으로 직접 목격하고 놀라움을 금치 못했다.

'조화신행을 계속하면 끝내 입신지경과 조화지경에 이른다고 알고 있거늘……'

더구나 그는 점점 짙어지고 또 다섯 가지 빛, 즉 오색광(五色光)을 흩뿌리기 시작한 오행지기를 보면서 내심 찬탄을 터뜨리고 말았다.

'한 사람이 조화신행에 오행지기까지……. 이것은 도대체……'

그는 손녀 소아상을 도와준 청년이 누군지 궁금해서 따라왔을 뿐인데 전혀 예상하지도 못했던 광경을 보게 되어 꿈을 꾸는 것만 같았다.

그는 당금 무림에서 천하제일인으로 추앙받고 있는 대단한 인물이지만, 이 땅에 단 한 번도 존재한 적이 없는 조화신행과 오행지기를, 그것도 한 사람이 운기하고 있는 광경을 목격하고 있는 상황에서는 흥분을 감출 수가 없었다.

태무랑을 에워싼 오행지기는 마침내 조화신행이 최고조에 이르러서 더없는 찬란함과 눈부심, 신비함으로 실내를 온통 물들여 놓았다.

"오오……!"

마치 창조자가 새로운 창조물을 만들어내는 듯 장엄하고도 경이로운 광경에 소천군은 자신도 모르게 탄성을 흘렸다.

태무랑이 눈을 떴을 때 소천군은 침상 옆 의자에 꼿꼿한 자세로 앉아서 그를 굽어보고 있었다.

태무랑은 뜻밖이라는 표정을 지으면서 눈을 약간 크게 떴을 뿐 곧 평상시의 표정으로 돌아왔으며 별로 놀라지도 않았다.

다만 자신이 어째서 이곳에 누워 있는 것인지 궁금하여 실내를 한차례 둘러보았다. 그것만으로도 그는 어떻게 된 일인지 대충 짐작할 수 있었다.

그는 자신이 장강 변 백사장에서 철화빙선에게 죽임을 당하지 않았으며, 자신을 구해준 사람이 눈앞의 노인일 것이라고 추측했다.

그리고 이 노인이 소아상의 조부인 절정신협 소천군일지

도 모른다고 생각했다.

"몸은 괜찮은가?"

소천군의 조용하고도 자상한 물음에 태무랑은 급히 침상에서 내려와 옷매무새를 고치고 소천군을 향해 포권지례를 취하면서 물었다.

"귀하께서 저를 구하셨습니까?"

그는 무림의 존장들을 만나보지 못한 터이고 또 무림 예절에 대해서 잘 몰라서 '노선배님' 대신 '귀하'라고, '후배' 대신 '저'라는 호칭을 사용했다.

하지만 소천군은 예절에 연연하는 사람이 아니다. 또한 태무랑이 비록 호칭을 잘못 선택했으나 태도와 말투가 공손하므로 그가 아직 무림에 대해서 경험이 부족하기 때문이라고 이해했다.

그것은 또한 그가 아직 무림의 때가 묻지 않았다는 뜻이기도 하여 소천군은 흐뭇하게 고개를 끄덕였다.

"그렇다네."

태무랑은 정중히 허리를 굽혔다.

"구해주셔서 고맙습니다."

장황하게 치사를 늘어놓지 않고 그 말만 하고 허리를 폈다. 그리고는 또 물었다.

"혹시 귀하께서는 소아상의 조부이십니까?"

"그렇다네."

태무랑은 다시 한 번 포권을 하고 허리를 굽혔다.

"저는 태무랑입니다. 인사드립니다."

"음, 소천군일세."

소천군도 일어나서 마주 포권을 했으나 고개는 숙이지 않았다. 짧은 동작이지만 지나치지도 모자라지도 않은, 과연 거물다운 늠연한 태도다.

"앉지."

그가 침상에서 멀지 않은 탁자 쪽으로 먼저 걸어가자 태무랑도 뒤따랐다.

탁자에 앉은 태무랑은 맞은편에 앉은 소천군을 정면으로 바라보았다.

천하제일인이라고 일컬어지는 무림의 대선배를 눈 똑바로 뜨고 쳐다보는 무례한 행동이지만, 소천군은 꼿꼿하게 앉아서 담담히 미소만 지을 뿐이다.

소천군은 비단 경험이 풍부할 뿐만 아니라 사람을 보는 눈도 정확한 편이다.

그는 비록 태무랑이 깨어난 이후 잠깐 동안 대화를 해봤으나 이 청년이 매우 강직하고 또 순수한 사람이라는 것을 한눈에 간파했다.

태무랑은 나름의 판단력으로 소천군을 관찰했다. 그가 보기에 소천군과 무령왕은 닮은 점이 거의 없는 듯했다. 무령왕은 동적이고 근엄하면서도 패도적인 데 반해서 소천군은 정적이며 인자하고 지혜로워 보였다.

두 사람은 극단적으로 다르기 때문에 비교 자체가 이루어지지 않을 것 같았다.

어쨌든 태무랑은 소천군 같은 인물을 처음 보았다. 그는 가만히 앉아 있을 뿐인데 자신이 한없이 작아지고 있는 것을 느꼈다. 그런 기분을 느끼는 것 역시 처음이다.

"다 살펴봤나?"

"네."

잠시 후 소천군이 조용히 묻자 태무랑은 부지중 그렇게 대답해 놓고는 곧 얼굴을 붉혔다.

"죄송합니다."

"아닐세. 사람을 몰래 힐끗거리는 것보다 아예 대놓고 살펴보는 쪽이 더 낫네."

소천군이 그렇게 말하는데도 태무랑은 조금 전 자신의 행동이 결례였다는 생각을 떨치지 못했다.

왜 느닷없이 그런 행동을 한 것인지 이해가 되지 않았다. 아마도 천하제일인이란 어떤 인물일까 하는 본능적인 궁금증으로 살펴보고 싶은 충동 때문이었을 것이다.

같은 상황이라도 무령왕이었으면 직설적으로 꾸짖어서 결

례를 깨우치게 했을 것이다.

하지만 소천군은 인자하게 이해를 하면서 상대를 넌지시
깨닫게 해주었다.

"자네, 술 좋아하나?"

그때 소천군이 뜬금없이 불쑥 물었다.

"그렇습니다만……."

"노부와 한잔하지 않겠나?"

"저야 괜찮습니다만……."

태무랑은 원래 말끝을 흐리는 성격이 아니지만 소천군 앞
에서는 이상하게도 그리됐다.

또한 패도적인 무령왕 앞에서는 자신 역시 당당했으면서
도 인자한 소천군 앞에서는 왠지 조심해야 될 것 같다는 생각
이 들었다.

"할아버지, 도대체 언제까지 기다려야……."

말하면서 방으로 들어서던 소아상은 놀란 얼굴로 실내를
두리번거렸다.

침상에 누워 있어야 할 태무랑도, 그를 보고 오겠다고 간
소천군도 보이지 않았다.

"어… 떻게 된 거지?"

뒤따라 들어온 가빈은 다 알면서도 실내를 두리번거리며

짐짓 너스레를 떨었다.

"그러게 말이야. 대체 두 분이 어디로 사라진 걸까?"

옆방에 있었던 가빈은 태무랑과 소천군의 대화를 다 들었기 때문에 그들이 근처의 주루 같은 곳에 갔을 것이라고 짐작하고 있었다.

그러나 가빈의 짐작은 틀렸다.

태무랑과 소천군은 주루에 있지 않았다. 두 사람은 주루에서 술과 요리를 사갖고 장강 변의 어느 높은 절벽 꼭대기 호젓한 바위 위에 앉아서 술을 마시고 있었다. 그곳은 워낙 험준한 곳이라 인적이 전혀 없었다.

다섯 병의 술을 가져왔는데 벌써 네 병을 마시고 남은 것은 한 병뿐이다.

한 시진 전, 이 절벽 꼭대기 앞마당처럼 널찍한 바위에 강을 향해 나란히 앉자마자 소천군이 먼저 말했었다.

"자네에 대해서 하나도 빼놓지 않고 말해주겠나?"

태무랑은 길게 생각하지도 않고 잔에 술을 넘치도록 부어 소천군에게 공손히 내밀면서 대답했었다.

"그러겠습니다."

이후 한 시진이 지났으며, 방금 전에 태무랑의 긴 설명이 모두 끝났다.

애기를 끝내놓고 태무랑은 다시 술 한 잔을 가득 부어 공손히 소천군에게 드렸다.

아버지가 일찍 돌아가셔서 집안에 어른이 없었던 태무랑에게는 무령왕이 아버지 같고 소천군이 할아버지 같다는 생각이 들었다.

소천군은 태무랑이 준 술을 마시고 나서 강을 굽어보며 조용히 입을 열었다.

"그랬었군."

단지 그 말뿐이다. 팔자가 기구했다느니 돌아가신 분들이 안됐다느니 이제는 좋은 일만 있을 테니 힘을 내라는 위로의 말 따위는 일체 하지 않았다.

태무랑으로서는 그런 편이 훨씬 좋다. 그는 위로 같은 것을 좋아하는 성격이 아니다.

단지 그는 소천군이 무엇 때문에 자신에 대해서 상세하게 알기를 원하는 것인지 궁금했다.

두 사람은 마지막 한 병을 다 비웠다. 그때까지 한마디도 나누지 않았다.

태무랑은 소천군에게 자신의 모든 애기를 다 해주었다. 무극신련 총본련에 갇혀서 무완롱으로 고생했던 내용도 포함되었으므로, 소천군은 소아상이 누구에게 납치됐었고 어디에 감금되어 있었는지도 알게 되었다. 그런데도 거기에 대해서 아무런 말이 없다.

사아…….

강 쪽에서 싱그러운 바람이 불어올 때 마치 바람 소리인 양 소천군의 목소리가 들렸다.

"자네를 제자로 거두고 싶네."

"……!"

태무랑은 움찔 놀라 급히 소천군을 쳐다보았다. 천하제일 인 절정성협 소천군의 제자가 되다니, 추호도 예상하지 못했 던 일이다.

그러나 소천군은 태무랑의 반응에는 관심없다는 듯 강을 응시한 채 신선처럼 표표한 모습으로 말을 이었다.

"그러려면 자네가 노부의 작은 소망 하나를 들어줘야 하 네."

태무랑은 바짝 긴장했다. 그는 본능적으로 지금이 자신의 생애에서 무척 중요한 순간이라고 직감했다.

그는 마른침을 삼켰다.

"제가… 귀하의 제자가 되면 지금보다 얼마나 더 강해질 수 있습니까?"

소천군의 '작은 소망' 이 무엇이든 그것은 차치하고서 태 무랑은 자신의 발전 여부를 물었다. 그만큼 그에게는 고강해 지는 것이 절실하기 때문이다.

"하나만 말해주겠네."

태무랑은 숨도 쉬지 않고 소천군의 말에 귀를 기울였다.

"이대로라면 자넨 죽을 때까지 지금의 수준에서 별로 큰 진전을 이루지 못할 걸세."

그것은 태무랑도 절감하고 있는 바다. 그는 언젠가부터 무공이 답보상태에 놓였다는 사실을 깨닫고 답답하게 여기고 있었다.

"말하자면 돛이 없는 나룻배를 타고 망망대해에서 정처없이 표류하고 있는 신세지."

"그러면 귀하의 제자가 되면……."

무공이 증진될 수 있느냐는 물음에 소천군은 인자한 미소를 지었다.

"자네 하기에 달렸지."

정답이다. 아무리 스승이 좋아도 제자가 무능하거나 게으르면 증진은커녕 퇴보만 거듭하게 될 것이다.

사실 소천군은 태무랑에게서 무궁한 가능성을 발견했다. 하지만 그는 미래에 어떻게 될 것이라고 일말의 그럴싸한 약속도 하지 않았다.

그래도 태무랑은 끈질기게 붙잡고 늘어졌다. 누군가의 제자가 되는 것은 결코 쉬운 일이 아니기 때문이다. 어떤 면에서 보면 그것은 혼인을 결정하는 것과 같은 비중이거나 오히려 더 중요한 일이다.

더구나 태무랑처럼 완고하고 순수한 성격의 사람에겐 일생의 운명을 바꾸는 큰일이 아닐 수 없다. 그것은 술 한잔 마시고 쉽게 결정할 수는 있는 일이 아니다.

그는 술잔을 손에 쥔 채 햇살이 눈부시게 부서지는 강을 응시하고 있는 소천군의 옆모습을 주시했다. 인자하게만 느꼈던 소천군의 완고한 성격이 엿보였다.

"만약 제가 죽을힘을 다해서 귀하의 말씀에 따른다면 어떤 결과를 가져올지 말씀해 주실 수 있으십니까?"

몸이 가루가 되도록 열심히 연마하면 얼마나 강해질 것인지를 묻는 말이다.

소천군은 미래에 대한 어떤 보장이 없다면 태무랑이 꼼짝도 하지 않을 것임을 간파했다.

그는 강에서 천천히 시선을 거두어 태무랑을 쳐다보았다. 그리고 짧게 말했다.

"노부와 백 초를 겨룰 수 있을 게야."

'백 초……'

태무랑의 심장이 쿵쿵거리며 마구 뛰었다. 천하제일인과 백 초를 겨룰 수 있다는 것은 엄청난 일이다.

태무랑은 소천군의 실력을 모른다. 하지만 철화빙선에게서 자신을 간단하게 구해온 것이나 '천하제일인' 이라는 위명

하나만으로 봤을 때 올려다볼 수 없을 정도로 고강할 것이라
고 짐작할 수 있다.

태무랑의 적은 단유천이다. 아니, 그는 현재 무극신련 총단
주의 지위에 있으며 총련주의 첫째 제자이므로 태무랑의 적
은 무극신련 전체라고 봐야 한다.

그에 비해서 그는 너무도 형편없는 실력이다. 또한 세력도
없다. 총사우장군에 임명되었으나 군사들을 개인의 복수에
사용해서는 안 된다.

태무랑은 지금이 자신의 일생에 매우 중대한 전환점이라
는 사실을 깊이 실감했다.

그는 몹시 긴장하여 소천군의 마지막 대답을 구했다.

"귀하의 작은 소망이라는 것을 말씀해 보십시오."

소천군은 거두절미하고 말했다.

"상아와 혼인하게."

"……."

느닷없는 말에 태무랑은 한 대 얻어맞은 듯한 표정을 지었
다.

"소아상을 말씀하시는 겁니까?"

알면서도 확인을 하려고 물었다.

"그렇다네."

소아상과 혼인을 한다는 것은 상상해 본 적도 없는 일이다.

그녀는 그저 지옥에서 맺은 인연으로 누이동생처럼 여기고 있을 뿐이다.

아니, 백 번 양보해서 소아상을 여자로 여긴다고 해도 이건 있을 수 없는 일이다.

태무랑은 얼마 있으면 수월화와 혼인할 예정이다. 그리고 그는 요즘 들어서 부쩍 수월화에게 애정을 느끼고 있다. 그런데 소아상과 혼인이라니 천부당만부당한 얘기다.

태무랑은 소천군을 쳐다보았다. 그는 다시 시선을 강으로 던진 채 자신이 따른 술잔을 입으로 가져가고 있었다. 그의 표정만으로 보면 태무랑이 수락하든 거절하든 개의치 않겠다는 것 같았다.

태무랑은 경거망동하지 않았다. 길고도 험한 많은 경험들이 그에게 나이에 걸맞지 않은 신중함을 가져다주었다. 그는 소천군을 주시하며 생각에 잠겼다.

소아상과 혼인을 하는 것은 말도 되지 않는 일이다. 하지만 소천군의 제자가 되는 일은 실로 엄청나다. 지금으로선 복수가 불가능하지만, 그의 제자가 되어 혹독한 수련을 거치고 나면 복수가 가능할 수도 있다는 얘기다. 불가능한 것과 가능성이 있는 것의 차이는 크다.

비중으로 따지면 혼인이나 일신의 행복보다는 복수를 해야 하는 쪽이 훨씬 더 무겁다. 아니, 비교조차 할 수 없다.

원래 태무랑은 마음으로 인정을 해야지만 행동을 취하는 성격이다. 마음이 움직이지 않으면 무슨 일이 있어도 절대 행동하지 않는다.

그러나 지금 같은 경우는, 마음이 움직이는 것하고는 상관없이 행동을 취해야 한다. 결과가 너무도 크다. 이것은 일종의 거래인 것이다.

소천군이 손녀와의 혼인을 조건으로 내건 것이 야비하다는 생각은 추호도 들지 않았다. 그 정도로 그의 제자가 되는 것은 굉장한 일이고 간절하기 때문이다.

꽤 오랜 시간이 지난 후에 태무랑은 착 가라앉은 목소리로 입을 열었다.

"생각할 시간을 주십시오."

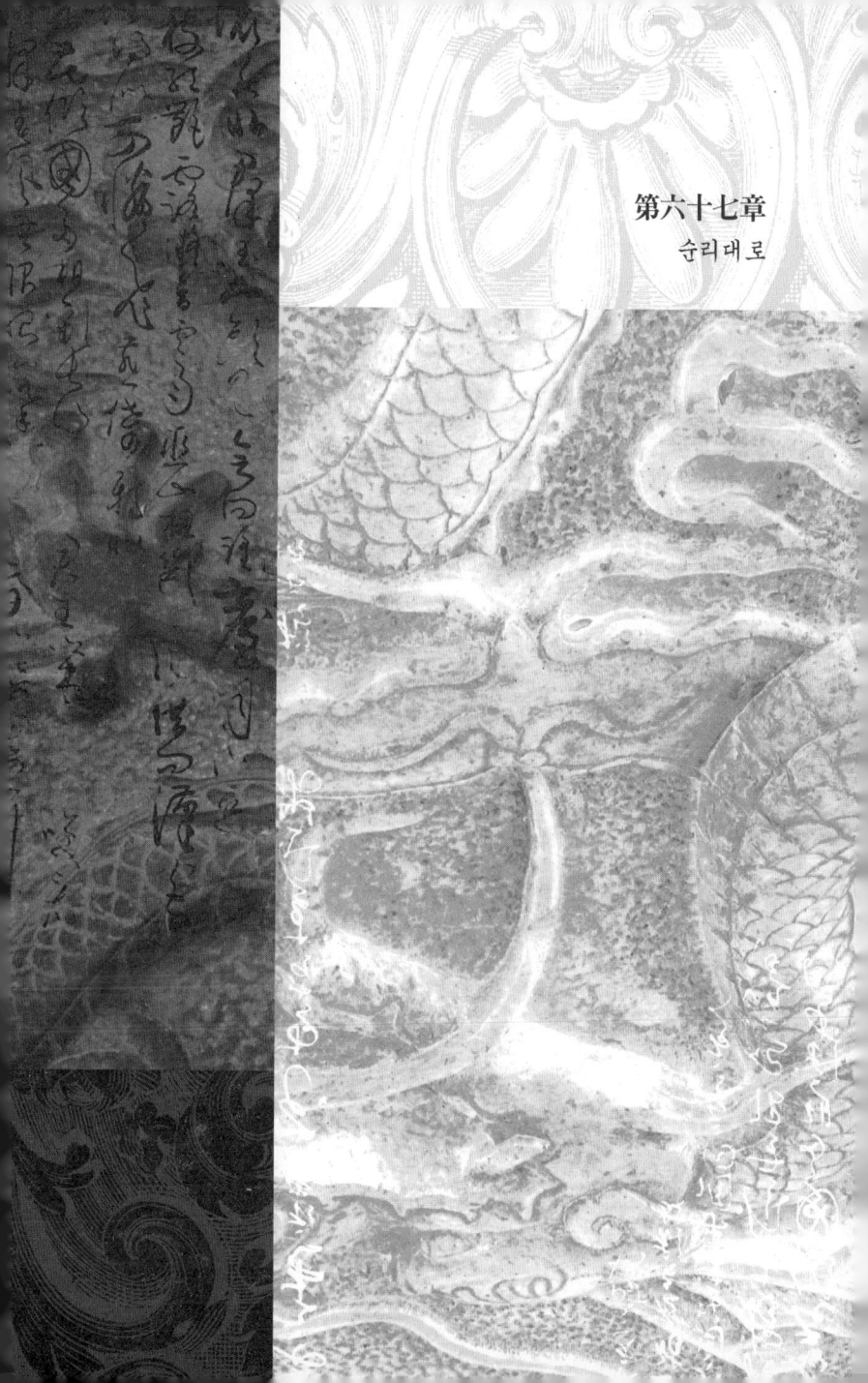

第六十七章

순리대로

태무랑은 소천군과 헤어진 후에 검호로 변신하고는 곧장 무령왕가로 돌아왔다.

소아상을 만날 마음의 여유가 없었다. 더구나 소천군에게 소아상과 혼인하라는 말을 들었기 때문에 그녀를 보면 많이 착잡할 것이다.

무령왕가에 돌아와서 그는 좀 더 많은 생각을 해봐야겠다고 생각했다.

사랑하지도 않는 소아상하고 어떻게 혼인을 할 수 있느냐는 것은 걸림돌이 되지 않았다. 그런 것은 절박함을 모르는 자들의 철없는 사치고, 밤마다 복수에 치를 떨어보지 못한 자들의 부질없는 항변이다.

태무랑은 어떤 대가를 치러서라도 기필코 복수를 하고 싶다. 설사 그 대가로 자신의 목숨을 내놓더라도 말이다.

그렇기 때문에 사랑하지 않는 여자와 혼인을 하는 것쯤은 문제가 될 것이 없다.

다만 문제가 되는 것은 수월화와 무령왕이다. 소아상과 혼인을 하기 위해서는 수월화와의 혼인 약속을 파기할 수밖에 없기 때문이다.

물론 총사우장군의 지위를 내놓아야 하는 것은 당연하다. 하지만 과연 혼인 파기를 수월화와 무령왕이 어떻게 받아들일 것인가 하는 것이 가장 큰 난관이다.

태무랑은 소천군을 만나기 전까지만 해도 수월화와 혼인하여 무령왕 부부를 친부모처럼 모시고 살면 행복할 것이라고 기대했다.

그리고 실제 자신의 생활을 그쪽으로 맞추려고 꽤 많은 노력을 했다.

하지만 복수는 모든 것에 우선한다. 그것이 그의 철칙이다.

"주군, 손님께서 와 계십니다."

태무랑은 무령왕가에 들어서자마자 마중 나와 있던 군사 명운의 보고를 받고 잊고 있었던 일을 떠올렸다.

어젯밤에 신풍개에게 은지화와 형구, 우경도 등을 무령왕가로 보내라고 말했던 일을 깜빡 잊고 있었다.

"누가 왔나?"

"은지화 소저와 형구 대인, 우경도 대인입니다. 누구부터 만나시겠습니까?"

명운은 그들이 태무랑의 손님이므로 호칭에 신경을 썼다.

태무랑은 아침에 무령왕가를 나서기 전에 명운에게 오늘 찾아올 손님들에 대해서 설명해 두었었다.

"함께 보도록 하자."

은지화와 형구는 우장각 삼층의 넓고 화려한 편좌방에서 태무랑을 기다리고 있었다.

두 사람이 남경에 도착한 지 오늘로 나흘째다. 지난 사흘 동안 일각이 여삼추처럼 속을 태우면서 이제나저제나 태무랑과 만나기를 손꼽아 기다렸다.

그런데 오늘 아침에야 신풍개가 불쑥 두 사람이 묵는 객잔으로 찾아와서 기쁜 소식을 전해주었다.

그토록 원하던 태무랑을 만나게 해주겠다는 것이다. 그리고는 무조건 무령왕가로 찾아가서 명운이라는 사람을 만나라고 가르쳐 주었다.

그 외에는 아무것도 말하지 않았다. 현재 태무랑이 어떤 상황이며, 무엇 때문에 무령왕가로 찾아가라는 것인지도 알지 못한 채 은지화와 형구는 벌써 네 시진째 편좌방에 앉아서 태무랑을 기다리고 있는 중이다.

두 사람이 있는 편좌방은 가구에서부터 화병이나 찻잔 하나까지 모든 것이 화려하기 짝이 없으며, 두 명의 시녀가 머물면서 식사에서 차, 술까지 세심하게 시중을 들었다.

은지화와 형구는 편안한 앉은뱅이 죽의(竹椅)에 앉아 있으며, 그들의 앞에는 간소하지만 정갈하고 품격 높은 요리와 술이 놓여 있다. 하지만 두 사람은 술이나 요리에는 손도 대지 않았다.

그러면서 머릿속으로 온갖 상상력을 발휘하여 지금의 상황을 이해하려고 애썼다.

하지만 헛수고였다. 무언가 작은 실마리라도 있어야 추리도 가능한 것인데, 아는 것이 아무것도 없으므로 상상할 것도 없었다.

척!

그때 갑자기 방문이 열리자 은지화와 형구는 동시에 벌떡 일어나며 그쪽을 쳐다보았다.

그러나 들어선 사람은 기다리고 있는 태무랑이 아니라 처음 보는 일남 일녀였다.

남자는 삼십대 후반의 나이에 후리후리하며 단단한 체구,
강직한 외모를 지녔고, 여자는 십육칠 세가량의 아리따운 소
녀였다.

그들은 우경도와 큰딸 우미인데, 다른 방에서 태무랑을 기
다리고 있다가 이곳으로 안내되어 온 것이다.

은지화와 형구처럼 그들도 실망했다. 이 방에서 태무랑을
만날 수 있을 것이라고 기대했기 때문이다.

"앉아서 기다리세요. 필요한 것이 있으신가요?"

우경도를 안내한 시녀가 은지화와 형구가 앉아 있는 커다
란 탁자를 가리키며 공손히 물었다.

"괜찮소."

우경도가 손을 젓자 시녀는 물러갔다. 하지만 원래부터 이
곳에 있던 두 명의 시녀는 요리와 술, 술잔과 젓가락을 가져
와서 우경도와 우미 앞에 가지런히 늘어놓았다.

네 사람은 자리에 앉은 후에 일각이 지나도록 아무 말도 하
지 않았다.

우경도는 원래 과묵한 사람이고, 은지화는 도도한 성격이
어서 아무에게나 말을 붙이지 않는다.

하지만 두 사람은 자신들을 한곳에 모아둔 것으로 미루어
모두 태무랑하고 연관이 있는 사람일 것이라는 짐작을 하고

있었다.

그러나 이곳에는 우경도나 은지화하고는 전혀 딴판인 성격의 소유자가 한 명 있다.

바로 형구다. 그는 술잔을 만지작거리면서 우경도를 보며 서글서글한 미소를 지었다.

"형씨는 무랑을 아시오?"

우경도는 그를 슬쩍 보더니 가볍게 고개만 끄덕일 뿐 아무 말도 하지 않았다.

이쯤 되면 보통 사람은 포기할 텐데 형구에겐 이제 시작일 뿐이다.

그리고 그에겐 비장의 무기가 있다. 바로 상냥한 미소, 그리고 태무랑의 친구라는 사실이다.

"나는 형구라고 하오. 무랑하고는 친구외다. 흑풍창기병이라고 아시오?"

태무랑의 친구라는 말에 우경도는 경계심을 허물고 다시 한 번 고개를 끄덕였다.

형구는 빙그레 웃었다.

"나는 무랑하고 같이 흑풍창기병이었소."

"그렇소?"

우경도는 눈에 띄게 미소를 지으며 반가운 표정을 지었다. 태무랑에 대해서 잘 알고 있는 그는 흑풍창기병이라는 말에 급속도로 형구에게 동화되기 시작했다.

"나는 우경도요. 태 형하고는 사천성 무산 근처에서 만나 친구가 되었고 지금껏 함께하고 있소."

도도한 은지화도 우경도가 태무랑의 친구라는 말에 금세 친근함을 느꼈다.

그리고 이후 세 사람은 태무랑이라는 구심점으로 인해서 급속도로 친해졌다.

척!

다시 방문이 열렸다. 그리고 이번에 들어선 사람은 학수고 대하던 태무랑이었다.

"무랑 오라버니!"

"무랑아!"

"태 형!"

은지화와 형구, 우경도는 동시에 외치면서 일어나 그에게 다가갔다.

은지화는 구르듯이 달려가서 마치 집 나갔던 새가 둥지에 돌아가듯이 태무랑의 품속으로 뛰어들었다.

"으흑흑! 무랑 오라버니!"

그녀는 두 팔로 태무랑의 허리를 꼭 끌어안고 가슴에 얼굴을 비비면서 반가움의 눈물을 쏟아냈다.

"화야, 오랜만이구나."

태무랑은 빙그레 미소 지으며 그녀의 등을 쓰다듬었다.

은지화는 할 말은 많은데 우느라고 말이 되어 나오지 않고 그저 그의 품속으로만 자꾸 파고들었다.

그녀가 종내 떨어지지 않아 태무랑은 하는 수 없이 그녀를 품에 안은 채 형구, 우경도와 인사를 나누었다.

형구는 마치 어린 딸이 아버지에게 응석을 부리는 것처럼 태무랑에게 찰싹 안겨 있는 은지화를 보면서 적잖이 놀라는 표정을 지었다.

그는 낙양에서 이따금 은지화를 봤고 또 이곳까지 오는 동안 함께 생활을 해봤기 때문에 그녀가 얼마나 도도하고 오만한지 잘 알고 있다.

그리고 그것을 십분 이해한다. 왜냐면 그녀는 아름다우니까. 아름다우면 그래도 된다고 생각한다.

형구는 여기까지 오는 동안 은지화의 옷자락조차도 건드려 보지 못했다.

그녀는 같은 일행이면서도 형구와 일정한 거리를 두는 것을 잊지 않았다.

그런데 지금 그녀는 태무랑에게 제 스스로 안겨서 두 팔로 허리를 끌어안은 채 온몸을 밀착시키고 있다. 저 아름답고 도도한 은지화가 말이다.

"자, 이제 그만."

태무랑은 은지화의 머리를 쓰다듬으며 떼어내려고 하는데 그녀는 끈질기게 그의 허리를 끌어안고 풀지 않는다.

콩!

"이 녀석이 못 보는 사이에 응석만 늘었구나."

태무랑이 가볍게 머리를 쥐어박자 은지화는 그제야 떨어지면서 눈물 머금은 함초롬한 얼굴에 애정을 듬뿍 담고 그를 바라보며 한껏 교태 어린 표정을 지었다.

"오라버니는 남의 마음도 모르고……."

저 아름다운 여자를 품에서 떼어내기 위해서 머리를 때리다니, 형구는 돌아버릴 것만 같았다.

모두들 태무랑의 방으로 자리를 옮겼다.

그곳에는 수월화와 태화연이 정답게 얘기를 나누고 있다가 반갑게 태무랑을 맞이했다. 그녀들은 태무랑이 무령왕가로 돌아온 줄 모르고 있었다.

은지화는 태무랑의 왼팔을 가슴에 꼭 끌어안은 채 경계 어린 표정으로 수월화와 태화연을 살펴보았다.

그녀들이 너무 아름답고 태무랑에게 매우 친근하기 때문에 과연 그녀들과 태무랑이 어떤 관계일지 추측하느라 은지화는 머리가 아플 정도다.

우경도와 형구는 자신들이 지금까지 있었던 편좌방이 무척 크고 화려하다고 생각했는데, 태무랑의 방에 와보고는 편좌방이 초라하게 여겨졌다.

방 한쪽의 바닥에 마련된 앉은뱅이 커다란 자단목 탁자 주위에 모두들 둘러앉았다.

언제나 그랬던 것처럼 태무랑 좌우에는 수월화와 태화연이 앉아야 하는데, 지금은 은지화가 태무랑 왼팔을 결사적으로 끌어안고 놓지 않는 바람에 하는 수 없이 왼쪽에 그녀가 앉고 오른쪽에는 태화연이 앉았다.

그리고 그 옆에 수월화가 앉았다. 수월화는 원래 다툼 같은 것을 하지 않는다.

타원형의 커다란 탁자 한쪽에 태무랑 등이 앉았고, 맞은편에는 형구와 우경도, 우미가 나란히 앉았다.

형구는 은근슬쩍 은지화 왼쪽에 앉으려다가 그녀가 정색을 하고 떨어져 앉으라고 쌍심지를 돋우는 바람에 어머 뜨거워라 하며 급히 자리를 옮겼다.

은지화는 수월화와 태화연의 정체는 모르지만 그녀들이 너무 아름답고 또 태무랑하고 매우 절친한 것 같아서 본능적으로 발톱을 날카롭게 세웠다.

그래서 여차하면 그대로 할퀴고, 그래도 안 되면 물어뜯을 각오까지 하고 있었다. 내 남자는 내가 지킨다는 각오다.

부지런히 시녀들이 요리를 가져와서 탁자에 차리고, 옥령과 소향이 태무랑 뒤 양쪽에서 그의 젓가락을 놓아주거나 요리를 덜어서 접시에 담아 앞에 놓아주고 잔에 술을 따르는 등 시중을 들었다.

그녀들은 태무랑의 배료이기 때문에 다른 사람의 시중은 일체 들지 않는다.

그 대신 여러 명의 아리따운 시녀들이 다른 사람들의 시중을 들고 있었다.

은지화는 자신 쪽에서 시중을 드는 옥령 때문에 태무랑의 팔을 놓을 수밖에 없게 되었다.

그녀는 못마땅한 듯 옥령을 힐끗 쳐다보다가 움찔 놀랐다. 그리고는 눈이 화등잔처럼 커졌다.

'옥령!'

은지화는 심장이 멎어버릴 듯한 엄청난 충격을 받았다. 심장뿐 아니라 온몸이 굳어지고 혼비백산했다.

옥령이 태무랑의 시중을 드는 것 때문에 은지화는 상체를 태무랑 쪽으로 틀어 뒤로 젖힌 상태라서 가까운 거리에서 그녀의 옆얼굴을 똑똑히 볼 수 있었다.

'틀… 림없어. 옥령이야.'

은지화는 절대로 옥령의 얼굴을 잊지 못한다. 이제껏 그녀처럼 아름다운 여자를 본 적이 없었기 때문이고, 그녀가 낙양

낙성검문에 찾아와서 너무도 당당하게 자신을 납치해 갔기 때문에 죽어도 잊을 수가 없는 것이다.

옥령이 태무랑 뒤쪽으로 몸을 젖혔다가 깨끗한 비단 수건을 갖고 다시 허리를 굽혀 그것을 태무랑 무릎 위에 가지런히 놓아주었다.

그러면서 그녀의 몸이 태무랑에게 스치기도 하고 때로는 어깨나 가슴이 그의 팔에 닿기도 했다.

은지화는 숨까지 멈춘 채 그녀가 정말 옥령인지 확인하려는 듯 뚫어지게 관찰했다.

예전에 은지화가 옥령을 봤을 때는 화장을 한 모습이었는데 지금은 전혀 하지 않은 모습이다.

그런데도 숨이 막힐 정도로 아름다웠다. 화장을 했을 때하고는 다른 어떤 신비한 아름다움을 심해처럼 품고 있었다.

'이게 도대체……'

아무리 살펴봐도 옥령은 분명하지만 이해할 수가 없다. 어떻게 옥령이 이곳에서 시녀 복장을 하고 태무랑의 시중을 들고 있을 수가 있다는 말인가.

은지화는 옥령이 허리를 폈을 때 태무랑을 살폈다. 하지만 그는 태연하게 형구, 우경도와 대화를 나누고 있다.

그런 것을 보자면 은지화가 잘못 본 것이 맞다. 그가 옥령을 곁에 두고, 아니, 시중을 받으면서 저토록 태연할 리가 없기 때문이다. 그가 옥령을 모를 리가 없다.

자신의 할 일을 끝낸 옥령은 허리를 펴고 태무랑 왼쪽 어깨 뒤쪽에 두 손을 앞에 모으고 다소곳이 서서 살포시 고개를 숙였다.

은지화는 마른침을 꼴깍 삼키고 상체를 숙여서 옥령을 아래에서 위로 가만히 들여다보았다.

그러자 아래를 보고 있던 옥령과 시선이 마주쳤다. 은지화는 본능적으로 가슴이 철렁 내려앉았다. 그런데도 옥령은 눈빛조차 흔들리지 않고 살며시 눈을 내리깔았다.

'아닌가? 진짜 옥령이라면 이럴 리가 없는데…….'

은지화는 머릿속이 뒤죽박죽이 돼버렸다.

그때 태무랑이 태화연의 어깨에 팔을 얹었다.

"연아, 모두에게 인사해라."

태화연이 조용히 일어나 다소곳이 허리를 굽혔다.

"태화연이에요."

"에엣?"

"아니? 태화연이라니……?"

형구와 우경도는 크게 놀라 벌떡 일어났다.

은지화는 옥령에게 신경을 쓰고 있다가 깜짝 놀라 천천히 일어나며 태화연을 바라보았다.

"정말 태화연이에요?"

"네."

은지화에 대해서 알고 있는 태화연은 뒤로 한 걸음 물러나와 아련한 표정으로 그녀를 바라보았다.

은지화가 경탄하는 표정으로 태화연에게 다가가자 옥령이 뒤로 물러나 비켜주었다.

"이게… 어떻게 된 거예요? 무랑 오라버니가 구해준 거예요?"

"네. 무랑가께서 구해주셨어요."

"아……."

은지화는 태화연 앞에 서서 그녀에게서 시선을 떼지 못하고 기쁨의 눈물을 흘리며 몸을 떨었다.

그녀를 찾기 위해서 태무랑과 함께 애썼던 일들이 주마등처럼 뇌리를 스쳐 갔다.

태화연도 은지화를 바라보며 울고 있다. 은지화가 어떻게 태무랑을 도와 기화연당들을 박살 내고 화뢰들을 구출했는지 알기 때문이다.

"아, 잘됐어요. 정말 잘됐어요."

은지화는 울면서 두 팔을 뻗어 태화연을 가슴에 안았다. 태화연도 그녀를 마주 꼭 안았다.

형구와 우경도는 진심으로 축하해 주었다.

"무랑아! 정말 잘됐다! 정말 축하한다!"

"태 형, 진심으로 축하하오."

우경도는 큰딸이 화뢰가 되어 기녀로 팔려간 것을 천신만고 끝에 구해왔기 때문에 태무랑의 심정을 누구보다도 잘 알고 있다.

"이리 와서 같이 앉아요."

은지화는 태화연의 손을 끌어 자신의 옆에 앉혔다. 그러면서도 태무랑의 왼쪽 옆을 떠나지 않았다. 그 덕분에 수월화는 태무랑 오른편에 앉을 수 있게 되었다.

이번에는 우경도가 자신의 옆에 앉아 있는 큰딸 우미의 손을 잡고 나란히 일어섰다.

"미아, 태 형에게 인사드려라."

우미는 의자 뒤로 물러나 태무랑을 향해 무릎을 꿇고 큰절을 올렸다.

"아버지께 말씀 들었어요. 태 숙부께서 도와주시지 않았다면 소녀는 아버지를 만나지 못했을 거예요. 은혜를 어떻게 갚아야 할지 모르겠어요."

수월화가 얼른 가서 우미를 일으켜 주었다.

"고생이 많았겠군요. 무사해서 정말 다행이에요."

우미는 고생했던 시절이 생각나는지 눈물을 글썽였다.

수월화는 그녀를 의자에 앉히면서 위로했다.

"앞으로는 절대 그런 일이 일어나지 않을 거예요. 아버지가 지켜줄 테니까요."

우경도는 태무랑에게 포권을 하고 깊숙이 허리를 굽혔다.

"태 형, 진심으로 고맙네."

그가 큰딸을 구하게 된 것은 처음부터 끝까지 태무랑의 도
움 덕분이었다.

태무랑은 손을 저었다.

"서로 도운 걸세. 우 형도 우리 연아를 찾는 데 많은 도움
을 주었잖은가?"

"내가 뭘……."

우경도가 결정적인 도움을 준 것은 없으나 이리 뛰고 저리
뛰면서 많은 힘을 써준 것은 사실이다.

그때 문이 열리고 명운과 비한이 들어섰다. 아니, 명운이
열어준 문으로 비한이 들어왔다.

태무랑이 명운에게 비한을 데려오라고 지시한 것이다. 모
두에게 소개하기 위해서다.

"어서 오게, 한."

낯선 사람들이 많으면 어색할 텐데도 비한은 성큼성큼 들
어와서 형구 옆에 앉았다.

태무랑의 소개로 비한은 형구와 우경도, 은지화, 우미 등과
분분하게 인사를 나누었다.

넉살 좋은 형구는 옆에 앉은 비한과 연거푸 세 잔의 술을

마시더니 어깨동무를 하며 오랜 벗처럼 굴었다.

"그런데 비 형은 뭘 하는 사람인가?"

비한은 엷은 미소를 지었다.

"군사일세."

형구의 귀가 번쩍 뜨였다.

"군사? 그래, 주둔지가 어딘가?"

그는 자신이 과거 흑풍창기병이었다는 사실을 밝혀서 비한의 코를 납작하게 해줄 생각에 어깨가 으쓱거렸다.

"여길세."

"여기? 여기가 뭔데?"

참고로, 형구는 이곳이 어딘지 모른다. 무작정 은지화를 따라왔기 때문이고, 일자무식이라서 전문에 커다랗게 '무령왕가' 라고 적혀 있는 것을 읽지 못했다.

다만 전문을 군사들이 지키고 안에도 군사들이 우글거리는 것으로 미루어 '군' 에 관계된 곳이라고 막연하게 짐작하고 있을 뿐이다.

그때 우경도가 형구에게 넌지시 물었다.

"형 형, 대명제국의 군권을 한 손에 쥐고 있는 일인자가 누구인지 아는가?"

형구는 사람을 뭐로 보느냐는 듯 떠벌였다.

"그야 당연히 총사대장군이신 무령왕 전하지 누구겠는가?"

"여기가 바로 무령왕가일세."

"에… 엣?"

형구는 소스라치게 놀라 후다닥 일어나 다급히 주위를 두리번거리다가 정신이 반쯤 나간 표정으로 태무랑에게 물었다.

"무… 랑아, 그게 정말이냐?"

"그래."

"흐에……."

태무랑이 고개를 끄덕이자 형구는 그나마 조금 남아 있던 정신마저 완전히 나가 버려 의자에 무너지듯 털썩 주저앉았다.

중인들이 두런두런 담소를 나누면서 술잔을 부딪치고 있는 동안 어느 정도 정신을 수습한 형구가 자세를 고치면서 비한에게 물었다.

"그, 그러면 비 형 자넨 이곳 무령왕가에서 뭘 하는데?"

제 무덤을 파고 있는 형구다.

비한은 담담하게 미소 지으며 대답했다.

"나는 총사좌장군일세."

"음, 총사좌장군이었군."

형구는 고개를 끄덕이면서 중얼거리다가 뒤늦게 그 말이 무슨 뜻인지 깨닫고 혼비백산하여 벌떡 일어섰다. 그러나 자세가 흐트러지면서 그대로 뒤로 나뒹굴고 말았다.

우당탕!

"우왓!"

그의 자빠지는 모습이 하도 볼썽사나워서 모두들 박장대
소를 터뜨렸다.

그러면서도 비한처럼 젊은 사람이 대명제국의 군권 이인
자라는 사실에 놀라움과 감탄을 금치 못했다.

형구는 정신을 차리고 일어났으나 감히 비한 옆으로 오지
못하고 멀찍이에서 쭈뼛거렸다. 자신이 흑풍창기병이었다는
것을 한껏 으쓱거리려던 그는 총사좌장군 앞에서는 오금을
펴지 못했다.

비한은 그를 돌아보며 손을 내밀었다.

"이리 오게."

"네… 넵!"

형구는 바짝 얼어서 비틀거리며 다가왔다.

태무랑이 빙그레 미소 지었다.

"형구, 그 친구도 흑풍창기병이었다. 우리의 대선배지."

"아……."

형구는 비한이 총사좌장군인 것보다는 흑풍창기병 대선배
였다는 쪽이 훨씬 편했다.

"선… 배님."

"친구끼리 무슨 선배인가?"

"그래도 어떻게……."

형구는 전전긍긍하며 어쩔 줄을 몰랐다.

비한은 형구를 직접 의자에 앉히고는 조금 전에 그가 했듯이 어깨동무를 했다.

"나는 자네가 호기로운 사내라서 마음에 들었는데 지금 이런 것이 본모습인가?"

몸을 웅크리고 있던 형구는 그 말에 어깨를 활짝 펴고 허리를 꼿꼿하게 세웠다.

"처, 천만에!"

"옳지."

"자, 한잔하게."

형구는 아랫배에 잔뜩 힘을 주고 비한의 잔에 술을 따랐다.

그는 너무 긴장한 나머지 술이 넘치는 줄도 모르고 계속 따랐으나 비한은 빙그레 미소 지으며 잠자코 있었다.

웃고 즐기면서 술과 요리를 먹는 가운데 시간이 흘러갔다.

태무랑은 대화를 하면서 술을 마시면서도 머릿속에는 소천군이 제시한 조건에 대한 것으로 가득 차 있었다.

수월화는 별로 말없이 태무랑 오른편에 다소곳이 앉아서 살포시 미소 지으며 그의 잔에 술을 따르고 요리를 집어주기를 반복하고 있었다. 그녀는 그 일에 매우 정성을 쏟았으며 또 매우 기쁜 듯했다.

그녀는 태무랑이나 다른 사람들이 서너 잔을 마실 때 자신도 한 잔 정도 마셨다.

그녀의 잔이 비면 꼭 태무랑이 따라주었다. 전에도 그런 적이 있었지만 지금처럼 그녀의 잔이 빌 때마다 꼭 따라주지는 않았다.

그리고 태무랑은 술을 따르면서, 그리고 따르고 나서 말없이 물끄러미 수월화를 바라보았다.

그러면 그녀는 배시시 수줍은 미소를 지으며 마주 바라보았다. 그녀의 눈에는 조심스러운 행복이 가득했고 붉은 입술에는 들리지 않는 사랑의 속삭임이 조롱조롱 매달렸다.

그녀는 태무랑이 오늘따라 왜 자신의 잔이 빌 때마다 술을 따르고 뜻 모를 표정을 지으며 바라보는 것인지 이유를 알 수 있을 것 같았다.

행복하기 때문이리라. 누이동생을 찾았고, 친구들도 찾아와서 화기애애하게 술을 마시니 그 아니 좋겠는가.

그 행복에 미력이나마 수월화도 보탬이 되었으면 좋겠다는 심정으로 조심스레 행복을 나누고 있는 것이다.

생각은 조용할 때만 하는 것이 아니다. 고뇌는 혼자 있을 때만 찾아드는 것이 아니다. 시끄러운 저잣거리 한복판에서도 생명줄 같은 생각은 할 수 있는 것이다.

태무랑은 한 시진여 동안 술을 마시고 대화를 나누는 동안 깊고도 많은 생각을 했다.

그리고 결론을 내렸다.

"모두에게 할 말이 있다."

그의 조용한 말에 모두들 술잔을 내려놓고 그를 주시했다.

태무랑은 천천히 좌중을 둘러보다가 형구에게 시선을 고정시켰다.

"형구."

형구는 엄숙한 분위기 때문에 자못 긴장했다.

"말… 해."

지난 한 시진 동안 태무랑이 많은 생각을 하고 결론을 내렸던 것처럼 형구도 많은 생각을 했다.

이곳은 황제의 동생이자 군권 일인자인 무령왕의 저택인데 어째서 태무랑이 이곳에서 으리으리하게 살고 있는가?

그리고 친구인 비한이 군권 이인자인 총사좌장군이라면 태무랑도 혹시 대단한 신분이지 않을까 하는 것에 대해서 곰곰히 생각을 해보았다.

"나를 돕지 않겠느냐?"

"무엇을……."

"우장호위대장(右將護衛隊長)을 맡아다오."

형구는 벌써 얼이 빠진 표정을 짓기 시작했다.

"그… 게 뭔데?"

옆에 앉은 비한이 대신 설명했다.

"총사우장군의 거처인 우장각 전체를 호위하는 임무를 맡은 부대를 우장호위대라고 하네. 태 형은 자네에게 우장호위대의 대장 직을 맡아달라고 말하는 걸세."

형구의 입이 벌어졌다.

"우… 장호위대장?"

"엄선된 삼백 명의 우장호위대를 지휘하는 거라네. 대장에겐 이곳 우장각 내 한 채의 전각이 주어지고, 열 명의 시녀와 열다섯 명의 숙수와 하인이 배정되며, 매월 녹봉은 은자 천오백 냥. 대명제국 군권 서열 오십칠 위. 남경성주를 수족처럼 부릴 수 있는 지위일세."

"으아……!"

형구가 입을 쩍 벌리는데 침이 주르르 흘러내렸다.

태무랑은 그의 대답을 듣지 않고 이번에는 우경도를 쳐다보았다.

"우 형, 미아와 란아와 함께 이곳에서 살지 않겠나?"

두 딸을 데리고 무령왕가에서 살지 않겠느냐는 말에 우경도와 우미는 깜짝 놀라는 표정을 지었다.

"내가… 그럴 자격이 있겠는가?"

"형구처럼 자네도 내 가족이 되어주게."

"가족······."

우경도와 형구는 동시에 눈을 커다랗게 떴다.

"우장비호대장(右將警護隊長)을 맡아주게."

"나는······."

놀라서 더듬거리는 우경도에게서 시선을 거둔 태무랑은 우미를 쳐다보았다.

"미아는 우리 연아의 좋은 언니가 되어줄 것 같군."

형구와 우경도는 방금 전에 태무랑이 말했던 '가족'이라는 말이 머릿속에 가득했다.

비한이 또 설명을 시작했다.

"우장비호대는 총사우장군의 외출 시에 호위를 맡은 삼백명의 엄선된 호위대를 가리키네."

은지화와 우경도는 이미 태무랑의 지위가 총사우장군일 것이라고 짐작하여 놀라고 있는데 형구는 한 걸음 늦게 번쩍 정신이 들었다.

"그, 그럼 무랑 네가 총사우장군이냐?"

"그래."

"으아······!"

형구가 입에 거품을 물고 뒤로 넘어가려는 것을 비한이 붙잡아주었다.

태무랑이 형구와 우경도를 거두어 측근으로 삼는 것은 한 가지 결정을 내렸기 때문이다.

소천군의 제의를 거절하고 수월화와 혼인하겠다는 결심을 확고하게 굳혔기 때문이다.

한 시진여 동안 술을 마시는 동안 태무랑은 느꼈다. 그리고 깨달았다.

수월화가, 이 친구들이, 그리고 어렵게 찾아와 준 이 행복이 얼마나 소중한지를.

그래서 마음이 가는 쪽으로 행동하자고 결정했다. 원래 그는 마음이 가지 않으면 움직이지 않는다.

그런데 소천군의 엄청난 제의를 받고는 마음이 가지 않으면서도 움직이려고 했다.

하지만 그것은 아니다. 그것은 역행이다. 그리고 이것이 순리다. 그는 순리대로 살고 싶은 것이다.

"속하 우경도는 당신을 주군으로 모시겠습니다."

우경도가 뒤로 물러나 우뚝 서서 조용하지만 단호한 어조로 말하더니 그 자리에 부복하며 절을 올렸다.

그러자 형구도 화닥닥 놀라 그 옆에 부복했다.

"주, 주군으로 모시겠습니다!"

태무랑은 고개를 끄덕였다.

"첫 번째 명령을 내리겠다."

"하명하십시오!"

"사석에서는 우린 여전히 친구다."

"……."

우경도와 형구는 고개를 들고 감격한 표정으로 태무랑을 우러러보았다.

"명을 받들겠습니다."

우경도가 공손히 복명하고 일어서자 형구도 서둘러 일어서며 똑같이 외쳤다.

은지화는 다음에는 자신의 차례라고 생각했다. 하지만 그녀는 태무랑이 자신에게 지위를 내릴 것이라고는 기대하지 않았다. 군에는 여자에게 내릴 만한 지위가 없다.

어쩌면 태무랑은 그녀에게 가족처럼 이곳에서 함께 살자고 권할지도 모른다.

하지만 은지화는 이 자리에서 태무랑에게 사랑을 고백하리라 결심했다.

그녀는 입술을 잘근잘근 깨물면서 결심을 가다듬다가 문득 앞에 앉은 비한과 눈이 마주쳤다.

비한은 그녀를 보며 빙그레 미소를 지었다.

은지화는 소리를 내지 않고 살짝 냉소를 치며 턱을 치켜들면서 그를 외면했다.

"너희가 알아둘 것이 있다."

은지화가 막 말을 꺼내려고 하는데 태무랑이 조용한 목소리로 먼저 입을 열었다.

그는 오른쪽에 앉은 수월화의 어깨에 팔을 둘렀다.

"나는 조만간 령아와 혼인할 것이다."

그 사실을 알고 있는 태화연과 비한은 미소를 짓지만, 그렇지 않은 세 사람은 크게 놀라는 표정을 지었다.

그중에서도 은지화의 놀라움은 경악에 가까웠다. 그녀는 자신이 잘못 들었는지도 모른다는 생각을 했다.

"야아! 축하한다, 무랑아!"

"축하하네, 태 형!"

형구와 우경도가 환하게 웃으며 제 일처럼 기뻐했다.

이어서 우경도는 수월화에게 진심 어린 표정으로 포권을 했다.

"경하드립니다, 공주님."

형구는 수월화와 우경도를 번갈아 쳐다보며 의아한 표정을 지었다.

"엥? 무슨 공주?"

"저분은 무령왕 전하의 금지옥엽이시네."

"금지… 뭐?"

"따님이시라네."

"흐엑?"

형구가 벌떡 놀라서 일어나는 바람에 의자가 나동그라졌다.

그는 수월화를 보면서 감탄 어린 표정을 지었다. 여태껏 술을 마시면서 설왕설래하는 바람에 수월화를 제대로 살펴보지 못했는데 이제 보니 기가 막힌 미녀인 것이다.

"헤에, 눈이 멀어버릴 것 같은 미녀로구나. 무랑이 너, 완전히 봉 잡았다."

수월화는 부끄러워서 얼굴이 빨개지며 살며시 태무랑 품에 안겼다.

태무랑은 그녀의 어깨를 안은 팔에 조금 더 힘을 주면서 모두에게 말했다.

"무령왕께서 택일을 하시는 대로 혼인을 할 걸세. 그때도 모두들 도와주기 바라네."

"여부가 있나? 몸이 부서지도록 돕겠다!"

"뭐든지 시켜만 주게."

형구와 우경도는 싱글벙글했다. 평소 과묵하고 내심을 드러내지 않는 우경도지만 오늘만큼은 전혀 다른 사람처럼 행동하고 있었다.

"언니, 왜 그래요?"

그때 태화연의 놀란 목소리가 모두의 이목을 집중시켰다.

은지화는 고개를 푹 숙인 채 가늘게 몸을 떨고 있었다. 누가 보더라도 울고 있는 것이 분명했다.

태무랑은 그녀가 왜 우는지 짐작했다. 자신이 수월화와의 혼인을 발표했기 때문에 충격을 받은 것일 게다.

그러나 어쩔 수 없다. 한 번은 치러야 할 일이다. 신풍개의 말로는 은지화가 태무랑을 사랑하고 있으며, 이번에 만나면 청혼을 할 것이라고 말했다는 것이다.

그러므로 방금 태무랑의 발표에는 은지화를 단념시키려는 의도도 어느 정도 깔려 있었다.

태무랑은 아무 말도 하지 않았다. 지금 그가 은지화에게 해 줄 수 있는 것은 아무것도 없다.

그저 그녀 스스로 현실을 직시하고 견뎌내야 한다. 그러고 나서 사노라면 좋은 인연을 만나게 될 것이다. 태무랑 자신보다 훨씬 좋은 남자를.

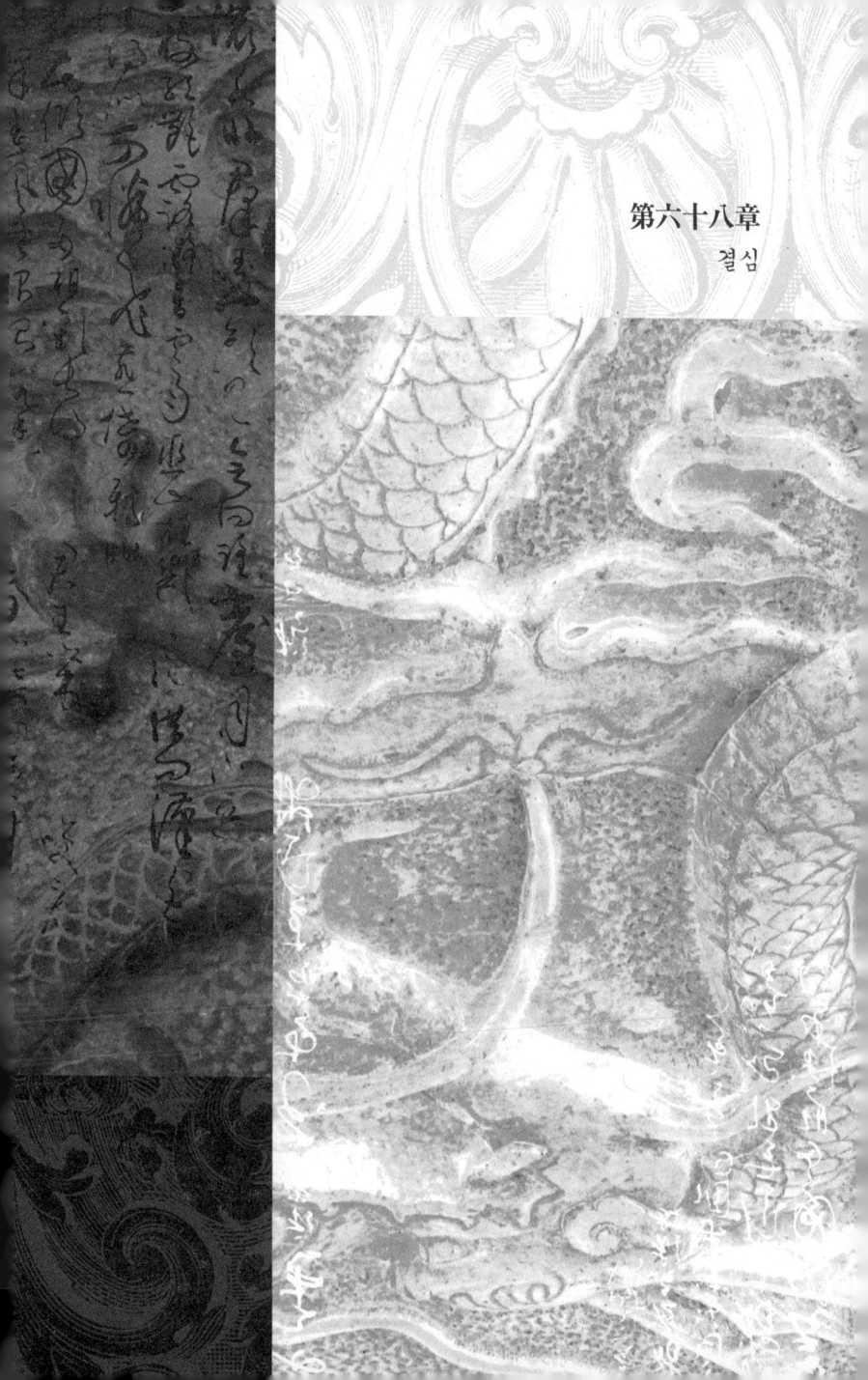

第六十八章

결심

　태무랑의 혼인 발표 이후부터 은지화는 한마디도 하지 않고 묵묵히 술만 마셨다.

　다른 사람들이 한 잔 마실 때 그녀는 석 잔, 넉 잔씩 마구 마셔댔다.

　태무랑을 만나서 기쁘고 설레고 행복했던 마음이 그의 혼인 발표로 한꺼번에 허물어져 버렸다.

　말도 하기 싫고 누굴 쳐다보는 것도 싫었다. 계속 눈물만 나고 머릿속에서는 태무랑과 함께했던 온갖 추억이 샘물처럼 계속 퐁퐁 솟구쳤다. 그래서 더 슬프고 절망의 나락으로 자꾸만 떨어져 갔다.

그녀는 자신이 태무랑의 유일한 여자라고 생각, 아니, 확신하고 있었다.

자신과 태무랑이 나누었던 은밀한 추억은 그 어떤 여자도 흉내조차 낼 수 없다고 생각했다.

모든 것이 순조로울 것이라고만 생각했다. 그녀가 청혼을 하면 태무랑은 기다렸다는 듯이 기꺼이 그러자고 대답할 것이라고 여겼다.

그러나 그와 떨어져 있었던 열 달 남짓 동안 그녀는 하나도 변하지 않았는데 그는 너무 많이 변해 있었다. 이제는 완전히 다른 사람 같았다.

그런데도 은지화는 자리를 박차고 일어나 이곳을 나가 버리는 행동을 하지 못했다.

그렇게 나가면 태무랑하고는 영영 끝이라는 생각이 들어서 겁이 났기 때문이다.

그가 무령왕의 금지옥엽이라는 여자하고 혼인을 하면 더 이상 그를 볼 일이 없다.

은지화는 자신의 남자라고 확신했던 태무랑을 다른 여자에게 뺏기고 나서 아무렇지도 않다는 듯 태연하게 행동을 할 자신이 없다.

모두들 은지화를 신경 쓰는 듯 큰 소리로 떠들지도 웃지도 않고 두런두런 조용하게 대화를 나누고 있었다.

은지화는 술을 마실 때만 고개를 들었다. 고개를 숙인 채로는 술을 마실 수 없기 때문이다.

그럴 때면 간혹 맞은편에 앉은 비한과 시선이 마주쳤다. 비한은 일부러 그녀에게 신경을 쓰는 것도 아니고 그녀를 위로할 생각 같은 것은 없었다.

하지만 순전히 맞은편에 앉은 덕분에 시선이 마주치면 빙그레 미소를 지었다.

그것 외에는 뭘 해야 하는지 모르기 때문이다. 사실 그는 여자에겐 숙맥이다.

여태껏 여자를 사귀어본 적이 없으며, 전쟁터를 떠돌다가 기녀나 창녀들과 몇 번 자본 것이 전부다.

은지화는 비한과 눈이 마주치면 아무런 반응도 하지 않고 무시해 버렸다.

눈을 흘리거나 냉소를 치는 것은 태무랑의 혼인 발표가 있기 전의 일이다.

그러나 지금은 모든 일에 흥미가 사라졌기 때문에 만사가 다 귀찮다.

그저 한시바삐 술에 흠뻑 취해서 괴로움을 훌훌 떨쳐 내버리고 싶을 뿐이다.

술자리가 파할 즈음에는 태화연과 우미를 제외한 모두들 많이 취한 상태가 되었다.

우경도와 형구는 시녀의 안내를 받아 어깨동무를 하고 침실로 향했다.

태화연은 그새 많이 친해진 우미와 자신의 방에서 함께 자겠다면서 나갔다.

수월화는 꽤 취해서 혼곤한 몸을 태무랑에게 안기듯이 밀착시키고 있었다.

태무랑은 그녀를 부축한 채 탁자에 엎드려 있는 은지화를 돌아보다가 취해서 비틀거리며 나가고 있는 비한을 불렀다.

"한, 화아를 부탁하네."

"응? 뭘?"

비한은 취기 때문에 벌겋게 상기된 얼굴로 뒤돌아보았다.

"화아를 침실에 데려다 주게."

"그러지."

비한이 돌아와서 은지화를 부축해서 일으키려는데 그녀는 완전히 인사불성이 되어 부축은 불가능했다. 결국 비한은 그녀를 번쩍 안고 나갔다.

태무랑은 빙그레 미소를 지으며 바라보다가 수월화를 부축해서 자신의 침상으로 갔다.

그는 오늘 수월화를 자신의 여자로 만들 생각이다. 그녀와 혼인을 하겠다는 결심을 새롭게 했기 때문에 그것을 확인하는 의미다.

자신의 결심이 흔들리지 않을 것이라고 확신하지만, 그녀와 한 몸이 되고 나면 부부나 다름없기 때문에 결심이 더욱 확고해질 것이다.

그와 수월화는 상당히 취한 상태다. 하지만 사랑을 나누지 못할 정도는 아니다.

수월화는 태무랑의 의도를 짐작하는지 그가 하는 대로 가만히 따르고 있다.

"령아……."

태무랑은 그녀를 침상에 반듯하게 눕히고 옷을 한 겹씩 벗기기 시작했다.

수월화는 눈을 꼭 감고 가만히 있었다. 하지만 저절로 몸이 단단하게 경직되고 가늘게 떨렸다.

물론 두려워서 그러는 것은 아니다. 진심으로 사랑하는 남자가 옷을 벗기는데 무엇이 두렵겠는가. 하지만 왜 떨리는지 알 수가 없었다.

단지 그녀는 불을 껐으면 좋겠다는 생각이 들었다. 태무랑이 자신의 나신을 보는 것이 부끄러웠다.

옥령과 소향은 실내의 뒷정리를 하고 있었다. 태무랑이 물러가라는 말을 하지 않았기 때문에 그녀들은 부지런히 자신들의 할 일을 했다.

수월화는 자신과 태무랑의 정사를 두 명의 배료가 보는 것
에 대해서는 조금도 신경을 쓰지 않았다.

배료는 실내의 가구 같은 것이나 기르는 애완동물 같은 존
재이기 때문이다.

황족이나 왕후장상들은 배료가 있는 데서 정사나 그 밖에
은밀한 행위를 하는 것을 당연시 여긴다.

그리고 한 걸음 더 나아가서 정사에 배료를 끌어들여서 함
께 즐기는 경우도 다반사다.

다시 말하지만, 배료는 사람이면서도 생명이나 생각이 없
는 소유물이다.

소향은 침상 쪽에는 신경도 쓰지 않고 쳐다보지도 않으며
자신의 할 일만 했다.

옥령도 그러려고 애를 쓰지만 뜻대로 되지 않았다. 그녀는
배료지만 그 이전에 태무랑에게 순결을 뺏긴 여자다. 상처를
지니고 있는 여자인 것이다.

그녀는 화병을 옮기다가 자신도 모르게 시선이 또 침상으
로 향했다.

벌거벗은 태무랑이 반듯하게 누워 있는 수월화의 젖가슴
을 입으로 애무하고 있는 모습이 크게 확대되어 동공 속으로
달려들었다.

'아……'

순간 옥령은 자신의 가슴이 빨리는 듯한 느낌을 받고 멈칫하다가 화병을 떨어뜨렸다.

쨍강!

화병이 떨어져 산산조각나자 옥령과 저만치 떨어져 있던 소향은 소스라치게 놀랐다. 그리고 두 여자의 시선이 반사적으로 침상을 향했다.

태무랑이 수월화를 애무하다가 멈추고 이쪽을 쳐다보고 있는 것을 발견한 두 여자는 온몸이 얼어붙었다.

그런데 옥령을 쳐다보는 태무랑의 눈에 문득 잔인한 기색이 어른거렸다.

이어서 두 여자의 귀에 그의 전음이 전해졌다.

[향아는 가서 자고 옥령은 가까이 와라.]

그리고는 태무랑은 할 일을 계속했다.

태무랑의 의도가 무엇인지 몰라서 옥령은 크게 당황했다.

그러나 소향은 태무랑을 향해 공손히 허리를 굽히고는 옥령을 쳐다보지도 않고 나가 버렸다.

이제 옥령은 혼자 남았다. 그녀는 심장이 미친 듯이 쿵쾅거리고 입안이 바싹바싹 타들어갔다.

언제까지 이대로 서 있을 수는 없다. 주인님이 가까이 오라고 했으니 명령에 따라야만 한다.

그녀는 주춤거리면서 침상으로 다가갔다. 벌거벗은 태무랑과 수월화의 모습이 점점 크게 보였다. 하지만 그녀의 눈에는 태무랑만 보였다.

어느덧 그녀는 침상 가에 와서 멈추었다.

태무랑은 수월화 옆에 누워서 그녀와 입을 맞추면서 손으로 옥문을 쓰다듬었다.

그녀는 기분이 이상해지는 것을 느끼며 몸을 바들바들 떨면서 이불을 힘껏 움켜잡고 있었다.

그걸 보고 있는 옥령은 자신의 옥문이 찌릿찌릿한 것을 느꼈다. 흡사 태무랑의 손이 자신의 것을 부드럽게 애무하는 듯한 착각이었다.

태무랑은 옥령에게는 눈길조차 주지 않고 수월화를 애무하는 일에만 온 신경을 쓰고 있었다.

옥령과 태무랑의 거리는 두 걸음밖에 되지 않았다. 벌거벗은 채 뒤엉켜 있는 남녀의 뜨거운 열기가 고스란히 전해졌고, 거친 숨소리가 고막을 후벼 팠다.

'아아……'

옥령의 시선이 자꾸만 태무랑의 음경으로 향했다. 그의 음경은 더없이 크고 단단해진 상태다.

옥령이 그것을 쳐다보지 않으려는 것은 마음뿐이지 눈길은 그의 음경에 고정된 채 움직이지 않았다.

그리고는 심장이 미친 듯이 뛰고 자꾸만 이상한 상상을 하게 되었다.

'저놈은 지금 나를 고문하고 있는 거야. 나쁜 자식! 죽여 버리고 싶어!'

속으로 저주하듯 욕을 퍼부으면서도 옥령의 몸이 점점 뜨거워지기 시작했다.

태무랑과 수월화의 정사가 끝난 후에 옥령은 자신의 방으로 돌아와 쓰러지듯이 침상에 누웠다.

태무랑이 가서 자라고 말하자 옥령은 정신이 혼미한 상태로 비틀거리면서 방으로 돌아왔다.

그녀의 온몸은 땀으로 흠뻑 젖어서 옷까지 축축했다. 뿐만 아니라 입술을 얼마나 깨물었는지 터져서 피투성이다.

그녀는 태무랑과 수월화의 정사를 코앞에서 한 동작도 놓치지 않고 생생하게 목격했다.

처음에는 고통스러워하던 수월화가 차츰 흥분과 쾌락으로 온몸을 떨면서 신음과 교성을 터뜨리는 것도 보았다.

옥령은 태무랑에게 짓밟혔을 때 자신도 그랬을 것이라는 생각이 들었다.

그러나 시간이 지난 후에 기억에 남는 것은 고통이 아니고 절정의 쾌락뿐이었다.

그녀는 태무랑과 수월화의 정사를 보는 내내 두 가지 생각만 했다.

저기에서 교성을 터뜨리는 사람이 수월화가 아닌 자신이고 싶다는 것, 그리고 그런 어이없는 생각을 하는 자신을 발견하고는 그 자리에서 죽어버리고 싶었다는 것이었다.

"아아……."

그때 수월화의 신음 소리가 들렸다. 벽에 뚫어놓은 구멍을 통해서 들려오는 소리였다.

옥령은 자신도 모르는 사이에 어느새 한쪽 눈을 구멍에 밀착시키고 있었다.

그리고 태무랑과 수월화가 뒤엉켜서 또다시 정사를 하기 시작하는 광경을 발견했다.

한동안 지켜보고 있던 옥령의 손이 자신의 옥문으로 향했다.

"하아……."

잠시 후에 그녀는 나직한 신음 소리를 흘리다가 화들짝 놀랐다. 그리고는 자신이 무슨 짓을 하고 있는지를 깨달았다.

'이런 짐승만도 못한 년…….'

그녀는 일그러진 얼굴로 자신을 욕하고는 이불을 뒤집어쓰고 누워서 소리 죽여 흐느껴 울기 시작했다.

＊　　　　＊　　　　＊

　목욕을 하고 난 철화빙선은 커다란 동경에 나신을 이리저리 비춰보았다.

　한마디로 끔찍했다. 자신이 봐도 두 번 다시 쳐다보고 싶지 않을 정도의 모습이다.

　도저히 사람의 모습이라고 할 수가 없다. 짐승도 이런 추악한 몰골의 짐승은 세상에 없을 것이다.

　온몸에 난 베이고 찔린 상처는 그나마 나은 편이다. 그녀의 몸을 흉측하게 만든 것은 수십 개의 불에 탄 화상(火傷) 자국이었다.

　살이 녹고 뒤틀리고 붉거진 모습은, 아니, 몰골은 설사 자신의 몸이라고 해도 잠시라도 보고 싶지 않을 정도다.

　"으아악! 죽여 버리겠어!"

　콰창!

　그녀는 벽에서 동경을 떼어 바닥에 집어 던져 산산조각으로 만들며 악을 썼다.

　태무량에 대한 분노가 치밀어 올라서 머릿속에, 아니, 온몸에 가득 찼다.

　항상 냉정한 이성을 지니고 있던 그녀가 지금처럼 분노하는 것은 처음 있는 일이다.

그것은 태무랑 때문이다. 그를 생각하면 주체할 수 없는 분노가 솟구쳤다.

그녀의 많은 것이 태무랑으로 인해서 변했다. 아니, 망가져 버렸다.

보이는 것은 몸이 엉망진창 괴물이 됐다는 것이고, 보이지 않는 것은 성격이 괴팍하게 변했다는 사실이다.

화를 참지 못하고 어깨를 들먹이며 씨근거리던 그녀는 발로 문을 걷어차서 박살을 내며 목욕실 밖으로 나갔다.

"궁주······."

밖에서 대기하고 있던 봉화일선이 놀라서 다가왔다.

철화빙선은 옷을 입을 생각도 하지 않고 두 손을 허리에 얹은 채 물을 뚝뚝 흘리면서 광기 어린 눈빛으로 명령했다.

"당장 경뢰를 불러와라."

일선이 나가자 철화빙선은 두 손을 허리에 얹은 상태로 실내를 이리저리 걸어다녔다.

그녀의 상처를 입지 않은 나신은 눈이 부시도록 희고 늘씬했으나 온몸에 난 상처 때문에 마치 울긋불긋한 누더기를 입고 있는 듯했다.

하지만 그녀의 뒷모습은 앞모습하고는 전혀 달랐다. 상처를 앞에만 입었기 때문에 몸 뒤는 티 한 점 없이 희었다. 뒷모습만 보면 천하일색이다.

잘록한 허리와 둥글고 탱글탱글한 둔부, 그리고 곧게 쭉 뻗은 다리가 실로 매력적이었다.

"그놈을 죽여 버릴 거야. 죽이지 못하면 내가 미쳐서 죽어버리고 말 거야. 으드득!"

그녀는 너무 이를 갈아서 이가 다 부러질 것만 같은데도 이갈기를 멈추지 않았다.

척!

문이 열리고 일선을 따라서 들어서던 경뢰궁주는 철화빙선을 보고 그 자리에서 굳어버렸다.

이곳은 철화천궁 남경지부다. 아까 낮에 철화빙선이 불쑥 들이닥쳤지만 경뢰궁주는 그녀를 보지 못했다.

철화빙선이 방에 들어가서 봉화일선과 이선을 제외하곤 어느 누구도 들어오지 못하게 했기 때문이다. 태무랑에게 다친 상처를 치료하기 위해서였다.

그리고 그녀는 태무랑을 죽이기 전에는 항주로 돌아가지 않겠다는 결심을 했다.

경뢰궁주는 일선으로부터 철화빙선이 부른다는 말을 듣고 부리나케 달려왔다.

그러므로 당연히 방에서 기다리고 있는 사람은 철화빙선일 것이다.

하지만 벌거벗은 채 눈앞에서 오락가락하고 있는 사람은

철화빙선이라고는 생각되지 않았다. 그저 사람 형상을 한 시뻘건 고깃덩이 같았다.

경뢰궁주는 철화빙선에게 도대체 무슨 일이 있었는지 너무나 궁금해졌다.

과연 어느 누가 초절고수인 그녀를 이 지경으로 만들었는지 상상이 가지 않았다.

"경뢰."

철화빙선이 불렀으나 너무 놀란 경뢰궁주는 대답을 하지 못했다.

"경뢰!"

"아! 하, 하명하십시오, 궁주."

철화빙선이 언성을 높이자 경뢰궁주는 화들짝 놀랐다.

"너는 태무랑하고 친하지?"

"무… 슨 말씀이신지……."

다짜고짜 묻는 말에 경뢰궁주는 당황했다.

"친하냐고 물었거늘!"

철화빙선이 버럭 노성을 질렀다.

경뢰궁주는 순간적으로 태무랑이 철화빙선을 저 지경으로 만들었을 것이라는 생각이 들었다.

그러자 정신이 아득해졌다. 도대체 태무랑이 무슨 수로 그럴 수 있었는지 모를 일이다.

그녀가 알기로 태무랑은 강하지만 철화빙선에 비해서는 몇 수 아래이기 때문이다.

그러다가 문득 경뢰궁주는 철화빙선이 자신에게 질문을 했다는 사실을 깨닫고 당황했다.

"치, 친하지 않습니다만……."

그걸 왜 묻는지는 모르지만 좋지 않은 일인 것이라는 직감이 들었기 때문에 그렇게 대답했다.

철화빙선은 불에 데고 상처투성이 끔찍한 몰골 속에서 두 눈을 새파랗게 번뜩였다.

"네가 예전에 태무랑에 대해서 보고할 때 그놈과 친해졌다고 말한 것은 무엇이었지?"

"그건……."

경뢰궁주는 당황해서 말문이 막혔다. 그녀는 확실히 그렇게 말했다.

그 당시에는 철화빙선이 태무랑에게 호의적이었기 때문에 경뢰궁주가 태무랑과 친하다는 사실은 오히려 칭찬받을 일이었던 것이다.

경뢰궁주가 쩔쩔매고 있는데 다행히 철화빙선은 그런 시시콜콜한 것에 대해서는 그녀를 더 이상 추궁하지 않았다.

"어쨌든 그놈을 찾아내라. 기한은 닷새다."

"궁주, 속하는 그가 어디에 있는지 모릅니다."

철화빙선은 경뢰궁주의 하소연을 일축했다.

"만약 닷새 후에도 내가 그놈을 만나지 못할 경우에는 너를 죽이겠다."

"……."

전혀 예상하지 못했던 초강수에 경뢰궁주는 아연실색했다. 옆에 있던 일선마저도 움찔 놀랐다.

"나는 그동안 이곳에 머물겠다. 나가봐라."

너무 큰 충격을 받고 멍하게 서 있는 경뢰궁주의 옷자락을 일선이 슬쩍 잡아당겼다.

"나가시오."

경뢰궁주는 몸을 돌려 문으로 걸어갔다. 그녀는 자신이 철화빙선 앞에서 넋 나간 표정을 지었을 것이고, 지금은 비틀거리면서 걷고 있을 것이라고 생각했다.

그녀는 정신을 수습하려고 애썼고, 비로소 똑바로 걷기 시작했으나 그때는 문에 거의 다 이르러 있었다.

철화빙선은 경뢰궁주의 뒷모습을 주시하며 싸늘한 미소를 지었다.

그녀는 경뢰궁주가 태무랑을 반드시 찾아낼 것이라고 확신했다. 만약 그러지 못할 경우에는 진짜 그녀를 죽일 것이다. 태무랑과 조금이라도 연관이 있는 사람들은 한 명도 살려두지 않을 각오다.

       *   *   *

깨어나자마자 침상에서 가부좌의 자세를 잡고 한차례 운공조식을 하고 난 태무랑은 오른손을 어깨너머로 길게 뻗어 등을 긁으려고 애썼다. 등이 몹시 가려웠기 때문이다. 하지만 손이 닿지 않았다.

슥―

"긁어드려요?"

그때 누군가의 손이 그의 등에 살며시 닿으며 달콤한 목소리가 뒤따랐다.

그가 뒤돌아보자 전라의 수월화가 한 손으로 바닥을 짚고 두 다리를 모아 길게 뻗어 상체를 일으킨 자세로 그의 등에 손을 대고 있었다.

태무랑은 빙그레 미소 지었다.

"령아, 너는 너무 아름답구나."

"어머?"

수월화는 화들짝 놀라 급히 이불로 몸을 가리며 얼굴이 노을처럼 붉어졌다.

태무랑은 그러는 그녀가 더욱 사랑스러워서 가볍게 입맞춤을 해주었다.

"여기 좀 이상해요."

태무랑의 등을 긁으려던 수월화가 등 한복판을 손가락으로 짚었다.

"뭐가 묻은 것처럼 살색이 변했어요."

"뭐가 묻었어?"

수월화는 손가락으로 문지르더니 고개를 가로저었다.

"아무것도 묻지 않았어요. 그런데 감촉이 이상해요."

"어떻게?"

수월화는 그 부위를 만지면서 고개를 갸웃거렸다.

"비늘 같아요."

"비늘이 붙은 건가?"

수월화는 손톱으로 긁어보았다.

"떨어지지 않아요. 비늘 같을 뿐이지 비늘은 아니에요. 살 갖이 변해서 그런 것 같아요."

"비늘이라……."

태무랑은 중얼거리고는 그때부터 골똘히 생각에 잠겼다.

그사이에 수월화는 조심스럽게 태무랑의 넓고 단단한 등을 바라보았다.

어젯밤에는 그와 두 차례나 격렬한 정사를 했다. 그런데 참이상한 일이다. 정사를 하기 전의 그와 하고 난 다음의 그는 아주 많이 달라 보였다.

전에는 그가 멋지고 늠름해서 몹시 사랑했는데, 지금의 그는 천신과도 같아서 잠시라도 사랑을 하지 않으면 숨이 막혀서 죽을 것만 같은 심정이다.

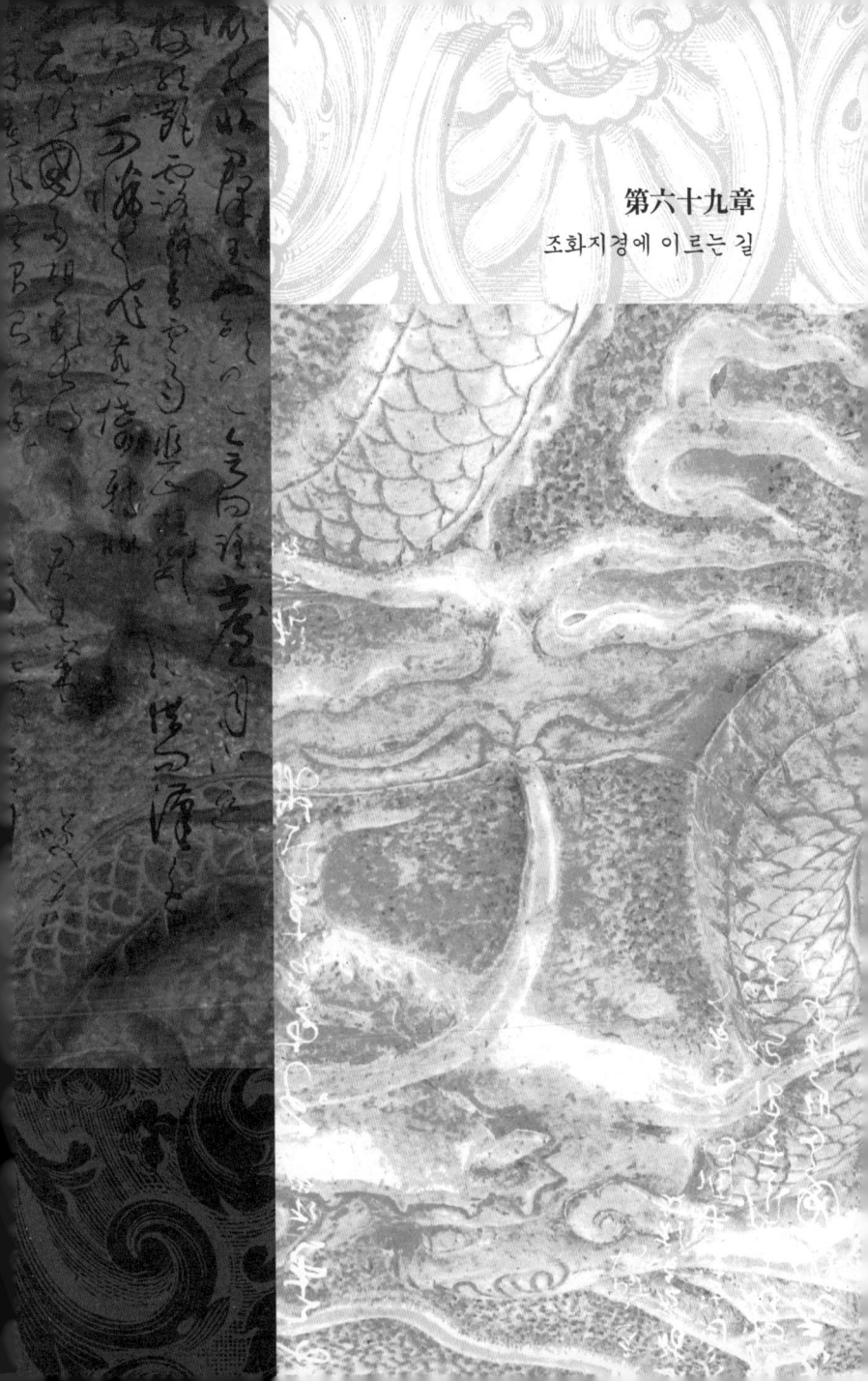

第六十九章

조화지경에 이르는 길

봉화일선은 항주 철화천궁에서 날아온 전서구가 갖고 온 서찰을 급히 철화빙선에게 가져왔다.

철화빙선은 심각한 표정으로 서찰을 읽고 나서 탁자에 내려놓고 창밖을 바라보았다.

일선은 조심스럽게 탁자의 서찰을 굽어보았다. 내용은 간단했다. 즉시 항주로 돌아오라는 것이다.

서찰을 보낸 사람은 태궁주(太宮主), 즉 철화빙선의 모친이다. 그러므로 서찰의 내용은 권유 같은 것이 아니라 당장 항주로 돌아오라는 명령에 가깝다고 할 수 있다.

현재 단유천이 이끄는 무극신련의 십단, 즉 무극십단이 천하에 흩어져 있는 철화천궁의 열 개 지부 중에 여섯 군데를 괴멸시킨 상태다.

단유천의 세력은 질풍노도처럼 철화천궁을 짓밟고 있다. 현재의 상황에서는 어떤 특단의 조치가 없는 한 머지않아서 철화천궁이 멸망하고 말 것이다.

아니, 특단의 조치 같은 걸로는 턱도 없다. 큰 기적이 일어나야 할 것이다.

기적이 일어나더라도 철화천궁이 승리하는 것은 아니다. 이 정도 피해를 입은 선에서 싸움, 아니, 전쟁을 어떻게든 마무리할 수 있을 것이다.

그런 절박한 상황에서 철화천궁의 궁주인 철화빙선이 무극신련하고의 전쟁과는 아무런 상관이 없는 일로 남경에서 딴전을 피우고 있으니 태궁주 아니라 누가 보더라도 그녀는 제정신이 아닌 것이다.

철화빙선은 착잡한 표정으로 창밖 정원에 시선을 고정시킨 채 꼼짝도 하지 않았다.

하지만 그녀의 일그러진 추악한 얼굴이 착잡한 표정이라고는 아무도 알아보지 못할 것이다.

"궁주."

일선은 조심스럽게 철화빙선을 불렀다. 일선은 그녀의 심정을 누구보다도 잘 이해하고 있다.

철화빙선이 태무랑에게 당하는 광경을 가장 가까이에서 똑똑히 목격했기 때문이다.

"일선."

"네."

철화빙선이 창밖에 시선을 고정시킨 채 조용히 불렀다.

"나 벽교상(碧嬌祥)이 어쩌다가 이 지경이 됐지? 원래 내가 이렇게 형편없었나?"

"궁주……."

일선은 흠칫 놀랐다가 가슴이 짠해졌다. 그녀는 삼 년 가깝게 철화빙선을 그림자처럼 호위하지만 그녀가 이렇게 나약한 말을 하는 것을 처음 들었다.

벽교상이란 철화빙선의 이름이다. 그녀의 어머니와 할머니도 벽 씨다. 그녀들은 모계(母系)라서 어머니의 성을 따른다.

벽교상에게는 아버지가 없다. 따라서 할아버지도 없다. 그들은 모두 죽어서 이 세상 사람이 아니다.

철화빙선 벽교상은 태어나면서부터 최고였다. 천하제일의 어마어마한 부(富)를 물려받았으며, 수만 명의 수하를 거느리게 되었다.

그러므로 그녀는 곤궁함이 무엇인지 모르고 괴로움이나

고통이 어떤 것인지 겪어본 적도 없다.

　그 외에도 세상 대부분의 사람들이 살아가면서 당연히 경험하게 되는 좋지 않은 많은 것을 거의 한 번도 경험해 본 적이 없다.

　그랬던 그녀가 발가락의 때만큼도 여기지 않았던 사내에게 무지막지하게 당했다.

　그것도 육체가 엉망으로 망가지고, 정신은 절대로 회복하지 못할 정도로 피폐해졌다.

　그러므로 장차 복수를 생각하지 않는다면 그것이 오히려 이상한 것이다.

　지금 그녀에겐 철화천궁이 멸망하는 것보다, 천하제일의 부를 모조리 잃는 것보다 태무랑을 잡아서 죽이는 일이 훨씬 더 시급하고 중요하다.

　"복수하지 못하면 나는 살 수 없어. 지금 내 가슴속에 있는 것은 불덩어리야. 그 자식을 죽이지 못하면 내가 그 불덩어리에 타 죽을 거야."

　어제 그녀는 장강 변의 백사장에서 이글거리는 용광로를 가슴속에 품게 되었다.

　벽교상은 천천히 몸을 돌려 일선을 바라보았다.

　"어떤 대가를 치르더라도… 설사 내 목숨을 바쳐서라도 그 자식을 죽이고 싶어."

"궁주……."

일선은 벽교상의 일그러진 눈에서 흘러내리는 눈물을 보고 가슴이 찢어지는 슬픔을 맛보았다.

"일선, 내가 비정상인 것 같아?"

벽교상이 흐느끼듯이 묻자 일선은 목이 부러질 정도로 세차게 가로저었다.

"아닙니다. 궁주께선 지극히 정상이십니다."

*　　*　　*

남경 동쪽 장강 변에는 사시사철 푸른 청죽림(靑竹林)이 드넓게 펼쳐져 있다.

그리고 그 안에는 사람들에게 잘 알려지지 않은 고풍스럽고 아담한 장원이 위치해 있다.

그 장원의 이름이 수월원(羞月苑)이며 무령왕의 딸 수월공주의 소유라는 사실을 알고 있는 사람은 무령왕가 내에서도 극소수에 불과했다.

태무랑은 소천군에게 그곳으로 오라고 했다.

태무랑은 청죽림에 이르자 검호 얼굴을 지우고 진면목을 회복하고 나서 안으로 들어갔다.

그를 따르는 사람은 남악이 아니라 우경도다. 그가 우장비 호대장이기 때문이다.

태무랑은 혼자 올 수도 있었으나 우경도가 자신의 새로운 지위에 빨리 익숙해지도록 하기 위해서 데리고 왔다.

또한 우경도는 친구이기 때문에 비밀이 없다. 여기까지 오는 동안 태무랑은 소천군이 누구이며 어제 그와 있었던 일을 그에게 간략하게 설명을 해주었다.

두 사람이 청죽림 한가운데 위치한 수월원에 이르렀을 때, 소천군과 소아상, 가빈은 청죽림 안쪽을 구불구불 흐르는 계류 가에 지어진 정자 안에 앉아 있었다.

수월원은 따로 담이 없다. 빽빽한 청죽림이 담이라면 담이다. 그리고 그 속에 띄엄띄엄 몇 채의 전각이 흩어져 있는 구조다.

그리고 요소요소에 무령왕가의 특급 군사들이 지키고 있으나 전혀 눈에 띄지 않았다.

"꺄악! 무랑가!"

태무랑을 발견한 소아상이 비명처럼 외치면서 나비처럼 팔랑거리며 달려와 그의 품에 답삭 안겼다.

소천군은 손녀딸이 태무랑에게 서슴없이 안기는 것을 보고 잠깐 뜻밖이라는 표정을 지었으나 곧 자상한 미소를 지으며 가빈과 함께 걸어왔다.

소아상은 무슨 생각이 났는지 급히 태무랑 품에서 빠져나와 두 걸음 물러나 그의 몸을 살펴보며 몹시 걱정 어린 표정을 지었다.

"무랑가, 몸은 괜찮아요? 할아버지께서 괜찮다고 말씀하셨지만 어제 너무 심하게 다쳤는데……."

태무랑은 빙그레 미소 지으며 두 팔을 벌려 보였다.

"난 괜찮다."

소아상은 안심했다는 듯 다시 그의 품에 안겼다.

"다음에 철화빙선을 만나면 가만두지 않을 거예요. 못된 년. 감히 무랑가에게……."

"그녀는 혼이 났으니 다시는 나를 괴롭히지 못할 거야."

"무슨 곤란한 일이 생기면 우리 할아버지께 말씀드려요. 다 해결해 주실 거예요."

소아상은 태무랑의 품에 안긴 채 소천군을 돌아보며 생긋 웃으며 종알거렸다.

"그렇죠, 할아버지?"

"오냐."

소천군은 그저 한없이 소아상이 예쁘다는 듯 고개를 끄덕였다.

태무랑은 소천군과 함께 청죽림 안을 흐르는 계류를 따라

나란히 걸으면서 대화를 나누었다.

태무랑은 말을 빙빙 돌려서 하는 성격이 아니다.

"말씀하신 제안은 거절하겠습니다."

"그런가?"

태무랑이 단도직입적으로 말하는 데에도 소천군은 걸음을 멈추지도 표정이 변하지도 않았다. 그는 태무랑의 결정을 존중했다. 사람들에게는 각기 다 사정이 있게 마련이고, 태무랑도 그럴 것이라고 생각했다.

"죄송합니다. 하지만 그것 때문에 저와 상아의 관계가 이상해지는 것은 원하지 않습니다."

"노부가 바라는 바이네."

소천군은 보면 볼수록 태무랑이 마음에 들었다. 이제는 소아상 때문이 아니라 그가 태무랑을 놓치고 싶지 않다는 생각이 들었다.

그가 어제 태무랑에게 했던 말, 즉 '제자가 되어 열심히 연마하면 자신과 백 초식을 겨룰 수 있다'라고 한 것은 그를 다분히 과소평가한 것이었다.

사실을 말하자면 태무랑은 장차 소천군을 훨씬 능가할 수 있는 미증유의 가능성과 능력을 지니고 있다.

그러나 그렇게 솔직히 말하면 태무랑을 유혹하는 것이 될 테고, 그의 결심에 막대한 영향을 주게 되기 때문에 말하지 않은 것이다.

소천군은 개인적으로 자신을 능가하는 무인이 탄생하기를 바라고 있으며, 그 사람이 정파의 인물이고 또 인간됨이 반듯한 사람이었으면 좋겠다는 소망을 갖고 있다.

그런데 그가 봤을 때 태무랑은 그 모든 조건들을 만족시키는 사람이다. 그래서 그에게 애착을 품고 있는 것이다.

"초식에 연연하지 말게."

소천군이 뜬금없이 중얼거렸다.

뚝.

태무랑은 걸음을 멈추고 의아한 표정으로 그를 쳐다보았다. 그의 말은 태무랑이 평소에 생각하고 있는 것과 배치되기 때문이다.

태무랑은 자신이 정식으로 무공을 배운 적이 없어서 무공 초식이 빈곤하다는 강박관념을 갖고 있었다.

일례로 그는 경공이나 보법에 몹시 취약하다. 싸움에서 그가 열세에 처하게 되는 것은 재빨리 공격 방위를 점하지 못하고 또 적의 공격을 피하지 못하기 때문이다.

그러므로 자신에게 최고의 경공과 보법만 있으면 훨씬 고강해질 것이라고 늘 생각했다.

두 사람은 어느덧 청죽림 바깥 절벽 끝에 이르렀다. 두 사람 발아래로는 거대한 장강이 도도하게 흐르고 있었다.

소천군은 뒷짐을 지고 긴 은빛 수염을 바람에 날리면서 조용히 말했다.

"저 강이 어디로 가는가?"

태무랑은 장강을 굽어보았다. 너무도 쉬운 질문이지만 그는 성의껏 대답했다.

"바다입니다."

"바다에는 장강만 이르는가?"

고승이나 도사들의 선문답 같은 대화가 이어졌다.

"아닙니다. 천하의 수많은 강이 모두 바다에 이릅니다."

소천군은 빙그레 미소 지으며 고개를 끄덕였다.

"그렇다네. 그러므로 자넨 강에는 신경 쓰지 말고 바다의 실체를 직시하도록 하게."

태무랑은 고개를 모로 꼬며 의아한 표정을 지었다.

"무슨 말씀이신지……."

소천군이 뭔가 비유를 하여 큰 가르침을 주려는 것 같은데 무슨 뜻인지 알 수가 없다.

그런데 소천군은 또 선문답을 했다.

"천하에 강이 몇 개나 되는가?"

"모르겠습니다만, 셀 수 없을 정도로 많습니다."

"바다는 몇 개인가?"

"……."

거기에서 태무랑은 대답이 궁해졌다. 바다가 몇 개인지 한 번도 생각해 본 적이 없기 때문이다.

"하나일세."

"아⋯⋯!"

소천군의 말에 태무랑은 가볍게 탄성을 터뜨렸다. 그렇다. 무슨 바다, 무슨 바다 하고 이름은 많지만, 바다는 다 연결되어 있기 때문에 결국 하나다.

무공하고는 전혀 상관이 없는 깨달음이지만, 태무랑은 그 것이 세상의 이치이고 자연의 섭리라는 것을 깨달았다. 그리고 그 깨달음이 자신의 삶에 어떤 식으로든 지대한 영향을 줄 것이라고 생각했다.

어떤 깨달음이든 깨달음이란 삶을, 아니, 정신을 풍요롭게 만든다. 살아가는 것은 결국 깨닫기 위함이고 깨달음의 연속이 아니겠는가.

"그럼 이제 대답해 보게. 천하의 강은 몇 개인가?"

"그야⋯⋯."

태무랑은 셀 수도 없이 많다고 대답하려다가 말끝을 흐렸다. 그것은 조금 전에 묻고 대답한 것인데 소천군이 다시 물었기 때문이다.

잠시 생각하던 태무랑은 환한 표정을 지었다. 또다시 깨달았기 때문이다.

"하나입니다."

천하에 강이 하나뿐이라는 대답이다.

"허허, 그렇다네. 자넨 보기보다는 똑똑하군. 그런데 어째서 강이 하난가?"

태무랑은 깊이 생각하는 얼굴로 차근차근 대답했다.

"세상천지의 바다가 모두 연결되었기 때문에 하나라면, 수많은 강도 물로써 다 연결되었기에 하나입니다. 무슨 바다니 무슨 강이니 하는 것은 다 사람들이 붙인 이름이고 원래는 강이든 바다든 다 하나입니다."

"호오, 거기까지 깨달았는가?"

소천군은 표정을 감추는 사람이 아니다. 그는 적이 감탄하여 고개를 크게 끄덕이며 새삼스러운 듯한 눈빛으로 태무랑을 바라보았다.

"마지막 하나가 남았네."

"무슨……."

또다시 뜬금없는 말에 태무랑은 의아한 표정을 짓다가 다시 골똘히 생각에 잠겼다.

"생각하지 말고 보게, 저 강물을."

소천군이 바람에 흩날리는 은빛 수염의 턱으로 장강을 가리켰다.

태무랑은 장강을 굽어보며 다시 생각했다.

'마지막 하나라니……. 그게 무엇인가? 바다가 하나고 강도 하나인데 그다음에 또 무엇이 있다는 것이지?'

그렇게 생각하다가 그는 방금 소천군의 말이 떠올라서 생각하는 것을 멈추었다. 그는 생각하지 말고 눈으로 강을 보라고 말했다.

강에는 많은 배가 떠 있고, 햇빛을 받아 눈부시게 빛나고 있으며, 흐르지 않는 것처럼 유유히 동쪽으로 흘러갔다.

그런데 도무지 생각이 나지 않았다. 마지막 하나라니, 그게 대체 뭔가? 질문이 너무나 막연했다.

'세상의 모든 강물이 흘러 바닷물이 된다면… 그렇다면 우물물도, 연못의 물도, 지하의 수맥으로 흐르는 물도 다 연결되어 있다는 뜻이다. 즉, 하나다.'

그의 머리가, 아니, 온몸이 강물이 되어 바다로 흘러가는 듯한 기분이 들었다.

'그 물이 다 하나라는 것과… 마지막 하나는 과연…….'

그 순간 번쩍하고 뇌리를 스치는 생각이 있다. 그는 소천군을 쳐다보며 조심스럽게 물었다.

"혹시 물이 아닙니까?"

"왜 그렇게 생각하는가?"

"세상천지의 수많은 강과 바다가 다 물로 연결되어 있으니까 결국은 물이 시작이고 끝이라는 생각이 들었습니다."

소천군은 고개를 끄덕이며 나직한 웃음을 터뜨렸다.

"허허헛! 그렇다네. 마지막 하나는 물일세."

"아……."

그는 콕 집어서 가르치지 않고 질문을 함으로써 태무랑이 스스로 깨닫게 해주었다.

"왜 노부가 갑자기 강이든 바다든 물에 대해서 묻는 것이라고 생각하나?"

태무랑은 처음에 소천군이 했던 말을 떠올렸다. 그는 '초식에 연연하지 말라'고 말했다가 장강을 가리키면서 '저 강이 어디로 가느냐?'고 물었다.

초식과 강, 바다, 물…….

"아!"

깊이 생각에 잠겼던 태무랑은 번쩍 고개를 들면서 탄성을 터뜨렸다.

정말 커다란 깨달음을 얻은 것이다. 그래서 그는 가슴이 터질 듯이 기뻤다. 깨달음이라는 것이 사람을 이처럼 기쁘게 만든다는 것을 처음 깨달았다. 깨달음이 깨달음으로 이어지고 있는 것이다.

"무공은 물과 같은 것이 아닙니까? 그리고 바다나 수많은 강은 초식이겠지요. 그러니까 물, 즉 무공의 뿌리를 튼튼하게 만들면 강물, 즉 초식은 중요하지 않다는 것입니다. 맞습니까?"

"훌륭하네."

"과찬이십니다."

태무랑은 부끄러움으로 슬쩍 얼굴을 붉혔다. 십육 세에 처음 군사가 되어 많은 군사들 앞에서 자신을 소개할 때 얼굴을 붉힌 이후 처음 있는 일이다.

그는 눈부신 듯 소천군을 바라보았다. 이 노회한 천하제일 인과 잠시 함께 있었을 뿐인데 엄청난 깨달음을 얻었다. 그렇다면 그가 소천군의 제자가 된다면 얼마나 많은, 그리고 큰 깨달음을 얻고, 그래서 고강해질 수 있을 것인가 하는 생각이 저절로 들었다.

아쉽기는 하지만 자신의 결정을 후회하지는 않았다. 세상의 길이란 하나만 있는 것이 아니기 때문이다.

슥—

소천군은 태무랑의 어깨에 한 손을 얹었다.

"초식은 사람이 만든 것이지만 무공의 원류는 태초부터 존재하고 있었네. 그것을 사람이 발견하여 습득하고 또 싸움에 활용하고 있는 것이지."

"그렇군요."

소천군이 태무랑에게 제자가 될 것을 제안했고, 태무랑이 그것을 거절했다.

하지만 지금 두 사람의 행동을 보면 영락없는 스승과 제자의 모습이다.

그리고 그것을 태무랑은 느끼고 있다. 소천군과 함께 있으면 자꾸만 강해지고 많이 깨닫고 살아가는 의미를 알게 되는 것 같았다.

두 사람은 사제지간이 아니면서도 은연중에 사제지간이 되어가고 있는 듯했다.

소천군의 한 손은 여전히 태무랑 어깨에 놓여 있었다.

"보통 사람들에게는 초식이 중요하겠지만 자네에겐 중요하지 않네. 왜냐하면 자넨 장차 조화지경에 이를 것이기 때문이네. 모든 것을 창조하고 다루는 조화지경 말일세."

"조화지경……."

그 뜻이 정확하게 무엇인지는 알지 못하지만, 태무랑은 가슴이 먹먹해지는 것을 느꼈다.

'조화(造化)'란 만물을 낳고 자라고 죽게 하는, 영원무궁한 대자연의 이치이고 섭리다.

"그러나 저절로 조화지경에 이르지는 못하네. 부단한 노력이 뒤따라야 할 것이야."

"네."

태무랑은 가슴이 벅차면서도 어떻게 해야지만 조화지경에 이르는지 실낱같은 방법조차도 모르고 있다. 하지만 염려하지 않았다. 그것도 소천군이, 아니, 스승이 가르쳐 줄 것이라고 믿었다.

소천군은 청죽림을 돌아보았다.

"이 청죽림에는 오행지기의 수기가 보통보다 다섯 배 이상 많이 함유되어 있네."

"아, 그렇습니까?"

처음 알게 된 사실에 태무랑은 청죽림을 보며 놀라움을 감추지 못했다.

청죽림의 수기가 보통보다 다섯 배 이상이라면, 그가 이곳에서 운공조식하여 수기를 흡취(吸取)한다면 공력이 다섯 배 이상 증진될 것이 분명하다.

"하지만 천하에는 이 청죽림보다 열 배, 백 배 이상 많은 수기를 함유하고, 아니, 축적하고 있는 곳이 여러 곳 있네."

"정말입니까?"

크게 놀라서 그렇게 묻고는 태무랑은 곧 실언했음을 깨달았다. 소천군이 거짓말을 할 리가 없기 때문이다.

그러나 소천군은 태무랑의 말에는 신경 쓰지 않고 단아한 목소리로 말을 이었다.

"오행지주(五行支柱), 혹은 오행근간(五行根幹)이라는 곳이 있네. 여자의 자궁에서 아기가 잉태되어 태어나듯이 삼라만상의 오행지기가 자라고 태어나는 자궁 같은 곳일세. 그곳을 찾아서 오행지기를 흡취한다면 언젠가는 조화지경에 이르게 될 것일세."

　태무랑은 너무 놀라고 큰 충격을 받아서 탄성도 나오지 않았다. 그저 눈을 크게 뜨고 소천군을 바라볼 뿐이다.

　소천군을 만나기 이전의 태무랑은 정말 아무것도 아닌 존재였다.

　지금 소천군이 그를 거듭 태어나게 만들고 있다. 그의 몇마디 말이 그를 새롭게, 그리고 강건하게 만들고 있었다.

　"노부가 해줄 수 있는 말은 그것뿐일세. 오행지주를 찾는 것은 자네 일이지."

　태무랑은 크게 흔들리는 눈동자로 소천군을 바라보았다.

　그러다가 한 걸음 물러나 공손히 입을 열었다.

　"부탁이 있습니다."

　소천군은 자상하게 미소 지었다.

　"무언가?"

　"귀하의 손자가 되고 싶습니다."

　"뭐어?"

　소천군은 전혀 예상하지 못했던 말에 '어?' 하는 표정을 지으며 놀라워했다.

　태무랑은 자신이 생각해도 너무 허무맹랑한 부탁, 아니, 요구라는 생각이 들어 조마조마한 표정으로 소천군을 바라보며 기대를 했다.

"그럼 자네 성을 소 씨로 바꿀 텐가?"

"그러라고 하시면……."

"허허헛! 아닐세!"

소천군은 손을 저으며 웃었다. 그는 웃음이 헤픈 사람이 아닌데도 태무랑을 보고 있으면 자꾸 웃음이 났다.

그리고 태무랑이 부탁하기도 전에 그를 제자나 손자처럼 생각하고 있었다.

그는 물끄러미 태무랑을 응시하다가 고개를 끄덕였다.

"자네를 손자로 받아들이면 상아가 많이 섭섭하겠지만 이 또한 순리인 듯하니 어쩔 수 없군."

태무랑의 얼굴에 환한 표정이 가득 떠올랐다. 그는 즉시 그 자리에 엎드려 큰절을 올렸다.

"소손 태무랑이 할아버님을 뵙습니다."

"오냐. 일어나라."

소천군은 친히 태무랑을 부축하여 일으켰다.

태무랑이 소천군을 조부로서 모시고 싶은 것은 진심일 뿐이지 추호도 사심이 섞여 있지 않다. 그리고 그것을 소천군도 잘 알고 있다.

"그리고 말씀드리지 않은 것이 하나 있습니다."

"음?"

태무랑이 얼굴을 붉히면서 쭈뼛거리면서 말하자 소천군은

의아한 표정을 지었다. 어제 그는 태무랑에게 모든 것을 다 말하라고 했었다. 그래서 그에 대해서 다 알고 있다고 생각한 것이다.

"사실… 저는 곧 혼인을 하게 될 것 같습니다."

"혼인을?"

소천군은 적이 놀라는 표정을 지었다가 태무랑이 어째서 자신의 제안을 거절했는지 깨달았다.

"이제 보니 너는 그 혼인 때문에 할아비의 제안을 거절했던 것이군."

"그렇습니다."

"흠, 그래, 노부의 손자며느리가 될 여아는 누군고?"

"주령이라고 합니다."

"주령? 할아비가 아는 여아냐?"

"그럴 것입니다. 주령은 무령왕의 딸입니다."

"뭐시라?"

소천군은 놀라고 또 어이없다는 표정을 지으며 태무랑을 쳐다보았다.

"이 녀석, 이제 보니까 아주 굉장한 놈일세!"

"죄송합니다."

태무랑은 죄송해서 어쩔 줄 모르고 전전긍긍했다.

그런데 소천군은 몹시 심각한 표정을 지은 채 깊은 생각에 잠겼다.

태무랑은 그가 갑자기 왜 그러는지 이유를 모르고 조심스
럽게 그의 안색을 살폈다.

이윽고 잠시 후에 소천군이 태무랑을 보며 진지한 표정으
로 말했다.

"할아비가 한 가지 명령을 하면 따르겠느냐?"

"당연합니다."

"대답했겠다?"

"그렇습니다."

고개를 숙이면서도 태무랑은 왠지 알 수 없는 불길함 때문
에 가슴을 조였다.

"상아를 너의 첩(妾)으로 거두어라."

"네엣?"

태무랑은 깜짝 놀라 소천군을 쳐다보았다.

소천군은 강물을 굽어보며 중얼거렸다.

"방금 네 입으로 내 명령에 따르겠다고 대답했다."

'이런⋯⋯.'

태무랑의 눈앞에 수월화의 아름다운 모습이 문득 떠오른
것은 왜일까.

*　　　*　　　*

남경 장강 포구에서 멀찍이 떨어진 거리 쪽에 챙이 넓은 방갓을 깊숙이 눌러쓴 한 사람이 홀로 뚝 떨어진 곳에 서서 포구를 응시하고 있다.

약간 왜소한 체구에 헐렁한 황의를 입고 있으며, 어깨에는 한 자루 검을 메고 있다.

문득 한 쌍의 눈이 방갓 아래에서 반짝 빛을 발했다. 이어서 방갓인은 포구를 향해 빠른 걸음으로 다가갔다.

조금 전에 포구에 접안한 배에서는 많은 사람들이 쏟아져 내리고 있었다.

방갓인은 그중 한 사람에게 똑바로 걸어갔다.

그 사람은 이마에 영웅건을 질끈 묶고 짧고 검은 턱수염을 길렀으며 어깨에 한 자루 검을 멘 한 명의 무사였다.

그는 매우 준수한 용모를 지녔으며 짧은 수염 때문에 강인한 인상을 풍겼다.

하지만 옥에 티랄까. 그의 얼굴 왼쪽에는 눈썹에서 귀밑에 이르기까지 깊고 긴 흉터가 뚜렷하게 새겨져 있었다. 눈 쪽의 흉터는 얕았지만 턱으로 갈수록 깊었다.

만약 조금만 더 상처가 깊었으면 왼쪽 눈을 잃어 애꾸가 됐을 듯했다.

방갓인은 흉터 있는 젊은 사내에게 다가가 공손히 두 손을 모으고 허리를 굽혔다.

"대공."

흉터청년은 주위를 천천히 둘러보다가 이윽고 방갓인을 쳐다보며 중얼거리듯이 물었다.

"천자필사, 태무랑이 있는 곳은 찾았느냐?"

"찾았습니다."

"가자."

흉터청년 단유천과 방갓인 천자필사는 나란히 남경 거리를 향해 걸어갔다.

『무적군림』 7권에 계속…

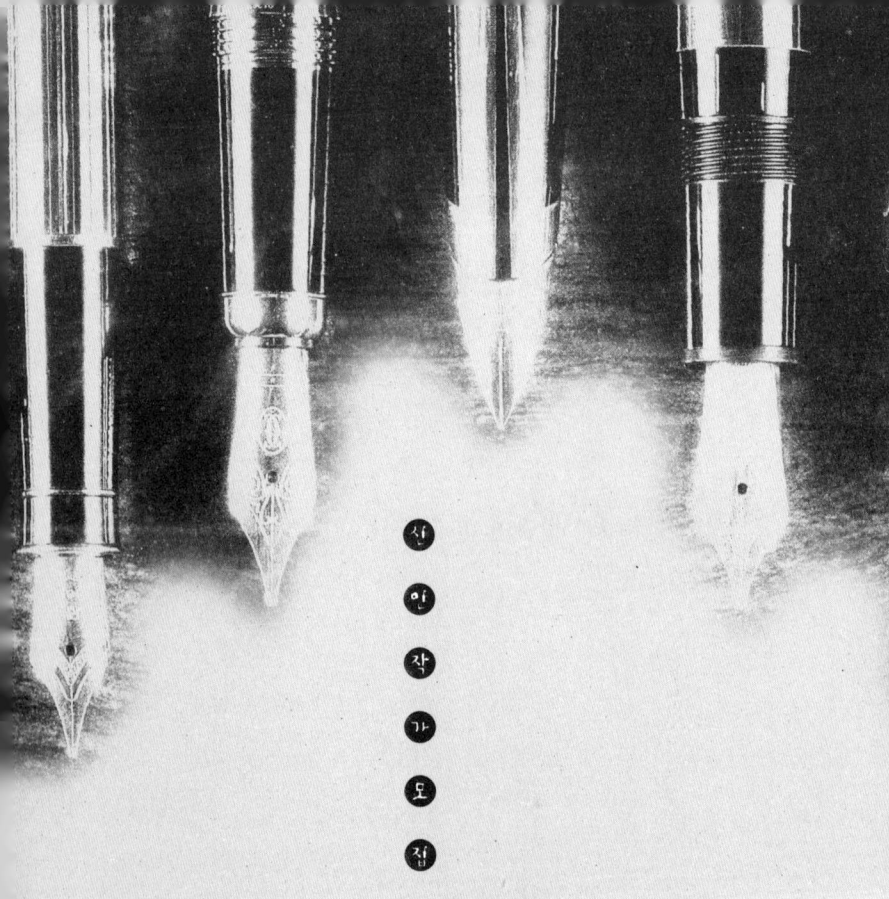

신

인

작

가

모

집

시작이 반이라고 했습니다.
작가의 길에 대한 보이지 않는 벽을 과감히 깨뜨리십시오!
청어람은 작가 지망생 여러분들의
멋진 방향타가 되어드리겠습니다.

저희 도서출판 청어람에서는
소설 신인 작가분들을 모집합니다.
판타지와 무협을 사랑하시는 분들의 많은 참여를 바랍니다.
소정의 원고(A4용지 150매)를 메일이나 우편으로 보내주시면
검토 후 출판 여부를 알려드리겠습니다.

주소:경기도 부천시 원미구 심곡2동 163-2 서경B/D 2F 우편번호 420-822
TEL:032-656-4452 · **FAX**:032-656-4453
http://**www.chungeoram.com**
e-mail:chungeoram@chungeoram.com

장강삼협
長江三峽

조돈형 新무협 판타지 소설

『궁귀검신』, 『마도십병』, 『운룡쟁천』의
작가 조돈형
그가 장강의 사나이들과 함께 돌아왔다!

굽이쳐 흐르는 거대한 장강의 흐름 속에서
선혈처럼 피어나 유성처럼 지는 사내들의 향취!

장강삼협(長江三峽)!

하늘 아래 누구보다 올곧았던 아버지의 시신을 이끌고
고향으로 돌아온 유대웅을 기다리고 있던 것은
천오백 년의 시공을 뛰어넘은 패왕(霸王)의 무(武)와 검(劍)!

패왕칠검(霸王七劍)과 팔뢰진천(八雷振天)의 무위 아래
천하제일검(天下第一劍)으로 우뚝 선 한 소년의 일대기!

장강의 수류는 대륙을 가로질러
이윽고 역사가 된다!

Book Publishing CHUNGEORAM

유행이 아닌 자유추구
WWW.chungeoram.com

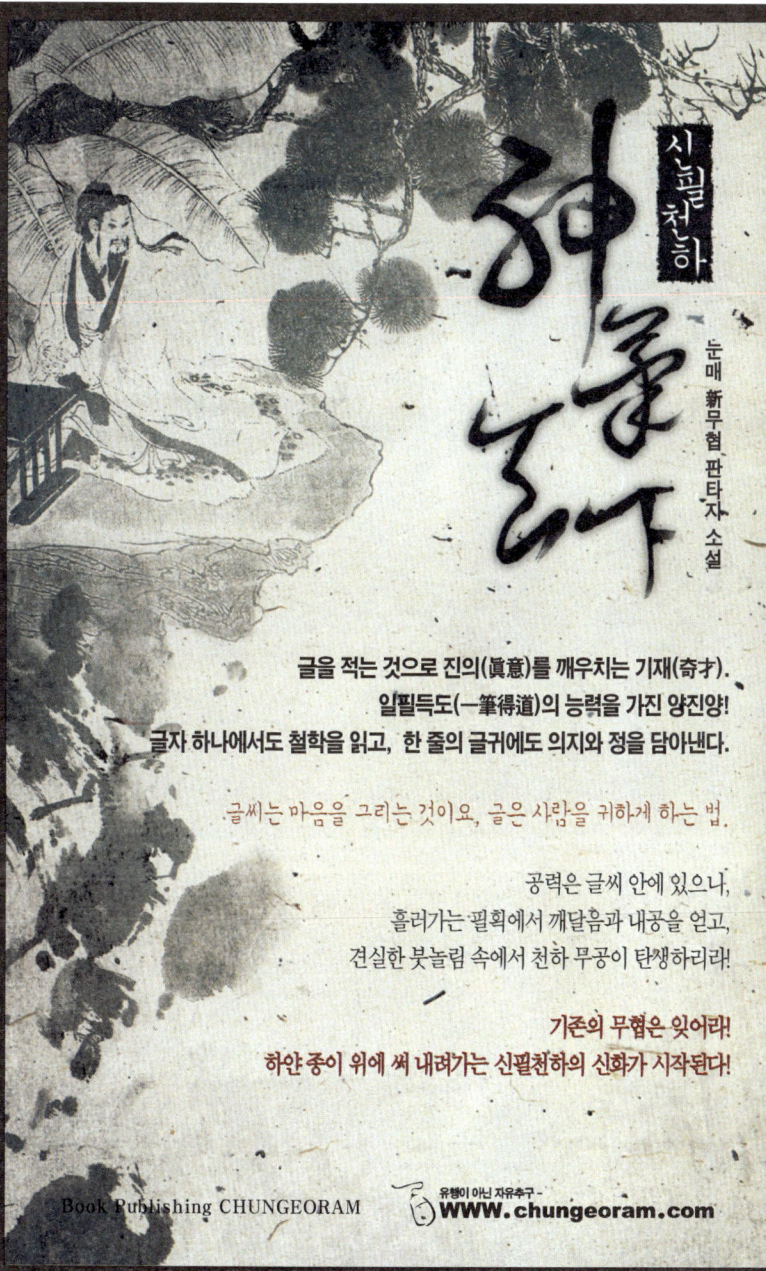

신필천하

눈매 新무협 판타지 소설

글을 적는 것으로 진의(眞意)를 깨우치는 기재(奇才).
일필득도(一筆得道)의 능력을 가진 양진양!
글자 하나에서도 철학을 읽고, 한 줄의 글귀에도 의지와 정을 담아낸다.

글씨는 마음을 그리는 것이요, 글은 사람을 귀하게 하는 법.

공력은 글씨 안에 있으니,
흘러가는 필획에서 깨달음과 내공을 얻고,
견실한 붓놀림 속에서 천하 무공이 탄생하리라!

기존의 무협은 잊어라!
하얀 종이 위에 써 내려가는 신필천하의 신화가 시작된다!

김현석 현대 판타지 소설

전능의 팔찌

THE OMNIPOTENT BRACELET

「신화창조」의 작가 김현석이 그려내는
새로운 판타지 세상이 현대에 도래한다!

삼류대학 수학과 출신, 김현수
낙하산을 타고 국내 굴지의 대기업 천지건설(주)에 입사하다!

상사의 등쌀에 못 견뎌 떠난 산행에서, 대마법사 멀린과의 인연이 이어지고......

어떻게 잡은 직장인데 그만둘 수 있으랴!

전능의 팔찌가 현수를 승승장구의 길로 이끈다!

통쾌함과 즐거움을 버무린 색다른 재미!
지.구.유.일.의 마법사 김현수의 성공신화 창조기!